유수流水 역사 판타지 장편소설

WISHBOOKS HISTORICAL FANTASY STORY

업어키운 여포 1

유수流水 역사 판타지 장편소설

초판 1쇄 찍은 날 | 2020년 3월 6일
초판 1쇄 펴낸 날 | 2020년 3월 13일

지은이 | 유수流水
펴낸이 | 권태완 우천제

기획 | 위시북스
편집책임 | 한준만
편집 | 위시북스

펴낸곳 | ㈜케이더블유북스
등록번호 | 제25100-2015-43호
등록일자 | 2015. 5. 4
KFN | 제2-22호

주소 | 서울시 구로구 디지털로31길 38-9, 401호
전화 | 070-8892-7937 팩스 | 02-866-4627
E-mail | fantasy@kwbooks.co.kr

ⓒ유수流水, 2020

ISBN 979-11-293-5043-5 04810
     979-11-293-5042-8 (set)

업어 키운 여포

1

유수流水 역사 판타지 장편소설

WISHBOOKS HISTORICAL FANTASY STORY

목차

1장
꿈이지? 이거

[평소에 위가 안 좋다고 생각하는 분들 들어오세요.]

자주 들어가던 유머 사이트에 올라온 글 제목. 평소 위가 안 좋기는 했는데, 무슨 건강 꿀팁이라도 있는 건가?

딸깍.

글을 클릭하자, 화면이 바뀌며 삼국지 게임 속 유비의 일러스트와 함께 글 몇 줄이 떠올랐다.

[축하합니다. 당신은 촉나라에 등용되었습니다!]
[당신이 가야 할 곳은 이릉입니다. 충성 충성!]

'건강 팁이 아니라 삼국지 낚시였어?'

하, 이 인간들이 진짜……. 삼국지가 뭐 그렇게 재미있다고 이런 것까지 만드는 건지 모르겠다.

툭 하면 드라마고 영화에 소설, 심지어는 만화랑 게임까지 나오는데 그냥 옛날 중국에서 자기들끼리 죽이고 배신하며 싸웠던 역사잖아. 그게 그렇게 재미있나?

진짜 모르겠다. '존중'이니 '취향'해 주는 게 내가 할 수 있는 최선일 뿐이다.

'잠이나 자야지.'

벌써 열두 시가 다 되어간다. 얼른얼른 자야 내일도 아침 일찍 일어나 일 나갈 수 있다. 밭에 거름도 줘야 하고, 새로 과수원으로 개간한 땅엔 오늘 사 온 묘목도 심어야 한다. 해야 할 일이 산더미다.

"먹고 살기 참 힘들다니까."

로또 같은 거나 당첨됐으면 좋겠는데. 일 끝내고 나가서 한번 사볼까? 일등에 당첨되기만 하면 아주 그냥 돈 걱정 안 하고 마음 편하게 살 수 있을 텐데…….

"에이, 잠이나 자자."

그딴 게 될 리가 없다. 가능성도 없는 일을 두고 기대하며 시간을 버리느니 잠깐이라도 더 자면서 휴식을 취하는 게 이득이다.

눈을 감고 누우며 깊이 숨을 들이마시고 내쉬길 반복했다. 의식이 흐려지는 게 느껴진다.

오늘 밤에도 좋은 꿈을 꿀 수 있기를. 기왕이면 로또에 당첨되는 꿈으로. 흐흐.

📱

"……어나십시오. 일어나셔야 합니다, 장군. 장군?"

뭔 소리가 들린다. 누가 날 건드리는 것 같다.

'뭐지?'

나도 모르게 번쩍 눈을 뜨며 잠에서 깨어났다. 몸을 일으키며 주변을 돌아보는데 희미한 불빛 사이로 웬 우락부락한 놈 하나가 보인다.

'내가 잠이 덜 깬 건가?'

머리를 흔들고, 뺨을 탁탁 치며 정신을 차리고선 다시 앞을 봤다. 놈은 여전히 날 쳐다보고 있었다.

"뭐, 뭐야?"

"접니다, 장군."

"장군이라니? 아, 박 씨. 또 술 마시고 우리 집 들어왔어?"

"예?"

"아니, 이 양반아. 자꾸 술 마시고 남의 집에 들어가니까 마누라가 의심하는 거잖아."

"아니, 장군. 도대체 무슨 말씀을 하시는 겁니까!"

"시끄러우니까 잘 거면 나가서 거실에서 자요. 나 내일 할 일 많아서 자야 하니 방해하지 말고."

다시 눈을 감고 잠을 청하려는데 이불이 쑥 내려간다.

아니, 이 인간이 진짜. 술에 떡이 됐으면 얌전히 가서 잠이나 잘 것이지, 뭐 하는 거야?

"아, 좀 자자니까!"

짜증이 확 나서 일어났는데 내 앞에 서 있는 놈이 좀 이상하다. 술버릇이 좀 지저분해서 그렇지, 둥글둥글하고 사람 좋던 박 씨가 아니라 웬 갑옷을 걸친 미친놈이 날 내려다보고 있었다. 그걸 보니 순간적으로 시골 마을을 전문적으로 털고 다닌다는 도둑에 대해 들었던 게 떠올랐다.

이걸 도둑이라고 보아야 하나? 도둑이 이런 복장을 하고 다닐 리가 없는데…….

같은 걸 생각할 때가 아니다. 만약의 사태를 대비해 베개 밑에 야구 방망이를 숨겨놨었다. 그걸 꺼내려고 베개 밑에 손을 넣는데 방망이가 만져지질 않는다. 대신 내 손에 잡히는 건 묘하게 차가운, 그러면서도 까끌까끌한 느낌의 기다란 물건이었다.

"엥?"

자세히 보니 이거, 검집이다. 그것도 검이 꽂혀 있는 진짜 검집.

스르릉-

손잡이를 잡고 뽑아내니 듣기 좋은 청명한 소리와 함께 번쩍번쩍 빛을 반사하는 검이 그 모습을 드러냈다.

"아, 아니, 장군. 갑자기 검은 왜 뽑으시는 겁니까!"

"이래도 계속 그 소리냐? 내가 왜 장군이야?"

"위속 위문숙이 바로 장군이시질 않습니까! 잠이 덜 깨신 겝니까, 아니면 아직도 술이 안 깨신 겝니까. 자꾸 이러시면 소장도 어쩔 수 없음입니다!"

놈이 검을 뽑아 든다. 그러면서 진짜 답답하다는 얼굴로 날 쳐다보는데 이거 상황이 좀…… 이상하기는 하다.

"그러고 보니 여기, 내 방이 아니네?"

내가 누워 있던 침상 주변으로 갑옷이며, 창이나 활 따위의 물건들이 고이 놓여 있다. 그것들 옆으론 한자가 잔뜩 쓰인 커다란 지도가 걸려 있고.

그런데…… 저게 읽어지네? 저건 제음군이고 이건 거야현(鉅野縣), 저쪽에 있는 건 덕야호(悳祂湖)에 위쪽으론 범현(范县)과 견성현(鄄城县)까지?

"뭐여, 이게…… 허어?"

그러고 보니 지금 내가 하는 말도 한국어가 아니라 중국어다. 그것도 드라마에서조차 들어본 적 없는, 중국어인 것은 맞지만 어째 좀 묘하게 이상한 중국어.

"이제 좀 괜찮아지신 겝니까?"

도둑이 검 끝을 내리며 걱정스러운 얼굴로 날 쳐다본다. 저 놈이 하는 말도 한국어가 아니라 중국어다.

'쓰읍. 도대체 뭐가 어떻게 된 거야?'

"잠깐만 기다려 보십시오."

놈이 장막을 걷으며 밖으로 나선다. 이제 보니 이거, 무슨 건물이 아니라 텐트인 것 같다. 그것도 현대식이 아닌, 무슨 조선 시대에나 사용했을 법한 군막이다.

"하…… 진짜 도대체 뭐지?"

"한 잔 쭉 들이켜십시오. 정신을 좀 차리셔야 할 것 같습니다."

커다란 표주박에 차가운 물을 잔뜩 담아 온 놈이 그것을 내게 넘기며 말했다.

그것을 벌컥벌컥 들이켜니 머리가 쩡하니 아파져 오며 정신이 맑아진다. 하지만 지금의 상황이 이해되질 않는 건 마찬가지다.

"주공께서 말씀하시길 경계는 언제나 철저해야 하는 법이니 아주 약간의 틈도 없도록 확실히 지키라 하셨습니다."

"그래서?"

"장군의 차례이니 어서 병사들을 이끌고 나가자는 이야기입니다. 성렴 장군께서 기다리고 계실 겁니다."

📱

도대체 이게 무슨 상황인지 모르겠다. 자고 일어났는데 갑자기 중국어를 무슨 원어민처럼 쏼라쏼라 떠들어대질 않나, 병장으로 만기 제대한 지가 언젠데 갑자기 장군이라며 병사들을 끌고 야습에 대비하라질 않나.

심지어는 생전 타본 적 없는 말에 타고 있는데 이게 무척이나 자연스럽다. 보통 말을 처음 타게 되면 긴장하거나 낯설거나 해서 낙마하는 일도 종종 있다는데 내게는 무슨 자전거를 타는 것처럼 익숙하게만 느껴진다.

그래서 생각하게 됐다. '이건 사실 더럽게 생생한 꿈이 아닐까?' 라고.

그렇게 생각하면 말이 안 되던 수많은 것들이 설명된다. 내가 갑자기 중국어를 잘하게 된 것도 그렇고, 생전 공부해 본 적도 없는 한자를 술술 읽게 된 것이며 말을 잘 타게 되는 것이며 전부.

"흐흐. 자각몽 같은 거겠지."

내가 꿔본 적은 없지만, 자각몽은 일반 꿈과는 비교도 되지 않을 정도로 생생하고, 내가 원하는 대로 행동하며 돌아다닐 수 있다고 했다. 지금 이것도 정말 현실처럼 생생하고 내가 원하는 대로 행동하며 움직이고 있으니 아마 그 비슷한 것이라 보아도 무방할 거다.

나는 여유롭게 주변을 거닐며 구경했다. 꿈이 아니면 어디에서 이런 걸 구경해 보겠어?

"근데 다들 왜 저런 걸 가지고 다니는 거지?"

야습을 경계하는 병사들이 다들 손에 인형 같은 걸 들고 있다. 사람처럼 조각된 목각 인형 같은데.

"적들의 야습을 막아주는 나무 병사들입니다."

"응? 나무 병사?"

"오늘처럼 달이 밝은 날엔 나무 병사들과 함께 순찰을 돌아야 야습을 막을 수 있습니다. 용한 도사가 적을 쫓는 주술을 걸어 만들어준 물건이잖습니까. 그런데 장군…… 이런 건 장군도 다 아실 텐데 왜 물으시는 겁니까?"

"내가 알긴 뭘 알아? 모르니까 물어보지."

"흐음……. 최근 전투로 걱정이 많아지긴 하셨습니다. 기력이 쇠하셨군요. 제가 다 해결해 드리겠습니다."

"뭘 하겠다는 건데?"

"장군께 정신을 흐리게 하는 귀신에 씌었으니 그걸 몰아내야지요. 당연하잖습니까?"

"아니, 뭔 얼어 죽을 귀신이야, 귀신은?"

"주무시기 전까지만 해도 멀쩡하시던 분이 이상하게 구시니 어쩔 수 없습니다. 소리가 좀 클 것이나 그래도 참으셔야 합니다."

진지하기 그지없는 얼굴로 놈이 말했다.

뭘 하려는 건가 싶어서 지켜보고 있는데 놈이, 그 얼굴이 내 얼굴 쪽으로 다가왔다.

싸한 마음에 '이걸 밀어내, 말아' 하고 고민하던 찰나.

"아아아악!"

"뭐, 뭐야!"

"아아아아아악!"

놈이 내 양쪽 귀에다가 대고 있는 대로 소리를 질러댔다.

이거 진짜 미친 거 아니야?

"아, 뭐야? 장난치냐?"

"장난 아닙니다."

그러면서 허공에다가 대고 손뼉을 짝짝 치더니 선 자리에서 그대로 연달아 다섯 바퀴나 빙글빙글 돈다. 그러고도 모자라서 땅에서 흙을 한 움큼이나 주워 허공에다가 대고 뿌리고 있다.

"훠이, 훠이! 물렀거라, 훠어이!"

그렇게 하는 놈의 얼굴이 진지하기 그지없다. 정말 이렇게 해야 한다고 믿어 의심치 않는 모습이었다.

"하, 진짜……."

뭔 놈의 꿈이 이러냐. 장르가 삼국지인 줄 알았는데 어째 코믹도 아니고 판타지도 아닌 뭔가로 흘러가는 것 같다.

어이가 없어서 또 이상한 짓이 있지는 않을까 살펴보는데 말소리가 들려왔다.

"내 오늘 천기를 읽으니 적의 기습은 없을 것 같다. 굳이 적들의 야습을 걱정할 필요는 없을 것 같구나."

"예?"

"백랑성(白狼星)과 연미성(燕尾星)의 징조가 상서롭기 그지없는 데다 귀구성(鬼臼星)의 빛이 크게 약해져 있다. 이는 필시 오늘 밤엔 불길한 일이 벌어지지 않을 것이란 계시다."

"그, 그렇습니까?"

'얼씨구?'

가서 보니 무슨 문관이라도 되는 것처럼 관모를 떠올리게 하는 관을 쓰고 장삼을 두른 이 둘이 제단처럼 꾸며진 곳에 서 있다. 4층 정도로 쌓은 피라미드 구조에 그 주변으로 깃발을 잔뜩 꽂아놓은 모양새다.

그런 곳에서 중년쯤 되어 보이는 남자가 머리를 풀어 헤친 채 계속해서 하늘을 올려보고 있고, 또 다른 한쪽은 공손히 두 손을 모으고 서 있었다.

"산발하신 분이 공대 선생이시고 옆은 제자인 호연입니다."

"응?"

"우측은 군사인 진궁 공대 선생이시고, 좌측은 그 제자 왕삼 호연이라 말씀드렸습니다. 아직도 귀신이 물러가지 않은 겁니까?"

놈이 답답하다는 목소리로 말했다.

"괜찮아, 괜찮아. 그러니까 그 이상한 짓은 절대 하지 마. 알았지?"

"장군이 괜찮으시면 제가 그런 걸 왜 하겠습니까."

그래도 말귀는 통하는 모양.

그건 그렇고 진궁이면 한번 들어본 적이 있는 것 같기도 하다. 삼국지에 나오는 인물인데 뭘 했던 사람인지는 솔직히 잘 모르겠고. 그래도 나름 똑똑한 인물인 걸로 기억하고 있는데 천기 같은 건 왜?

그런 진궁에게 장수 하나가 달려가고 있었다.

"군사, 부르셨습니까?"

"천기를 읽은 결과요. 영채의 모든 문을 열어 사방의 기운이 잘 통하도록 하고, 횃불을 꺼 어둡고 조용한 상태로 유지하는 한 적들의 야습은 있을 수 없으니 경계를 접고 병사들을 푹 재워 체력을 보존토록 하시오."

"오오, 과연…… 알겠습니다."

장수가 감탄한 얼굴로 진궁에게 포권을 하고선 부하들에게 돌아가 지시를 전하기 시작했다. 안 그래도 어둡던 영채의 불빛이 더욱더 어둡게 변해간다.

아, 그냥 어두워지는 게 아니다. 이제 보니 불이란 불은 다 꺼버리고 돌아다니는 거다.

그런 병사들의 손에 나무 인형이 하나씩 들려 있었다. 심지

어느 그 병사들을 인솔하는 장수 역시 마찬가지.

"야. 저거 네 친구지?"

"진소 천부장 말입니까?"

"직급까지 바로 나오는 거 보니 친구 맞는 모양이네."

나무 인형을 들고 다니는 병사들 꼬락서니를 보니 이런 요상한 주술적 사고방식에 물든 장수가 한둘이 아닌 것 같다. 다른 놈들도 다 비슷하게 생각하고 있으니 저런 게 허용되는 거겠지.

그리고 진궁은…… 흐음.

"야. 너도 천기 같은 거 믿어?"

"하늘의 운행을 읽어 세상의 이치를 깨닫는 것이잖습니까. 당연히 믿지요."

'아, 그러시구나.'

아무래도 말조심해야겠다. 이런 애들 사이에서 천기 같은 건 아무런 의미도 없다는 말을 했다간 갈릴레이 선생 꼴이 날지도 모르니.

아니지, 이건 꿈이니 상관없으려나?

저쪽은 신경 끄고 다른 거나 더 구경해야겠다.

혼자 속으로 갑갑함을 해소하며 움직이려는데 진궁 쪽에서 또 말소리가 들려왔다.

"왕삼아."

"예, 스승님."

"기습이란 상대가 너를 발견하기 쉽다 하여 안 하고, 상대가 널 발견하기 어렵다 하여 행하는 게 아니다. 기습이란 상대가 예상하지 못하여 방심하고 있을 때 그 허를 찌르는 것이니라."

"예? 갑자기 그게 무슨 말씀이십니까? 오늘은 적습이 없다고 하늘께서 알려주신 거 아니었습니까?"

"허어……."

진궁이 한숨을 푹 내쉰 것 같다.

턱 밑으로 자라난 수염을 쓰다듬는 그 손가락이 부들부들 떨리는 걸 본 것 같다면 내 착각일까?

그나저나 방금 그 말, 진짜 군사 같았다. 역사 속의 군사들이 정말로 했을 법한 말이기는 한데, 그런 말을 하는 사람이 천기를 믿는다고?

"생각해 보거라. 내가 왜 저들의 앞에서 제단을 쌓은 것인지. 그리고 왜 네게 이런 말을 하는 것인지."

진궁이 그렇게 말하자 왕삼의 얼굴이 혼란스럽게 변해간다. 그런 왕삼이 진궁을, 하늘을 번갈아 쳐다보고 있었다.

"기습의 묘는 그러니까 상대의 허를 찌르는 것이고…… 백랑성과 연미성이 상서로우니까……. 에…… 이게…… 하늘의 허를 찌르는 건가?"

왕삼이 그렇게 말함과 동시에 진궁이 또다시 한숨을 푹 내쉰다.

저걸 보니 좀 느낌이 달라진다.

진궁도 진심으로 천기를 믿고 있는 것은 아닌 것 같다. 자기가 왜 이런 일을 하는 것인지 제자인 왕삼에게 이야기해 주려 하는 것을 보면 더더욱 그렇다.

진궁의 의도가 뭐지? 천기는 그냥 자기가 원하는 것을 이루기 위한 구실인 건가? 그나저나 이거 꿈 맞아? 내 꿈속 인물이 뭐 저렇게 똑똑해?

"장군. 계속 이곳에만 계실 겁니까?"

"응?"

"경계이지 않습니까. 계속해서 영채 곳곳을 돌아다니며 야습에 대비하는 병사들의 태세를 확인하고 정돈하셔야지요."

"그래. 다니기는 해야지."

다시 말을 움직이며 이동하려는데 영채 밖 수풀 사이로 뭔가가 보인다. 가까이 가서 보니 허수아비 같은 거다. 그것도 갑옷에 투구, 심지어는 창까지 가지고 있는 허수아비. 그런 게 수풀 사이에 숨겨져 있다.

비록 보름달이 떠오른 밤이기는 하나 대낮과는 비교할 수조차 없을 정도로 어둡다. 그러니 정말 가까이 와서 보지 않으면 살아 있는 사람이라고 착각할 수밖에 없을 모습이다. 그런 게 이곳저곳에 숨겨져 있었다.

"아, 아아! 이야…… 이거 대박인데?"

이제 좀 이해가 된다. 진궁이 왜 그런 소리를 한 건지. 왜 왕삼을 보고 한숨을 푹 내쉬었던 건지. 내 꿈속 인물이지만 진궁 진짜 찌는 것 같다.

"들어가자."

"예?"

"야습 방비할 필요 없으니까 들어가서 쉬자고."

"아니, 그게 무슨 말씀이십니까?"

"네가 야습을 하러 다른 놈들 영채로 갔는데 문도 활짝 열려 있고, 경계를 서는 애들도 없어. 심지어는 불도 다 꺼졌네? 그럼 무슨 생각이 들 것 같아?"

"때려잡기 참 좋겠구나, 싶겠죠. 큰 공을 세울 수 있겠다 싶은 생각도 들 것이고요."

"아…… 그래?"

"지키는 자가 아무도 없으면 당연히 그렇잖습니까. 그대로 돌입해서 일망타진해야지요."

듣고 보니 애 말도 맞기는 하다.

하지만 짧게나마 지켜본 바에 의하면 애는 빈말로라도 똑똑하다고 해줄 수 있을 스타일은 아니다.

진궁이 노리는 건 좀 유능하고 똑똑한 적장이 야습해 오는 상황이겠지?

사실 내가 장군이라고 해도 유능하고 똑똑한 놈에게 지휘를 맡기지, 애 같은 놈에겐 안 맡길 거다.

"장군도 생각해 보니 할 말씀이 없으신 거죠? 하늘의 운행이 야습은 없음을 알려주고 있으니 망정이지, 그게 아니면 전 주공께서 때려죽인다 하셔도 철저하게 방비했을 겁니다."

"일반적으로는 야습하러 왔는데 적진이 불도 안 켜지고 지키는 놈도 안 보이면 싸하지 않을까? 야습을 하려다가 역으로 자기가 당하는 거라고 생각할 수 있잖아."

"음……. 생각해 보니 그것도 그렇겠군요."

한참을 고민한 끝에 놈이 고개를 끄덕인다. 밥을 해서 가져다 바치는 게 아니라 숟가락으로 떠서 꼭꼭 씹다가 입속에 넣어줘야 간신히 삼키는 놈이구나.

진궁이 왜 천기 운운하는지 그 이유를 알 것 같다. 이런 애들한테 일일이 그 이유를 다 설명하려고 했다간 답이 없다고 생각한 거겠지.

"어쨌든 알았지? 그러니까 우리도 좀 쉬자고. 이쪽은 편히 있고, 저쪽은 지치고. 일거양득이니 좋은 거잖아?"

게다가 진궁은 병사들처럼 만든 허수아비를 영채 주변에 숨겨놓기까지 했다. 적들이 허장성세를 보고 느꼈을 위화감에 화들짝 놀랄 요소까지 하나가 더 추가된 거니까 이 정도면 충분하지 뭐. 마음 편히 침상에 누워 이불 덮고 있어도 안전할 거다.

영채 밖에 설치해 뒀던 허수아비를 확인한 장수가 점점 더 멀어져 간다. 그리고 명령을 내린 건지 좀 전의 장수가 혹시나 하는 마음에 은밀히 세워두었던 병력도 물러가고 있었다.

'내 의도를 간파한 건가.'

진궁의 눈매가 가늘어졌다.

총명한 자가 필요해 왕삼을 교육시키고는 있었지만, 시간이 지날수록 답답한 마음만 커지던 차다. 대화가 통하는 자를 찾기가 이렇게 어려운 것인가, 하며 한숨을 내쉬는 게 한두 번이 아니었는데 전혀 예상치도 못한 곳에서 이런 자를 발견하게 되다니.

"여 장군의 휘하에도 나름 현명한 이가 있었군."

'이야, 이거 진짜 잘 그렸네.'

아까는 정신이 없어서 제대로 못 봤는데 지금 보니 예술이다. 현실로 가지고 갈 수만 있으면 비싸게 파는 것도 가능할 것 같은데.

"계책을 구상하시는 겁니까?"

"응? 딱히 그런 건 아닌데."

"그 지도를 보고 계셔서 그런 줄 알았습니다. 지금까지 우리 군과 조조군이 전투를 치러온 경로를 워낙 열심히 기록해 두셨던 물건이라."

"우리가 조조랑 싸우고 있었어?"

"우리 주공께서 진류 태수 장막의 요청에 연주목으로 취임하며 조조와 싸움을 시작한 게 벌써 일 년입니다. 아무래도 아직 귀신이 남아 있는 것 같은데요. 잠깐만 기다려 보십쇼. 이번엔 정말 제가 확실하게……."

"아 됐고, 우리 주공이 누군데? 그거나 좀 말해줘 봐."

"온후 여포 장군이잖습니까. 장군은 주공의 사촌 동생이시고요. 하아…… 이쯤이면 정말 용한 도사를 불러다 퇴마 의식이라도 치러야 할 것 같은데……."

"아, 됐다니까."

꿈인데 설정이 엄청 치밀하네. 내가 이런 성격은 아닌데. 삼국지 꿈이라 더 그런 건가?

"그럼 이게 조조군의 위치고?"

"예."

동민현이란 글자 아래에 작게 조조군 대본영이라 쓰여 있다.

여포도 그렇고, 조조도 그렇고 대강은 아는 인물이다.

조조는 사실상 삼국 통일을 이룬 사람이고 여포는 그냥 힘만 엄청 세던 무장 아닌가? 그런 두 인물이 싸우는 중이라니. 무조건 조조가 이기겠구만.

"계책을 구상하시는 게 아니면…… 일단은 쉬십시오. 아침이 되면 진류 태수의 장수들과 함께 회의를 해야 할 겁니다."

"잠깐만. 넌 이름이 뭔데?"

"평도위 후성입니다."

자기 이름을 물어보는 건 이제 놀랍지도 않다는 듯 후성이 군막을 빠져나갔다.

후성이라 들어본 적도 없는 이름이다.

그나저나 이젠 어떻게 해야 하지? 구경도 다 했겠다, 슬슬 일어나야 할 것 같은데.

침상에 앉아 고민하고 있는데 하품이 나온다. 꿈속에서 피곤해지다니. 느낌 참 묘하다.

뭐 어쨌든 간에…… 잠에서 깨어나는 거로 꿈속에 들어왔으니 잠들면 깨어나지 않을까?

난 그렇게 생각하며 침상에 누워 눈을 감았다. 점점 정신이 흐려져 간다. 잠이 오는 게 느껴진다.

잠에서 깨어나며 눈을 떴다.

"흠?"

똑같은 군막이고, 똑같은 침상이다. 근데 무슨 안개 같은 게 군막 안에 자욱하다.

잠에서 깨어난 게 아닌 건가?

뺨을 꼬집어봤다.

만약 이게 현실이면 아파야 할 텐데 그런 느낌이 전혀 없다. 그냥 내가 꼬집었다는 그 사실 자체만 인식될 뿐이다.

"하, 얼른 일어나서 일하러 가야 하는데. 이거 뭐 어떻게 해야 해?"

꿈속의 또 다른 꿈이라니. 내가 무슨 영화 속 등장인물도 아니고……

혼자 그렇게 한탄하고 있는데 갑옷을 걸어놨던 곳에 놓여 있는 익숙한 물건이 시야에 들어왔다. 핸드폰이다.

진짜 내 꿈이지만 가지가지 하네.

그걸 들어서 켜니 화면이 하나로 고정되어 있다.

"삼국지 무릉도원?"

무슨 인터넷 카페 같은데 딱 그거 하나만 나올 뿐이다. 전화도 안 되고, 인터넷 다른 화면으론 넘어가지도 않는다.

"하…… 뭐냐, 이게."

삼국지 무릉도원.

이 카페엔 게시판도 몇 개밖에 없다. 자유 게시판, 삼국지 토론, 삼국지 지도, 삼국지 게임. 딱 이렇게 4개가 전부다.

자유 게시판엔 무슨 '아는 선배가 우화등선했습니다', '선도 복숭아 먹어본 썰 푼다' 같은 글이 올라와 있다. 우화등선하는 걸 보니 부러운 마음에 자신도 모르게 질투하게 됐다는 둥, 금 주한 지 백 년째인데 선도 복숭아를 먹었다가 술이 고프게 됐 다는 둥 헛소리만 잔뜩 있었다.

"컨셉충들이 모인 곳인가?"

나도 모르게 그런 생각이 떠올랐지만, 곧 이건 꿈속 꿈이라 는 걸 다시 한번 자각했다. 꿈속 꿈에 컨셉충이 모여 있을 리 가 없잖아.

꿈속의 일을 현실과 결부시켜 생각하게 되다니. 지나치게 넘치는 생동감의 부작용이다.

나중에 가상현실게임이 나온다는데, 그걸 하게 되면 뭐가 현실이고 뭐가 게임인지도 헷갈리게 되지 않을까?

자유 게시판은 아무리 봐도 헛소리밖에 없어 삼국지 토론 게시판으로 이동했다.

여기도 가관이네.

'조조가 킹왕짱이 될 수 있었던 EU', '관우가 형주를 지키려 면 어떻게 해야 했을까요?', '장비의 실질적인 무력은 전위&허 저보다 떨어질 듯?' 같은 제목의 글들이 잔뜩 올라와 있다.

그중에서도 제일 위에 있는 건 '여포가 조조를 이길 수 있었던 마지막 기회, 복양-연주 공방전'이라는 글이다. 옆에 댓글이 숫자로 표시되어 있는데 44였던 게 45가 되더니 몇 초 지나지 않아 46으로 바뀌어 있었다.

"그러고 보니 여포가 조조랑 싸우는 중이라고 했었지."

'꿈속의 내 주공이 여포라고도 했었고.'

그게 생각이 나서 글을 클릭해 봤다.

〈진궁이 조조 통수치고 장막이랑 여포 꼬드겨서 반란 일으켰던 게 연주 공방전의 시초다. 그때 조조는 도겸을 때려잡겠다고 물자를 있는 대로 다 뽑아내서…….〉

글이 길어진다. 관심 있는 내용도 아니고 해서 적당히 쓱쓱 내려가는데 아래쪽의 내용이 팍 하고 눈에 박혀 들어왔다.

〈동민 전투에서 조조가 보리 수확하는 척 영채 뒤쪽 둑 아래에 병사들 매복시켜다 유인하는 거만 진궁이 눈치 깠어도 여포가 이겼을 수 있음. 물론 여포는 빡대가리라 진궁이 눈치 깠다고 해도 그거 믿어줄지 미지수이긴 하지만.〉

└꿀물황제: 조조 밑에 책사가 몇인데 진궁이 그걸 눈치 깜? 택도 없는 소리 하지 마셈.

└여봉봉선(글쓴이): 장막이 워낙 존재감이 없어서 그렇지 진궁도 꽤 유능했음. 어쩌면 눈치 깠는데 여포랑 장막이 안 들어줘서 똥망했을지도 모름.

└꿀물황제: 그래서 근거는?

└여봉봉선(글쓴이): 일단은 추측임. 기록은 없으니까.

└꿀물황제: 역사에서 if는 뭐다?

└여봉봉선(글쓴이): 그러니까 가능성이라고요. 일단 여포가 매복에 당하는 게 아니라 정면에서 회전을 벌였다고 하면 무조건 이겼음. 조조군에 여포 막을 수 있는 애가 없어서. ㅇㅇ

└조건달: 후한서에서 여포랑 일대일 맞다이 떴다고 인증해 주는 전위 무시하나요? 그리고 허저도 있는데요?

└패왕유비: 이 시절 허저는 아직 여남에서 산적이랑 치고받고 하는 중일걸여?

└여봉봉선(글쓴이): ㅇㅇ 허저는 아직 조조꺼 아임여. 글고 전위도 진짜로 맞다이 뜬 게 아니라 그냥 돌격해 오는 것만 막은 거임. 여포 못 막아여.

그 밑으로도 계속 여봉봉선은 여포가 제일 세다고 주장하고, 칠갑산과 조건달은 조조가 여포를 간단히 찜 쪄 먹을 수 있다고 떠들어대고 있다.

그러면서 서로 자치통감이며 후한서, 위략 같은 역사서에 심지어는 수신기, 영웅기, 조만전 등 듣도 보도 못한 옛날 소설들까지 잔뜩 언급하며 떠들어대는데 뭔 소린지 하나도 모르겠다. 나도 모르는 것들이 내 꿈속에서 나온다는 게 마냥 신기할 뿐이다.

"삼국지 꿈으로도 모자라서 삼국지 덕후들이 떠들어대는 꿈속 꿈이라니……."

생전 알 생각도 해보지 못했던 온갖 낯선 지식의 파도에 두통이 느껴진다.

꿈속 꿈에서의 두통이라니. 내 뇌에 과부하가 걸린 건가?

아, 얼른 현실로 돌아가고 싶다. 아침에 일어나 스타 빠른 무한 한 판 때리고 일하러 나가는 게 진짜 딱인데.

드드드드-

세상이 흔들린다. 지진이라도 난 건가?

"이건 또 뭐야?"

무슨 꿈이 이렇게 스펙터클해?

짜증이 나서 뒤통수를 벅벅 긁고 있는데 갑자기 눈앞에서 빛이 번쩍이더니 시야에 들어오던 풍경이 달라진다.

어느새 안개가 사라지고, 묘하게 흐릿하던 시야가 티 없이 맑아졌다. 그리고 그런 내 앞에 후성이 서 있었다.

"장군. 일어나십시오."

"응?"

"주공께서 부르셔서 지금 바로 가야 합니다. 어서요."

후성이 날 억지로 일으켜 세우며 병사들을 불러다 세수하라며 찬물이 든 그릇을 들이밀고, 갑옷을 꺼내 온다. 자고 일어나면 꿈에서 깨어날 줄 알았는데 아직도 꿈속이다.

뭐가 어떻게 된 거지?

그러고 보니 이렇게 꿈에서 깨어나도 꿈인 영화를 전에 봤던 것 같다. 제목이 인셉…… 뭐더라?

"장군. 준비하셔야 한다고요."

"알았어, 알았다고."

거, 더럽게 재촉하네.

찬물로 세수하고 나니 정신이 확 맑아진다. 동시에 어쩌면 이게 꿈속이 아니지 않을까? 하는 생각이 머릿속에서 떠올랐다. 말도 안 되는 소리지만 따지고 보면 지금 내가 처해 있는 이 상황도 말이 안 되긴 마찬가지다.

'잘 자고 일어나서 보니 삼국지 시대의 인물이 되어 있다…….'

"시발?"

"왜, 왜 그러십니까?"

욱하는 마음에 혼자 중얼거린 건데 후성이 들은 모양이다.

"아니야."

"장군…… 정말 괜찮으신 겁니까?"

"괜찮아, 괜찮아. 걱정하지 마."

괜찮을 리가 없지만 뭐 어쩌겠어. 후성이 걱정해 준다고 해서 내 문제가 해결될 것도 아닌데.

"진짜 이러다가 영영 못 깨어나는 거 아니야?"

느낌이 안 좋다. 정말로 이 상황 속에 갇혀서 삼국지의 등장인물 중 하나로 살아가야 할 것 같은 불길한 예감이랄까.

'으…….'

"어? 어제 그분이 아니십니까?"

후성을 따라 움직여 영채의 북문 쪽에 도착하니 어제 진궁과 함께 있던 그 얼빵한 녀석이 날 맞이한다. 이름이 왕삼이라 했던가?

"소생 왕삼이라 합니다."

맞구나, 왕삼.

"진궁이올시다."

녀석과 함께 옆에 서 있던 진궁이 내게 읍했다.

사극에서 보면 보통 이런 식으로 인사하던데. 나도 일단은 해줘야겠지?

"위속입니다."

"위 장군이셨구려. 간밤엔 참으로 인상적이었소. 그저 스치듯 지나가며 보는 것만으로도 이 몸의 계책을 간파하다니."

"과찬이십니다."

삼국지의 책사는 진짜 말도 안 되게 복잡한 계책들을 세우며 싸우는 인간이다. 농사나 짓고, 게임이나 할 줄 아는 나를 거기에 가져다 대는 건 말도 안 될 일이다. 나중에 창피나 안 당하면 다행이지.

"……."

내가 입을 다물고 있자 진궁과 왕삼 그리고 나 사이에는 침묵이 내려앉았다. 어차피 딱히 내가 진궁에 대해 잘 아는 것도 아니고, 딱히 할 말도 없으니까. 그건 진궁 역시 마찬가지인 듯했다.

그냥 그렇게 조용히 있는데 저 뒤에서 갑옷 차림의 남자들 여럿이 다가왔다.

나머지는 딱히 특이할 게 없다. 그냥 평범하게 덩치 크고,

평범하게 근육질에, 평범한 갑옷을 입은 이들일 뿐이다.

하지만 가장 앞의, 붉은빛이 감도는 검은 갑옷을 입은 이는 그냥 보는 것만으로도 포스가 좔좔 넘쳐흐르는 것 같다.

마치 학창 시절, 동네에서 제일 무섭다는 형들을 마주하는 것 같은 느낌이라고 해야 할까? 나도 모르게 두 손을 모으고, 공손히 서 있게 된다.

그런 이의 시선이 날 향했다. 눈이 마주치는 순간, 나도 모르게 두 발자국이나 뒷걸음질 쳤다.

아오, 씨. 자존심이 상하지만 이건 본능적인 수준에서의 두려움을 자극하는 위압감이다.

이런 걸 어떻게 버텨내!

"주공과 다른 장수들이 함께 오는군요."

후성이 말하며 포권했다.

'저게 여포라고? 내 사촌 형?'

"저희를 찾으셨다고 들었습니다, 여 사군."

진궁이 읍하며 말했다.

'사군은 뭐지? 존칭의 일종인가?'

여포는 그렇게 생각하는 날 쳐다보며 고개를 가볍게 한번 끄덕였다.

그래도 동생이라도 챙겨주는 거지? 사촌 동생이니 망정이지, 후성 같은 입장이었으면…… 생각하기도 싫다.

"태수는 왜 안 보이고?"

"건강이 좋지 않아 휴식을 취하고 계십니다."

무표정을 가장하고 있지만 진궁의 어조에 살짝 묘한 감에 묻어 나오고 있었다.

"그래? 안타깝군. 여봉선이 쾌유하시길 기원하더라 전해."

"꼭 그리 전하겠습니다. 태수께서도 사군의 따듯한 마음 씀씀이에 깊이 감명받으실 것입니다."

"그러면 좋고."

"헌데 사군. 무엇 때문에 소집을 명하셨습니까?"

진궁의 반문에 여포가 뭔가를 말하려던 찰나, 그 시선이 영채 바깥을 향했다.

그리고 그의 눈매가 가늘어졌다.

'뭘 본 모양인데? 뭐기에?'

"잠깐 빌리지."

"예, 예!"

여포는 옆에 서 있던 병사의 창을 집어 들고서 숨을 한번 깊이 들이마시더니 있는 힘껏 그것을 부웅- 집어 던졌다.

"어, 어?"

갑작스러운 그 광경에 우리가 당황해하고 있을 때.

"커허억!"

"으아아아아아악!"

낯선 비명이 들려왔다.

내 눈으로는 잘 보이지도 않을 정도로 먼 곳의 수풀 사이에서 웬 사람 하나가 창에 맞아 쓰러지고 있었다. 그리고 그 옆에서 또 다른 사람이 비명을 질러가며 우리의 반대쪽으로 도망쳐 가고 있는 중이었다.

"아, 아니, 저 정도면 오십 장(丈)은 되는 거리인데 저걸 창을 던져 맞추다니."

후성이 놀랍다는 듯 중얼거린다. 그런 후성의 옆에서 진궁이 다급히 소리치고 있었다.

"사군! 조조군의 정탐병인 모양이니 꼭 잡아야 합니다!"

"걱정하지 마."

어디에서 또 찾은 것인지 여포가 활시위에 화살을 걸고서 도망쳐 가는 사람을 겨누고 있다.

내가 삼국지에 대해서 잘 알지는 못하지만, 이것 하나만큼은 확실하게 안다. 여포는 활을 무지막지하게 잘 쏜다.

이 정도 거리에서 쏴서 맞추는 건 식은 죽 먹기 아닐까?

"꼭 잡아야 합니다, 사군!"

"흠…… 생각이 바뀌었어."

잔뜩 기대하며 보고 있는데 별안간 여포가 활을 내려놓는다.

"사군! 저자가 조조에게 어떤 정보를 가지고 돌아갈 줄 알고 안 잡겠다고 하십니까!"

"안 잡아도 돼. 살아 돌아가서 오늘 일을 조조에게 전하면 놈들이 날 두려워하게 될 거 아냐? 후성. 저곳까지의 거리가 오십 장이라 했지?"

"정확지 않으나 그 정도는 되어 보입니다."

"이렇게 하면 적장들이 내 강함을 알고 더욱더 호승심을 불태우겠지. 그럼 난 더 강한 놈과 싸울 수 있을 것이고, 그것들을 때려잡는 데 성공하면 전쟁은 자연히 이기게 되겠지. 그럼 되는 거잖아?"

여포는 그렇게 말하며 만족스러운 얼굴로 주변을 돌아보더니 마침 옆에 있던 망루 위로 올라갔다.

언제 한 건지 잔뜩 풀어 헤친 여포의 머리카락이 바람에 흩날린다. 그 모습이 마치 액션 영화나 드라마 속에 나오는 주인공의 그것과 같았다.

"사군! 그렇게 있으실 때가 아니란 말입니다!"

"이렇게 있어야 할 때야. 그래야 도망가던 놈이 내 위풍당당한 위엄을 조조 놈에게 전하지."

"그, 그게 무슨!"

진궁의 얼굴이 벌겋게 달아오른다.

사실 진궁의 말이 맞기는 하다. 전쟁 중인데 첩병이 어떤 정보를 가지고 있을 줄 알고 그걸 살려서 보내.

그렇지만 망루 위에서 팔짱을 끼고 바람에 머리를 흩날리며 서 있는 저 모습은 정말…… 멋있긴 멋있다.

여러모로 좀 그렇기는 하지만.

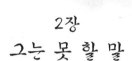

2장
그는 못 할 말

북문을 지키던 병사들이 여포가 창을 던져 잡은 조조군 병사의 시체를 수습하러 출발했다. 그런 와중에서 진궁은 여전히 망루 위에 서 있는 여포를, 조조군 병사 쪽을 번갈아 쳐다보더니 한숨 섞인 목소리로 말했다.

"사군의 뜻이 어떠한지 잘 알겠으니 그에 대해서는 더 말하지 않겠습니다. 그저 어떠한 용무로 소생을 부르셨는지 그 연유나 말씀해 주시지요."

"전쟁의 와중에서 우리 쪽 장수를, 진류 태수의 복심인 자네를 다 불러 모은 게 어떤 의미이겠어? 당연히 조조를 공격할 방법을 의논하자는 거지."

"그러셨군요. 그렇게 모인 자리를 본 적의 첩병을 사공께서는 살려 보내셨고 말입니다."

진궁이 기다랗게 자라난 자신의 수염을 쓰다듬으며 말했다. 그 눈빛이 차갑게 가라앉아 있다.

여포는 그저 어깨를 으쓱일 뿐이었다.

"사군은 소생이 내놓는 계책에 따를 작정이십니까?"

"먼저 말해. 일단은 듣고 나서 결정할 거니까."

"하면 말씀드리지요. 소생이 이틀 전부터 확인하니 조조의 병졸은 동민에 주둔하며 보리를 수확 중에 있습니다. 군량이 모자란 게지요."

'보리라고?'

온몸에서 소름이 돋는 게 느껴진다. 삼국지 무릉도원에서 보았던 내용들이 내 머릿속에서 파노라마처럼 펼쳐졌다.

조조가 보리를 수확하는 척 병사들을 제방 뒤에 매복시켜 놓았고, 진궁은 그것을 간파하지 못해 여포군이 패배했던 그 내용이.

꿈속의 꿈에서 본 것이라 그저 이상하다고만 생각했는데 그 이야기가 이렇게 내 눈앞에서 펼쳐지다니…….

"흩어져 있는 병력이 대략 이만가량이고 본영을 지키는 건 일만가량으로 보이는데 평소보다 많은 깃발을 세워두고 인근의 백성을 데려다 병졸로 위장시켜 허장성세하는 등 필사적인 모양이더이다."

"그러면 조조군 본영을 공격하자는 소리야?"

"예, 병력의 칠 할이 보리를 수확하고자 나가 있을 때 본영을 공격해서 모조리 태워 버리면 놈들의 전력은 현재의 삼 할로 떨어지게 될 것입니다."

"회전을 펼치는 건 어때?"

"불가합니다."

"왜?"

"사군께서도 잘 아시지 않습니까. 회전을 벌인다고 한들, 조조는 기책을 발휘해 사군의 손발을 꽁꽁 묶어둘 것입니다. 그런 와중에서 사군의 부장들을 하나하나 격파하겠지요."

"그냥 훤한 대낮에 탁 트인 평지에서 싸우면 되는 것 아닌가? 머릿수도 우리가 훨씬 많고, 기병도 마찬가지이니 내가 직접 적진을 휘젓도록 하지. 그러면 이길 수 있어."

"사군께서 생각하시는 것을 조조와 그 휘하의 순욱과 정욱이 생각지 않겠습니까? 사군께서 회전을 원하신다는 것을 그들도 알 것인즉, 절대 받아주지 않을 것입니다."

"그래서 기습하는 게 제일 좋다는 건가?"

"소생이 생각기로 현재로썬 그 방안이 상책입니다."

"고순. 그대는 어떻게 생각하지?"

망루에서 내려오며 여포가 말했다.

그 얼굴에 살짝 짜증이 묻어나온다. 진궁과의 논쟁에서 완전히 밀렸기 때문일 터.

하지만 고순은 그런 여포의 기분을 고려할 생각이 전혀 없는 눈치였다.

"공대 선생의 말씀이 타당하다 사료됩니다."

"진심으로?"

"조금이라도 승률이 높은 쪽을 선택해야 하지 않겠습니까."

여포가 인상을 찌푸린다. 마치 고순이 자기가 아니라 진궁의 의견에 동의하는 것에 배신감을 느끼기라도 한 것 같은 얼굴이다.

"장료, 너는?"

여포를, 고순을 번갈아 쳐다보던 장료가 작게 한숨을 내쉰다. 그 얼굴에 난감한 기색이 가득하다.

장료가 잠시 고민하더니 입을 열었다.

"주공의 말씀도 옳고 공대 선생의 말씀도 옳습니다. 하여 소장은 판단을 유보하고자 하니 주공께서 널리 이해하여 주십시오."

"또 개똥철학 나오셨군."

"소장의 배움이 부족한 탓입니다."

마음에 들지 않는다는 듯, 여포가 장료를 잠시 째려보더니 성렴과 학맹을 비롯한 나머지 장수들을 향해 시선을 옮겼다.

"너희들도 마찬가지인가?"

하지만 장수들은 딴청을 피우며 여포의 시선을 피하고 있다. 마치 학교에서 수학 선생이 어려운 문제를 적어놓고 그걸 풀 사람을 지목하려 할 때의 그것과 같은 모습이었다.

"아오, 진짜……."

"소생의 의견을 따라주시지요."

"그래, 그래라, 그래. 우리 총명한 공대 선생이 말씀하시는 대로 하면 되겠지."

"그리 말씀하여 주시니 참으로 감사할 따름입니다. 허면……."

진궁이 여포를 향해 읍하고선 자신의 작전에 대해 설명하기 시작했다.

마음 같아서는 앞으로 어떻게 되건 구경만 하고 싶다. 나는 이게 꿈이길 바란다. 꿈에서는 여포군이 처참하게 패배하건, 여포가 죽게 되건 아무런 상관이 없다. 난 그저 잠에서 깨어나면 그만이니까.

그러나 정말 만에 하나, 천만분의 하나라도 이게 꿈이 아니라 현실이라면? 그래서 훗날 여포가 누군가에게 패망해 죽게 되었을 때 나도 그 옆에서 함께 죽게 된다면?

……끔찍하다.

멀쩡하게 붙어 있던 내 목에서 서늘함이 느껴진다. 그런 일이 벌어지는 건 무슨 수를 써서라도 막아야 한다. 내가 살아남기 위해서라도.

"조조가 보리를 수확하는 척 우리를 유인하는 것일 수도 있지 않겠습니까?"

카랑카랑한 목소리로 또박또박 힘주어 자신의 계책에 대해 설명하던 진궁의 시선이 내 쪽으로 향한다. 다른 장수들, 그리고 여포의 그것 역시 마찬가지.

"장군은 이것이 조조의 기만책이라 생각하는 것이오?"

"그럴 가능성도 놓고 생각해 보자는 겁니다. 선생께서는 적에게 식량이 부족하니 당장 보리를 수확하는 게 급선무라는 전제 조건을 깔고 생각하시는 것이잖습니까."

"그러니 다른 방향에서 생각해 보자는 게로군. 흐음……."

"복양에서 메뚜기 떼가 창궐했지. 그것 때문에 북연주 전체가 다 피폐해졌고 조조는 군량이 모자라 군을 뒤로 물렸다. 아직도 그게 회복되지 않아 군이고 백성이고 전부 식량이 모자란 와중이고. 그래서 얼마 남지도 않은 식량을 수확하는 게 중요한 상황인데 이게 속임수일 거라고 생각하는 거냐?"

어이가 없다는 얼굴로 여포가 반문한다.

그래. 저 입장에선 저렇게 생각할 수도 있지.

아마 나도 꿈을 꾸지 않았더라면 여포처럼 생각했을 거다.

"속임수일 수가 없다고 보시는 겁니까? 형님께서는요."

"군량이 바닥나면 군은 흩어진다. 나는 조조가 보리를 수확한다는 걸 의심치 않아. 그저 계책에 의존하는 게 아니라 힘과 힘이 부딪치는 좀 더 선명한 싸움을 원할 뿐이지."

"형님이 원하는 게 무엇이든 간에 보리를 수확하는 건 절대로 속임수일 수가 없다고 보는 거잖아요."

"그래."

"그래서 더더욱 속임수라는 겁니다. 이곳에 있는 누구도 조조가 보리의 수확을 포기해 가면서까지 우리를 단시간 내에 격파하려 한다는 걸 예상하지 못하잖아요?"

"뭐?"

여포가 인상을 찌푸린다. 이게 무슨 헛소리를 하는 건가, 하는 얼굴이다.

"절대로 포기하지 않을 것이라 믿어 의심치 않을 것을 포기하는 것으로 조조는 우리의 허를 찌를 수 있어요. 그러면 충분히 해볼 만한 장사 아닙니까?"

"잠깐만 기다려 보십시오, 사군."

"그대까지 문숙의 억지에 동참하려는 것인가?"

"생각해 볼 가치는 있는 듯싶습니다. 게다가 지금 위 장군께서 하시는 말씀은 제가 제자를 지도하며 해주었던 말을 떠올리게 하는군요."

오늘 새벽에 진궁이 했던, 그 허를 찌른다는 말을 역으로 자신에게 적용한다면 조조가 무엇을 노리는 것인지도 알 수 있지 않을까?

"잠시만…… 생각을 정리할 테니 기다려 주시지요."

진궁이 서 있는 자리에서 눈을 감는다. 어떤 표정도 떠오르지 않는, 그 잔잔한 얼굴에서 미세한 떨림이 일어난다.

지금 진궁의 머릿속에는 어떤 생각들이 떠오르고 있을까? 평범한 사람에 불과한 나로선 상상조차 안 된다.

그렇게 오 분이나 지났을까?

"덕분에 이 진궁이 큰 깨달음을 얻었소. 조조 놈이 얼마나 사악한지 뻔히 알면서도 그가 군량을 확보하는 걸 포기하지 않을 것으로만 생각했소. 위 장군이 아니었다면 우리 동맹군은 몹시 곤란한 상황에 처했을 것이니 내 주공을 대신해 감사드리오."

진궁이 의관을 정제하며 자세를 바로 하더니 맞잡은 두 손을 들어 올리며 날 향해 상체를 숙여 읍했다.

채널을 돌리며 한 번씩 본 삼국지 드라마에서 자주 나오는, 상대에게 예를 표하는 방법이다.

나도 똑같이 진궁을 향해 읍하려는데 후성의 얼굴이 내 시야에 들어왔다.

그가 고개를 저으며 진궁에게 보이지 않게 몸을 비틀어 포권하는 모양을 손으로 만들어 보이고 있었다. 나는 무장이니 읍이 아니라 포권이 맞다고 알려주는 것 같다.

"과찬이십니다, 공대 선생."

후성이 알려준 대로 포권을 하고 나니 진궁이 왕삼이 들고 있던 부채를 받아 들더니 살랑살랑 그것을 흔들며 선 자리에서 이리저리 거닐기 시작했다.

또 다른 고민을 하기 시작한 모양.

조조군이 어디에 어느 정도의 병력을 매복시키고 있을지, 그것을 어떻게 해야 찾아내고 어떻게 공격해야 대승을 거둘 수 있을지 고민하는 것이겠지.

나는 조조군의 위치도, 그들을 어떻게 공격해야 할지 역시 알고 있다. 이쯤에서 얘기해 주면 좀 더 빠르게 일을 처리해서 우리가 승리할 가능성이 커지지 않을까?

"저, 공대 선생."

"만약 조조가 매복을 노린다면 병력은 영채 근처에 있는 자그마한 둑 너머와 곤산(崑山), 홍두산(紅頭山) 기슭의 숲에 숨길 것이오."

내가 막 말을 꺼내고자 했을 때, 진궁이 부채를 접으며 말했다. 놀랍게도 내가 얘기해 주려던, 조조군에 대한 정확한 정보가 진궁의 입에서 새어 나오고 있었다.

저걸 그냥 조조군이 매복을 했을 수도 있다는 말만 듣고서 알아차린다고?

"놀라실 필요 없소이다. 조조의 계책이 무엇일지를 꿰뚫는 건 분명 어려운 일이지만 일단 무엇인지만 알면 나머지는 손쉽게 알 수 있으니까. 계책을 위해 군을 배치하기 좋을 장소는 몇 안 되질 않소이까."

"아…… 그렇군요."

"장군의 말대로라면 조조는 인근 마을의 백성을 움직여 병사로 가장해 보리를 수확케 했을 것이오. 그래야 우리가 조조의 병력이 나뉜 것으로 생각하게 될 테니. 게다가 이렇게 되는 흐름이라면…… 기주에서 군량을 지원받았다는 얘기가 되겠군."

"원소에게? 그 조조가?"

여포가 반문했다.

마침 내가 묻고 싶었던 소리다.

"조조는 기주 원가에서 부리는 장수나 마찬가지인 입장이지 않습니까. 사군께선 그들의 적이니 조조가 연주를 뺏기지 않도록 지원하는 것 역시 자연스러운 일이지요."

"어차피 연주를 평정하고 나면 그놈과도 일전을 벌이게 될 테니 새삼스러운 일도 아니겠군."

무슨 소린지 모르겠다. 하지만 여포나 진궁은 별것 아니라는 듯 계속해서 대화를 이어나가고 있었다.

"그래서 조조를 격파하는 건 어떤 방법을 쓸 거지?"

"그것은……."

진궁이 여포를 쳐다보며 말꼬리를 흐린다.

잠깐 고민하는 것만으로도 조조가 무엇을 노리는지, 병력은 어디에 숨겨놨고 식량 사정이 어떨지도 다 계산해 내는 양반의 말문이 갑자기 왜 막히는 거지?

이상한 생각이 들어 진궁의 얼굴을 살피니 뭔가 말은 하고 싶은데 차마 그게 입에서 떨어지지 않는다는 것 같은 눈치다. 진궁이 말을 못 할 만한 건······.

⟨사실 이게 진짜 제일 좋은 방법인데 진궁은 절대로 이거 간언 못 함. ㅋㅋㅋ 이거 얘기했다간 바로 동맹 파기임. 여포가 절대 들어줄 리도 없고. ㅋㅋㅋ 결론은 어떻게 하든 여포는 망한다는 거임. ㅋㅋㅋㅋ⟩

삼국지 무릉도원. 그곳에서 보았던 댓글 내용 중 하나가 머릿속에서 떠올랐다.

지금 진궁은 그 내용을 계책으로 진언하려다 차마 말을 못하고 머뭇거리는 게 아닐까?

"공대 선생. 지금 말씀하시려는 걸 제가 대신 이야기해도 되겠습니까?"

"장군도 그걸 생각 중이란 말씀이외까?"

내 추측이 맞는 모양이다.

내가 고개를 끄덕이며 여포 쪽으로 시선을 옮겼다.

여포는 호기심 가득한 얼굴로 날 쳐다보고 있었다.

"공대가 생각하는 걸 너도 생각하고 있다니 흥미로운데. 뭘 말하려는 것이냐?"

"그러니까……."

얘기해도 될지 모르겠다. 그래도 얘기를 해야 할 것 같기는 하다. 만약 이게 진짜로 꿈이 아니라 현실이라면 전투에서 이길 가능성을 조금이라도 더 높여야 내가 요절하지 않고 살아남을 수 있으니까.

진궁은 남이지만 그래도 난 사촌 동생이라고 했으니 죽이진 않겠지.

'지른다!'

"좋은 방법이 하나 있는데 꽤 위험합니다."

"대승을 거둘 수 있으면 그깟 위험쯤 얼마든지 감수할 수 있다."

"그렇습니까?"

"초의 항우도 위험을 무릅쓰고 나아가 비록 패망하긴 했지만, 역사에 그 이름을 남겼다. 나 역시 그리할 것이다."

순간적으로 항우처럼 이름을 알리고 패망하겠다는 건가 싶었는데 아마 그렇지는 않을 거다. 분위기에 취해 뭔가 멋져 보이는 말을 하려다가 엉뚱한 비유가 나온 거겠지.

제발 그런 거여야 할 거다. 어쨌든 우리 군대의 '대빵'은 여포니까.

"그럼 잘 됐군요. 형님이 병사들을 끌고 가 매복에 빠진 것처럼 조조군의 영채를 공격하시죠. 그러면 조조군은 계책이 성공한 것으로 착각해 사방에서 밀려올 겁니다. 그러면 항우같은 업적도 세울 수 있을 거고요."

"삼만으로 육십만을 때려잡았던 그 팽성 전투처럼 말이지?"

그게 무엇인지는 모르겠다. 그냥 항우를 좋아하는 것 같아서 항우를 예로 든 거니까.

난 그냥 고개를 끄덕였다.

여포는 생각하는 것만으로도 피가 끓는다는 얼굴을 하고 있었다.

이제부턴 진궁이 알아서 다 하겠지.

"여 사군. 위 장군의 뜻이 제 뜻과 같습니다. 따라주시겠습니까?"

공손하기 그지없는 모습으로 여포를 향해 포권하며 진궁이 말했다.

여포가 일말의 고민도 없이 씩 웃으며 고개를 끄덕였다.

"괜찮을 것 같다. 이기면 내 이름이 역사에 제법 찐하게 남을 거잖아?"

"아닙니다, 주공. 조조가 매복으로 무엇을 준비해 두었을지 알 수 없습니다. 너무 위험하니 제게 맡겨주십시오."

가만히 우리들의 대화를 지켜보고만 있던 고순이 한 걸음 앞으로 나왔다.

이러면 나가린데?

"아니야. 이건 내가 직접 가야 해."

"하지만 주공."

"야."

"예?"

"이거 위험하긴 해도 성공하면 장난 아니야. 그걸 감히 네가 혼자 독차지하겠다고? 날 제치고?"

"……예?"

고순도 할 말을 잃은 모양.

여포 저 인간, 확실히 정상은 아닌 것 같다.

그래도 정상이 아니어서 다행이다. 이건 무조건 여포가 나가야 성공할 일이니까.

"옳은 말씀이십니다, 사군. 허면 그리 알고 준비해 보도록 하겠습니다."

"그대가 원하는 대로 하도록."

태양이 저물어간다. 새로웠던 하루가 끝나가는 거다.

만약 이게 꿈이라면 벌써 한참 전에 깨어났을 거다. 그랬다면 난 스타크래프트를 실행하며 '참 이상한 꿈이었어'라고 생각하고 대수롭지 않게 넘겼겠지.

하지만 난 아직도 꿈에서 깨어나지 못했다. 그저 이렇게 군막에 앉아 태양이 저무는 걸 지켜보고 있을 뿐이다.

어쩌면 나는, 이 말도 안 되는 상황 속에 정말로 갇혀 버린 것이 아닐까 하는 생각과 함께.

"쓰벌……."

"장군? 괜찮으십니까?"

"어, 괜찮아. 후성이라고 했지?"

"하아…… 아직도 그러시는 겁니까. 정말 도사라도 불러오리까? 아니면 의원을 뫼시리까?"

"그건 됐어. 근데 왜 온 거야?"

오전 내내 내 옆에 붙어 있던 후성은 급하게 지시해야 할 일이 있다며 여포에게 불려갔었다.

"주공께서 부르십니다. 이번에도 장수들 모두를 부르셨다는군요."

"흠, 싸우겠다는 건가?"

"아무래도 그런 모양입니다. 가시지요."

"응."

후성을 따라 여포의 군막으로 향했다.

그곳엔 여포 휘하의 장수들뿐만 아니라 여포와 동맹을 맺었다는 진류 태수 장막과 그 휘하의 진궁과 왕삼을 비롯한 장군들까지 모두 모여 있었다.

"……하여 우리들은 상기의 계획대로 조조군을 공격할 것이오."

누가 어떤 병력을 얼마나 이끌고 어디로 가서 무슨 역할을 할 것인지. 진궁은 작전의 개요부터 시작해 진행 및 그로 인해 도출되어질 결과까지 하나하나 세세하게 설명했다.

"다시 한번 생각해 주십시오. 소장이 계속 고민을 해보았지만 이건 아닌 것 같습니다."

황당하다는 얼굴로 학맹이 반문하자 여포가 어깨를 으쓱였다.

"난 이미 위속과 진궁의 말을 들어 결정을 내렸다. 네가 그들보다 똑똑하다고 생각하냐?"

"하, 하지만."

"근거를 대. 네가 더 똑똑하고 더 현명해서 더 좋은 계책을 낸다고 하면 따를 테니까. 그렇게 할 수 있겠어?"

학맹이 입을 다문다.

그 모습을 보고 여포가 씩 웃었다. 학맹이야 어쨌건 간에 자기가 제일 중요한 위치에서 제일 중요한 임무를 맡는다는 게 즐겁다는 얼굴이다.

진짜 비정상이라니까…….

"그래서 내 생각을 해보았다. 그런 좋은 자리에 나 혼자만 가는 건 아무래도 양심에 가책이 좀 생겨서 말이지."

"소장을 데리고 가십시오. 소장이 목숨을 바쳐 주공을 보위하겠습니다."

이번에도 고순이 나서며 말했다. 확실히 누구 한 명 믿을 만한 장수를 데리고 가는 것도 나쁘지는 않을 것 같은데 여포는 그렇게 생각하질 않는 모양이다.

"그대는 그대의 역할을 하도록 해. 내가 데리고 가고 싶은 건 문숙이다."

문숙? 문숙이면…… 난데? 위문숙. 이 시대는 뭐 이렇게 갖다 붙이는 이름이 많아, 헷갈리게.

'잠깐만, 근데 왜 날 불러?'

"형님, 저랑 가시겠다구요?

"나와 영광을 함께하자꾸나. 내 이름이 드높아지는 만큼,

네 이름 역시 높아질 것이다. 흐흐흐. 생각하는 것만으로도 기분이 좋아지지 않느냐?"

"전 그냥 후방에서 있는 게 좋은데요?"

"아니다. 네 덕분에 이런 작전을 만들어낼 수 있었으니 네게도 과실을 나누어줘야지. 자고로 군주는 공정해야 한다고 했다. 네 형을 공정치 못한 자로 만들 생각이냐?"

'이 인간은 공정이란 단어의 뜻이 뭔지 모르나?'

"어우……. 이거 어떻게 버티지."

걱정이 태산이다. 칼은커녕 활도 한번 쏴본 적 없이 그냥 평범한 농부로 살았던 내가 전쟁터엘, 그것도 가장 중요하면서 가장 위험한 곳으로 가게 됐다니.

"긴장 풀 거라. 우린 역사에 이름을 남기게 될 것이니."

그 말과 함께 여포가 내 어깨를 두드려 주는데 참 한숨밖에 안 나온다.

역사에 이름이 남는다고 해도 여기에서 죽어버리면 그게 무슨 소용이라고…….

내 옆에 있는 게 장료나 고순 정도만 됐어도 뭔가 편하게 얘길 해봤을 텐데 여포라 그런지 입이 안 떨어진다. 안전한 후방으로 가고 싶다.

"걱정스러운 것이냐?"

이제 내 마음을 이해해 주는 건가?

역시 눈치가 아주 없는 건 아닌 모양이다.

"네가 쓸어버릴 것도 남겨줄 터이니 걱정 말거라."

"예?"

"나와 함께 가면 네가 처부술 적들이 남아나질 않을 것이라 걱정하는 게 아니냐. 그러니 걱정 말라는 거다. 네가 부숴 버릴 적들도 어느 정도는 남겨줄 테니."

"하, 하하. 안 남겨주셔도 됩니다, 형님."

"내게 다 양보하겠다는 것이냐?"

"항우처럼 유명한 무장이 되시려면 형님께서 다 하셔야죠. 전 뒤에서 응원만 하겠습니다."

"고맙다, 문숙."

아니, 내가 더 고맙지.

부디 혼자서 다 쓸어줬으면 좋겠다.

답답한데 말도 못 하고, 티도 못 내고 그냥 묵묵히 움직이고만 있는데 여포가 나지막한 목소리로 말했다.

"문숙. 나는 네가 함께 있어서 참으로 든든하다."

"예?"

갑자기 이건 또 무슨 소리야?

"설마하니 내가 정말 아무것도 안 보고 가장 위험하다는 곳에 뛰어들어 이름을 높이고자 했겠느냐?"

아무리 봐도 그냥 밑도 끝도 없이, 무모하다 싶을 정도로 덤벼든 것 같지만, 이 인간은 사장이고 난 부하 직원이나 마찬가지다.

"당연히 뭔가 큰 계획이 있으셨겠죠."

여포가 씩 웃는다.

"그 큰 계획이 바로 너다."

이건 또 무슨 소리야?

"적진 한가운데에 뛰어드는 꼴인데 그래도 비장의 한 수는 있어야지. 내게는 그게 너다."

"제가 왜 비장의 한 수라는 겁니까?"

"그 진궁이 널 인정했잖느냐. 그것도 무(武)가 아니라 문(文)으로."

"그게 무슨……."

엄밀하게 말해서 진궁이 인정한 건 내가 아니라 삼국지 무릉도원에서 그 댓글을 남긴 이다. 여포가 그걸 알 리가 없으니 내가 인정받은 것이라 생각하는 것이고.

"너도 들었지? 문숙이 낸 계책에 진궁이 놀라서 감탄했다는 얘기."

여포가 바로 뒤에서 우릴 따라오던 천부장에게 말했다.

쟤 이름이 위월이라고 했었지? 아마.

"예, 주공. 이야기는 들었습니다."

"대단하지 않아? 문숙 쟤가 어렸을 때부터 똑똑한 거로 유명했어. 동네에서 장난 아니었다니까?"

"그렇습니까?"

"너도 알다시피 우리 군 애들은 똑똑한 것보단 용맹하고 체력 좋고 의리 있고 그렇잖아? 그나마 장료랑 고순이 좀 낫긴 한데 그래도 진궁한테 비할 바는 아니지."

"하, 하하."

위월의 얼굴에 난감한 기색이 피어오른다.

이해한다. 아무리 여포 앞이라지만 천부장의 입장에서 장료나 고순을 흉보는 얘기에 호응하며 맞장구를 칠 수는 없는 노릇이겠지.

하지만 여포는 그런 건 아무래도 상관없다는 듯 계속해서 신난 얼굴로 말을 이었다.

"쟤가 우리 애들을 대신해서 진궁 콧대를 눌러줬다니까? 진궁이 쟤한테 읍하면서 고맙다는데…… 야, 내가 다 기분이 좋더라고."

"그랬군요. 정말 기분 좋으셨겠습니다, 주공."

"진짜 좋았다니까? 안 똑똑한 게 나쁜 건 아니야. 그래도 우리 애들은 말했다시피 용맹하고 의리 있고 그러니까."

그렇게 말하던 여포가 고개를 갸웃거린다.

"흠, 그러고 보니 나도 반박은 못 했는데? 나는 왜 반박을 못 했지? 나도 용맹하고 체력 좋고 의리 있고 그런 편인 건가? 아닌데, 나도 똑똑한데? 진궁보단 덜 똑똑해서 그런 건가?"

여포가 혼자 중얼거리는데 뭐가 진짜 모습인 건지 모르겠다. 쳐다보는 것만으로도 사람을 움찔거리는 위엄 쩌는 모습이 진짜냐, 아니면 좀 요상해 보이는 지금 모습이 진짜냐.

어느 쪽이든 상대하기가 껄끄럽다. 엉뚱한 사람일수록 핀트가 어긋나는 포인트도 이상할 테니까.

'에휴.'

내가 그렇게 생각하며 한숨을 내쉬는데 말의 속도를 줄이며 저 뒤로 물러난 위월이 시야에 들어왔다.

그는 시뻘게진 얼굴로 입술까지 질끈 깨문 채 웃지 않으려 필사의 노력을 기울이고 있었다. 아마도 여포의 '나도 똑똑한데?'에서 터진 것 같다.

너 이 새끼 진짜 웃진 말아라. 오십 장 밖에서 사람 꿰뚫는 분이시다, 저분이.

"아, 시발……."

나도 모르게 욕이 나오고 심장이 쿵쾅거린다.

지금 우리는 조조군 영채의 한가운데에 들어와 있다.

나를 중심으로 여포가 이끌고 온 보병 삼천이 방진을 펼치고 있고, 저 앞에는 여포가 기세등등한 모습으로 서 있다.

이제는 진짜 궁금하다.

저건 어디가 좀 모자란 걸까? 아니면 미친 건가? 정신 상태가 어떻게 이상해야 저런 걸 할 수 있을지. 잘 안 보이는 곳에서 화살이라도 날아오면 어쩌려고?

하지만 여포는 그딴 건 신경도 안 쓴다는 것 같은 모습이다.

위엄이 엄청나긴 한데. 진짜 저래도 되나?

"너희들은 이미 매복에 빠졌다! 투항하라! 투항하는 자는 살려줄 것이고, 군복을 바꿔 입힐 것이며, 우리 주공의 아래에서 풍족히 먹고 살 수 있도록 해줄 것이다!"

우리의 주변, 영채 안쪽으로 밀고 들어온 조조군 장수가 소리친다. 조(曺)의 깃발을 휘날리는 장수다.

저 뒤로 모인 병력은 어느 정도나 되는 걸까?

창칼로 무장한 병사가 우리 앞으로 끝도 없이 펼쳐져 있다. 그리고 계속해서 영채 안쪽으로 들어오는 것인지 발소리며 말발굽 소리며 하는 것들이 들려오고 있었다.

"내가 바로 인중룡 여포다! 적장은 누구인가!"

"영군도위 조인이다."

"적장 조인은 들어라! 너도 포위당했다!"

"뭐라고?"

조인이 황당하다는 듯 반문했다. 황당하긴 나도 마찬가지다.

포위를 당한 건 우린데 왜 조인이 포위를 당해?

"네 병사들은 나 혼자 쓸어버릴 거니까, 너는 내 병사들한테 포위된 거지. 지금이라도 항복하면 안 죽이고 살려주마."

'형님. 갑자기 그게 무슨 개소리예요?'

사람 생각은 다 비슷한 모양이다. 조인의 얼굴이 기괴하게 일그러진다. 그 주변의 병사들, 장수들 역시 마찬가지였다.

"제 아비 모가지를 뎅강뎅강 잘라 버리고 다니더니 제대로 미쳐 버린 모양이구나."

"내가 미쳤다고?"

"그럼 그게 제정신이겠느냐?"

"난 멀쩡한데? 아, 그리고 잘못 계산했다. 내 아우가 오백은 맡아줄 거야. 그러니까 너는 더 심하게 포위당한 거지."

'아니, 이 양반이 진짜……'

어지간하면 편들어주고 싶지만 이건 진짜 실드 불가다. 우리 쪽 병사들, 심지어는 위월을 비롯한 이들조차 못 말리겠다는 얼굴을 하고, 몇몇은 질린다는 표정마저 하고 있었다.

사기가 뚝뚝 떨어지는 소리가 들리는 것 같다. 사기가 낮아지면 전투에서 불리해질 수밖에 없다.

내가 살아남기 위해서라도 뭔가 수를 내야 하는데. 뭘 해야 하지?

"그대들은 저런 미친놈을 위해 목숨 걸고 싸울 것인가!"

조인이 재차 소리친다.

상대의 병력이 계속 몰려오며 포위망을 만들고 있는데, 그 포위망이 완벽해질 때까지 떠들어대며 시간을 끌려던 노림수가 이제는 사기를 떨어뜨리는 것으로 바뀌고 있다.

저 입을 막아야 한다.

"조인! 그대는 하나만 알고 둘은 모르는구나!"

있는 힘껏 소리치며 말을 몰아 여포의 옆으로 나갔다. 일순간 조인을 포함한 조조군 수천 명의 시선이 내 쪽으로 집중되는 게 느껴졌다.

'엿 같네, 진짜.'

원래 난 사람들 앞에 나서는 걸 좋아하는 성격이 아니다. 그런데 이렇게 나서니 괜히 긴장된다.

"네놈은 누군데 튀어나와서 헛소리를 지껄이는 거냐?"

"주공의 사촌 동생 북도위 위속이다. 뒤에서 듣자 하니 네놈은 네 주군 조조가 얼마나 파렴치한 놈인지 잘 모르는 것 같아 몇 가지 일러주고자 나왔다!"

"뭐라?"

"네놈 조인의 주군이 천하에 다시없을 유부녀 킬러······가 아니지. 유부녀 중독자라는 것은 알고 여기에 나와 있는 것이냐?"

"지금 무슨 개소리를 지껄이는 게냐!"

"세상 사람들이 전부 다 아는 걸 혼자만 모르는 척하는구나! 조맹덕이 지금껏 뺏은 남의 처첩만 해도 수백 명은 족히 넘을 것이다!"

"개소리하지 마라! 우리 주공은 온 천하가 다 아는 충의지사이다! 여포 개망나니가 동탁의 발가락을 핥는 동안 의군을 모아 일으킨 것이 바로 우리 주공이고 목숨을 걸어가며 최후의 최후까지 의로움을 좇은 것 역시 우리 주공이시다!"

"아, 그러세요? 그러는 동안 뺏은 유부녀는 몇 명인데?"

"온 천하가 우리 주공의 대명을 알고 있다! 그 간악한 세 치혀로 주공의 의로움을 헛되게 하려 한들, 씨알도 먹히지 않을 것이다!"

'말을 꽤 잘하는데?'

잠깐 숨을 고를 겸, 주변을 한번 돌아봤다. 우리 쪽 병사들이 약간은 흥미로워하는 얼굴로 나와 조인을 번갈아 쳐다보는 중이다.

여기에서 조인을 제대로 한번 먹이면 사기가 높아질 것 같기도 한데…….

"주공이란 놈은 어처구니없는 멍청이이고, 동생이란 놈도 유언비어나 퍼뜨리는 놈이니 너희 수준을 알 만하구나! 우리 주공의 대명에 발끝만큼도 미치지 못할 놈들이로다!"

조인이 그렇게 소리치는데 댓글 하나가 떠올랐다. 수십 개씩 댓글을 이어가며 논쟁 중이던 상대를 단박에 열폭시켜 버린 그 댓글이.

"조인! 너 조조 너무 빨아주는데? 그 정도로 빨아주면 똥구멍 헐어."

"뭐…… 라고?"

조인의 눈이 동그래진다. 자기가 듣고도 믿기질 않는다는 얼굴로 놈이 날 쳐다보고 있다.

'다행이다, 효과가 있어.'

"야, 잠깐. 입 좀 벌려봐. 똥 껴 있나 한번 보게. 그 아래쪽 거 말이야."

"그 무슨 어처구니없는 개소리를……."

"그냥 궁금해서 물어보는 건데 오해하지 말고 잘 들어. 너 혹시 조조랑 사귀냐? 빨아주는 게 너무 열정적이어서 말이야. 야, 내가 인간적으로 남남은 흠이 아니라고 생각하거든. 근데 근친은 좀 아니지 않냐?"

조인의 얼굴이 멍해진다. 그 상태에서 손가락으로 날 가리키고 있다. 뭔가 그럴듯하게 내 말을 받아쳐야 한다고 생각하는 중인 것 같기는 한데 입만 **뻐끔뻐끔**할 뿐 말이 나오지는 않는다.

공황 상태에 빠진 거겠지. 이런 개념이 담긴 욕이 이 시대엔 없었을 테니까.

'자, 이쯤이면 우리 쪽 병사들의 사기가……'

"뭐야?"

병사들이 날 쳐다보고 있다. 그것도 하나같이 '와, 이건 좀……' 이란 얼굴들이다.

위월 역시 마찬가지. '아무리 적이라고 해도 그렇지, 사람이 어떻게 그런 말을……'이라고 말하는 것 같은 얼굴이다.

지들 잘 싸우게 하려고 내가 총대 멘 건데. 사람을 왜 저런 눈으로 쳐다보고 있어?

"잘했다, 문숙."

여포가 만족스럽다는 듯 고개를 끄덕이며 말했다. 그래도 한 명은 날 이해해 줘서 다행이다.

"아, 혹시나 해서 말하는 건데. 내가 널 섭섭하게 했던 거 있으면 이해해라. 무슨 말인 줄 알지?"

이해해 주는 게 아니었어?

"저 더러운 놈들을 모조리 쓸어버려라!"

둥, 둥, 둥, 둥.

내가 그렇게 생각하고 있을 때 뒤늦게 정신을 차린 조인이 소리쳤다. 동시에 북소리가 울려 퍼지고, 포위망을 완성한 조조군이 우리를 향해 공격해 오기 시작했다.

"문숙, 뒤로 가 있어라."

'얘기 안 해도 그럴 작정이었거든요?'

말을 몰아 병사들이 펼치고 있는 방진 사이로 들어가는데 일순간 북의 멜로디가 달라지더니 조조군의 함성이 들려왔다. 놈들이 우리를, 여포를 향해 정말 거대한 파도가 휘몰아치는 것처럼 질주해 오고 있었다.

"주공! 뒤로 물러나십시오! 위험합니다!"

"위험? 내가?"

위월이 소리치자 방천화극을 고쳐 잡은 여포가 피식 웃는다.

'저거 진짜 미친 거 아니야?'

지가 아무리 여포라고 해도 그렇지. 결국엔 한 명의 인간일 뿐인데 어떻게 몇천 명이나 되는 사람들을 혼자 상대하겠다고 저러고 버티는…… 게 가능했어?

적게 잡아도 백 명은 될 것 같은 조조군 병사들이 여포를 둥글게 포위하고선 창을 찔러댄다. 하지만 여포가 방천화극을 한번 휘두르니 나지막한 비명과 함께 창을 놓치고 나가떨어지는 이가 잔뜩이다.

거기에 더 해서.

히히히히힝-!

적토마가 울부짖으며 앞다리를 들어 올리더니 균형을 잃은 병사들을 향해 달려 나간다. 병사들이 채 반응하기도 전에 적토마는 그 병사들을 그대로 짓밟아 버리며 여포가 이끄는 방향대로 질주하기 시작했다.

"와……."

병사들이 추풍낙엽처럼 쓰러진다는 말은 소설에서나 가능한 일이라 생각했다. 그런데 지금 여포가 적토마와 함께 달리며 방천화극을 휘두를 때마다 조조군 병사가 서넛씩 쓰러진다. 벌써 내가 본 것만 오십 명이 넘어가는 것 같다. 말 그대로 추풍낙엽처럼 쓰러져 가고 있었다.

"여포를 죽이는 자에겐 주공께서 천금과 함께 연주에서 제일가는 미녀를 하사하고 장수로 봉하실 것이다! 여포를 죽여라!"

조인이, 조조군 장수들이 고래고래 소리치는 통에 잠시 쭈뼛거리던 병사들이 다시 달려들기 시작했지만, 결과는 같았다.

여포가 움직일 때마다 조조군 병사들은 그를 피해 물러났다. 마치 수중 다큐멘터리에서 돌고래 같은 바닷속 포식자가 멸치 떼를 공격할 때에 그 주변이 텅 비는 것과 같은 꼴이었다.

"내가 바로 인중여포이며 이놈이 바로 마중적토이니라! 적장 조인은 비겁하게 병사들 뒤에 숨지 말고 앞으로 나와 자웅을 겨루어봄이 어떠한가!"

어차피 일기토에 응할 리가 없다는 것을 알면서도 조인을 끌어내는 거다.

병사들은 장수가 뒤에 숨는 것에 실망하게 될 터. 그러면 자연스레 사기가 떨어지게 될 거다.

자신들은 목숨을 걸고 인간 같지도 않은 여포와 싸우고자 발악하는데 장수라는 자는 안전한 후방에서 소리나 지르며 등을 떠민다고 생각하며.

"막아라! 전력을 다해서 막아내라!"

내가 그렇게 생각하는 동안, 영채의 후방을 빙 돌아 이동해 온 조조군이 마침내 공격해 오기 시작했다.

어느 한 방향에서가 아니다. 여포가 버티고 있는 한쪽을 제외한 나머지 전체에서 조조군이 밀려온다. 그들이 화살을 쏟아내고, 창끝을 들이대며 우리를 압박해 왔다.

십부장과 백부장, 천부장이 너나 할 것 없이 병사들을 격려하고 있기는 하지만 그것과 별개로 분위기가 나쁘지 않다.

"버티자! 버티면 우리가 이긴다!"

"주공께서 분전하시는데 우리가 물러날 수는 없지 않겠나? 형제들!"

"이번에야말로 먼저 쓰러진 형제들의 복수를 할 때다! 버텨내자!"

아무런 보직도 맡지 못한, 말단 병사들조차 서로 격려하며 조조군의 공격을 막아내는 중이다.

여포가 앞장서서 분전하고 있기 때문일까? 아니면 저들도 본 것이 있고, 들은 것이 있어 작전이 잘 진행되어간다는 것을 알기 때문에?

어느 쪽이건 지금으로썬 관계없다. 중요한 건 우리가 승리를 거둘, 내가 죽지 않고 살아남아 천수를 누릴 가능성이 커지고 있다는 점일 뿐이다.

두두두두두두두두—

그렇게 여포가 조조군을 몰아붙이고, 우리 병사들이 철벽과도 같이 공격을 막아내고 있을 때 저 멀리에서 말발굽 소리와 함께 함성이 들려오기 시작했다. 고순과 장료 그리고 장막이 이끄는 매복군이 도착한 거다.

"흐흐흐."

이제부터는 우리가 몰아붙일 차례다.

이런 와중에서 여포가 있는 힘껏 소리치기 시작했다.

"놈들이 매복에 빠졌다! 몰아붙여라!"

목소리가 얼마나 큰지 혼자 외치는 게 병사 수십 명이 함께 외치는 것만큼이나 쩌렁쩌렁하게 울려 퍼진다.

역시 여포는 뭐가 달라도 다르구나.

"넌 여기 있어라. 이 형이 알아서 다 처리하마."

그러면서 내가 바라고 바라던 그 말을 해주기까지.

'이 형님, 센스 장난 아닌데?'

"아 그리고 아까 뭐라고 했지?"

"예?"

"너무 빨아줘서 거기가 헌다고? 크크크."

다시 생각해도 웃긴 모양이다.

여포가 혼자 실실 웃으며 적토마와 함께 조조군을 향해 질주해 나가기 시작했다.

"똥구멍 헌 조인! 게 서라! 인중여포가 나가신다!"

3장
꿈도 희망도 없다

'여기가 조조가 직접 사용하던 군막이라는 거지?'

계략의 디테일을 살리기 위해서인지 조조가 사용하던 개인 물건들이 잔뜩 놓여 있다. 붓이며 죽간이며 먹에 침상의 베개, 심지어는 입다가 벗어놓았던 옷가지와 연주 전역을 상세하게 그려놓은 지도까지.

"신기하네, 이거."

비록 내가 삼국지를 잘 알지는 못하지만, 조조가 어떤 인물인지는 안다.

서양 역사로 치면 대략 카이사르나 나폴레옹쯤 되는 인물일 텐데 그런 사람이 사용하던 물건들을 구경하고 있다니. 마치 박물관에라도 온 것 같은 느낌이다.

"그런 건 뭣 하러 구경하고 있는 거냐?"

나와 함께 조조의 군막을 보러 들어온 여포가 말했다.

"좀 신기해서요."

"신기할 것도 많네. 고작 조조가 사용하던 물건을 보고 그럴 정도면 원소나 원술(袁術) 같은 인간들 것을 봤을 땐 아주 자지러지겠구나."

유비나 손권, 제갈량 같은 인간을 구경한다면 조조의 것처럼 신기할 것 같기는 하다. 하지만 그 이외엔 그다지 느낌이 없을 것 같다. 내가 잘 아는 것도 아니고, 좋아하는 것 역시 아니니까.

"흠, 꽤 상세하게 그려놨군."

조조의 침상 옆에 걸린 지도를 살피고 있는데 여포가 감탄하며 말했다.

"형님."

"왜?"

"이거 진지하게 생각하시면 안 돼요."

"응? 군량을 모아놓은 곳이며, 병사들의 집결지, 각 성에 주둔해 있는 병력의 숫자까지 꼼꼼하게 다 적혀 있잖아? 그런 게 다른 놈도 아니고 조조의 침상 옆에 걸려 있었는데 그걸 믿지 말라고?"

"우리가 지금 멀쩡하게 잘 있던 조조를 공격해서 이긴 게 아니니까요. 조조도 우리가 자기네를 기습하게 유도한 거고, 우린 그 유도를 역으로 이용해서 이긴 거잖아요."

"그럼 이것도 조조가 만든 위장이란 이야기이냐?"

"그렇게 봐야 하지 않을까요?"

그래도 전투를 같이 한번 치러본 탓인지 여포를 대하는 게 약간은 편해진 느낌이다.

처음 봤을 땐 말 한마디 하기도 어려웠는데. 약간은 적응이 된 걸까?

"흠. 조조는 이런 식으로 자길 두려워하게 하는군. 나쁘지 않아. 이렇게 하면 조조가 뭘 하건 일단 의심하면서 무서워하게 되겠지?"

"그렇게 되겠죠. 일단 조조가 하는 건 다 속임수일 수 있다고 생각하고 받아들이면서 별거 아닌 것도 머리 싸매고 고민하게 될 테니까요."

"좋은 방법이군. 나도 적들이 날 계속해서 더욱더 두려워하도록 노력해야겠어."

"어떻게 하시겠다는 건데요?"

"글쎄? 조인 같은 놈에게 활을 쏘는 것도 나쁘지 않을 것 같아. 죽이는 건 아니고 딱 투구 위쪽에다가 맞추는 거지. 그럼 척후병을 살려주는 것보다 더 효과가 좋을 거 아냐?"

"그냥 죽일 수 있을 때 죽이는 게 낫지 않겠어요?"

"네가 뭘 모르는구나. 죽이는 것보단 살려 보내는 게 더 나아. 살아남은 놈이 무용담이랍시고 내가 지를 죽일 뻔한 얘길 떠들어대며 돌아다닐 거 아니냐."

"음. 듣고 보니 그게 맞는 것 같기도 하고……."

아니지. 어떻게 봐도 활로 쏴서 죽이는 게 이득이다. 이런 걸 헷갈리게 되다니 나도 여포 옆에 있으면서 뭔가 물이 들어

버린 모양이다. 정신 똑바로 차려야겠다.

그렇게 생각하고 있을 때 밖에서 말발굽 소리가 들려왔다.

"이 학맹이 적장 이전을 대파하고 돌아왔습니다!"

격전을 치른 듯 땀 냄새에 피 냄새까지 뒤섞인 오묘한 냄새를 풍겨내며 학맹이 그 모습을 드러내고 있었다.

"전과는 어떻게 되는데?"

"아직 모두 센 것은 아니지만, 최소 삼천은 벤 것 같습니다, 주공!"

"허. 삼천씩이나? 학맹 네가 대동한 병력이 삼천이었잖아?"

"조조군이 공대 선생의 말씀대로 움직였습니다. 으흐흐, 이전 그놈의 목도 벨 기회가 있었는데 아깝게도 상황이 여의치 않아 돌아왔습니다."

"잘했다, 학맹."

"감사합니다, 주공."

만족스러운 얼굴이 된 여포의 그 목소리에 학맹이 포권하며 고개를 숙인다. 그와 동시에 저 밖에서 또 다른 말발굽 소리가 들려오기 시작했다.

"주공! 이 성렴이 적장 성외의 목을 베었습니다!"

한 손에는 언월도처럼 생긴 기다란 창을, 또 한 손에는 피가 뚝뚝 떨어지고 있는 머리통을 든 성렴이 껄껄 웃으며 여포의 앞에서 한쪽 무릎을 꿇었다.

"감축드립니다, 주공. 모처럼의 대승입니다!"

"전과는?"

"적병 일천을 베었고 삼천가량을 포로로 붙잡았습니다."

"포로를 삼천씩이나? 그럼 성렴 너는 사천을 벤 것이나 마찬가지이군. 잘했다."

아주 입 찢어지겠네, 찢어지겠어.

사람이 저렇게까지 좋아할 수 있을까 싶을 정도로 여포가 환하게 웃고 있다. 성렴이나 학맹 역시 마찬가지.

근데 포로가 삼천이면 너무 많은 거 아닌가? 일단 붙잡았으면 최소한 굶어 죽지는 않도록 해야 할 텐데…….

식량 사정이 괜찮을까 모르겠다. 메뚜기 떼 때문에 식량이 모자라다고 하는 말도 얼핏 들었던 것 같은데.

'뭐, 어떻게든 되겠지.'

내가 조조의 군막 한쪽에 놓인 의자에 가서 앉으려는데 장막이 걷히며 진궁이 왕삼과 함께 그 모습을 드러냈다.

진궁은 사극에서 많이 봤던, 양반들이 머리에 많이 하는 관을 쓰고 갑옷 대신 기다란 도포를 휘날리고 있다. 표정도 무미건조하다. 전투에서 진 건지 이긴 건지도 알 수가 없을, 완벽한 포커페이스다.

옆에서 왕삼이 싱글벙글 웃는 낯으로 따라오는 게 아니라면 정말 아무것도 추측하지 못했을 거다.

"감축드립니다, 사군."

"고맙소. 그대의 전공은 어떻지?"

"묵림(黙林) 초입에서 합류해 잔병을 수습 중이던 이전과 조인을 공격해 이전의 수급을 얻었습니다."

"좋군. 아주 좋아. 학맹과 성렴이 사천을 베었고, 삼천을 포로로 잡았다. 거기에 그대의 전과까지 합쳐지면 못 해도 팔천을 무너뜨린 셈이니 조조 놈 속이 꽤 쓰리겠어."

여포는 그렇게 말하더니 씩 웃었다.

"내가 내 그거 빨아주는 거 같아 이런 말까진 안 하려 했지만, 오늘 일 중 제일 열 받는 건 내가 고작 병사 이천으로 돌진해 자기 계책을 깬 것일 거야. 크흐흐흐. 조조 놈 아마 지금쯤 뒷목 잡고 쓰러져 있을걸?"

어째 응용력이 한쪽으로만 발달한 것 같은 기분이…….

진궁이 내 쪽으로 시선을 옮긴 채 입을 열었다.

"이 모두가 온후의 홍복이옵니다. 온후의 종제인 위 장군께서 이리도 절묘한 혜안을 가지고 계시니 말입니다."

"하, 하하."

다른 사람도 아니고 진궁에게 칭찬을 받으니 쑥스럽네.

그 댓글이 누구 거였지? 아, 여봉봉선 님께 이 영광을 돌립니다. 감사! 감사!

"위 장군은 나조차 보지 못했던 것을 발견해 내고, 그로 하여 대승을 거둘 수 있도록 하였소. 이 진 아무개는 진심으로 감복하고 또 감복할 따름이외다."

그러면서 날 향해 천천히 그리고 정중히 읍하는데 나도 모르게 어깨를 으쓱으쓱했다.

똑똑한 사람한테 인정받는 거 너무너무 좋잖아?

"사군. 이제는 어쩔 생각이십니까?"

"마무리해야지. 때려잡을 놈들은 다 잡았잖아? 알아서들 해. 성에 틀어박힌 놈들 공격하는 건 난 질색이니까. 재미없거든."

아, 그러시구나.

성을 공격하러 가서는 또 무슨 미친 짓을 벌일까 조마조마한 마음이었는데 다행이다.

"조조는 분명 지략가이고, 그 휘하의 책사들 역시 뛰어나지만, 그들이 모든 것을 다 통제할 수는 없지요. 그들은 지금 무너진 군을 끌어모아 재건하는 것만으로도 정신이 없을 겝니다. 이럴 때 우리는 놈들의 성을 떨어뜨려야 하지요."

"그러니까 그건 너희끼리 알아서 하면 안 될까?"

정말 관심 없다는 듯 말하는 여포의 목소리를 무시하며 진궁은 꿋꿋이 말을 이었다.

"사군께서 제음과 산양, 임성을 공략하십시오. 전 태수와 함께 진류 인근의 현을 수복하고 복양으로 나아가겠습니다."

"웅? 복양 하나만 먹겠다고?"

"저희 측 단독으로는 조조를 상대할 수가 없습니다. 그러니 사군과의 협력에 방점을 찍어야 할 수밖에요. 필요할 때에 사군의 도움을 얻으려면 양보할 건 양보해야 하지 않겠습니까?"

"자네들이 충분한 값만 치른다면야. 얼마든지 도와야지. 동맹 아닌가, 동맹. 동맹 좋은 게 뭐겠어."

"사군의 관대한 말씀에 감사드립니다."

진궁이 짧게 읍했다.

분위기가 나쁘지 않다. 조조라는 거대한 적이 아직 코앞에 남아 있으니 좋건 싫건 간에 진궁 쪽과는 앞으로도 계속 좋은 관계를 유지해야겠지.

"저어, 스승님. 한 가지 아뢰어도 되겠습니까?"

가만히 서서 진궁과 여포의 대화를 지켜보고만 있던 왕삼이 입을 열었다. 갑자기 무슨 말을 하려고 저러는 거지?

"허락하마. 얘기해 보아라."

"감사합니다, 스승님. 못난 제자가 보았을 때, 조군의 손에 떨어진 성들은 여 사군께서 나타나시기만 하면 항복할 것 같습니다."

혹시나 하는 마음에 지켜보던 진궁의 얼굴에서 '그럼 그렇지' 하는 기색이 읽힌다.

사실 나도 비슷한 마음이기는 하다. 여포가 나타난다고 바로 항복하는 게 말이 안 되잖아?

"오, 그래? 너는 그렇게 생각하느냐?"

하지만 여포에겐 딱 듣기 좋은 이야기였던 모양이다.

"예, 사군. 조조가 대패하며 군의 사기가 떨어졌을 테니 성을 지키는 장수들도 감히 맞설 생각을 못 할 겁니다. 그러니 사군께서 그들의 죄를 용서해 주겠다고만 하시면 바로 항복하지 않을까요? 사군이 좀 무서워야죠."

여포가 그 말에 흥미를 보이기 시작하니 조심스럽기만 하던 왕삼의 어조가 조금씩 편안해진다. 게다가 마지막 말이 정말 마음에 든다는 듯, 여포가 씩 웃고 있었다.

"내가 조조군 놈들을 좀 많이 때려잡아 놨어야지."

"그러니까요. 이번 전투 때문에 사군께서 나타나 돌격하시기만 하면 조조군 병사들은 벌벌 떨다가 창을 집어 던지고 도망갈 거라니까요?"

"흐흐흐. 네 말이 맞다."

"그러니까 이렇게 하면 사군께서는 수고로울 일 없이 편하게 성들을 점령하실 수 있을 것 같은데 스승님께서는 어찌 생각하십니까?"

자신만만해진 얼굴로 반문하는 왕삼의 그 목소리에 진궁이 조용히 한숨을 내쉰다. 당장에라도 한소리 거하게 하고 싶은데 왕삼이 여포와 함께 엮이니 억지로 꾹 눌러 참는 기색이 역력했다.

"네 말대로 되면 참으로 좋겠다만, 조조 휘하의 장수들은 그리 손쉬운 자들이 아니다."

"그, 그렇습니까?"

"손쉬운지 아닌지는 내가 직접 가서 확인해 보면 되겠지. 안 그러냐? 문숙."

'응, 아니야.'

우리 형님이 한번 대승을 거두며 자신감이 차오른 모양이다.

근데 현실은 현실이니까, 냉정하게 얘기해 줘야겠다.

"꿈같은 일입니다. 형님 말씀대로 진행이 되면 피 흘릴 일도 없고, 수고도 덜 테니 좋겠지만, 상식적으로 조조가 완전히 망한 것도 아니고 한번 패배한 것이며, 전력도 어느 정도는 남아 있는데 그렇게 허망하게 항복하겠어요?"

"전장에서 보니까 한 번도 패배한 적 없던 놈도 막상 나랑 마주치면 도망가던데?"

"그거야……."

아, 갑자기 말문이 확 막히네. 말려들어 가면 안 되는데, 나까지 조금씩 가랑비에 옷 젖듯 물들어가는 느낌이다. 으…….

"공성전이랑 야전이랑은 다르죠. 성벽 위에서 지키기만 하면 되잖아요, 공성전에서는."

"그래서 안 먹힐 거라고?"

"안 먹힙니다."

"에이, 좋다 말았네."

여포가 입맛을 다신다.

왕삼의 말을 진짜로 믿은 건지, 아니면 그냥 듣기 좋아서 기분만 좋아졌던 건지 모르겠다. 그러나 여포의 진심이 어느 쪽이었건 간에 앞으로 골머리깨나 썩겠구나 싶다.

우리 형님이라는, 저 주공을 어떻게 해야 하나 고민하는데 진궁과 시선이 마주쳤다. 진궁이 날 보며 작게 고개를 끄덕이고 있다. 마치 힘내라고 응원하는 것처럼.

'그러는 자기도 왕삼이 때문에 골치 아파하면서 무슨.'

그렇게 생각하다 멈칫했다. 진궁의 얼굴은 '난 제자라 속을 썩여도 바로 교정이 가능하지만 그대의 경우엔 주공이 아닌가'라고 말하고 있었다.

"아……."

그랬지. 진궁보단 내가 더 불쌍했구나.

'꿈도 희망도 없다. 젠장.'

"으어……."

난감하다. 답이 안 보인다.

📱

동민에서 조조군을 대패시킨 이후, 우리는 연주의 삼 분의
일을 점령했다. 제음과 산양 그리고 임성 세 군에, 그에 딸린
수십 개의 현까지. 여기까지만 놓고 보면 이제 고생 끝 행복 시
작이나 마찬가지일 수 있다.

하지만 지금 내 앞에는 죽간이 정말 끝도 없이 쌓이는 중이
다. 그런 죽간의 산 옆으로 며칠 전부터 내 서류 작업을 돕던
천부장 위월과 후성이 서 있다.

여포가 심각한 얼굴로 그런 우리의 모습을 쳐다보고 있었다.

"식량이 모자라다고?"

"예, 지금 같은 상태면 얼마 안 돼서 백성들이 굶어 죽기 시
작할 겁니다. 그러고 나서는 호족들의 저항도 거세질 거고, 나
중엔 반란이 일어나겠죠."

세 군을 확보한 이후, 내가 거의 한숨도 못 자고 확인한 내
용을 정리해 둔 죽간을 여포에게 내밀었다.

여포는 그걸 쳐다보기만 할 뿐이었다.

"전에도 말했잖아. 머리를 쓰는 건 내 장점이 아니라고."

"그래도 현황이 어떤지는 파악해 두셔야죠."

"파악하면 내가 할 수 있는 건 있고?"

"그거야……."

말문이 턱 막힌다. 사실 이건 진궁이 아니라 제갈량이 온다고 해도 어떻게 할 수가 없을 문제인 것 같으니까.

하지만 그런 말을 대놓고 여포에게 할 수도 없는 노릇이니…….

"제음과 임성에 있을 장료, 고순이라도 불러올까?"

"그분들은 그곳에서 지역을 안정시키고 계셔야죠."

"그러면 결국 너 혼자 고민해야 하는 건데?"

한숨이 나오지만 어쩔 수 없다.

내가 말없이 그냥 서 있으니 여포가 다가와 어깨를 툭툭 두드려 주었다.

"힘내서 방법을 찾아보아라. 방법만 찾으면 최대한 지원해 줄 것이니."

"예, 형님."

"고생하고."

여포는 그 말만을 남겨놓고선 내가 사무실로 삼은 이 공간을 빠져나갔다.

"어째야 합니까? 장군."

그런 여포의 뒷모습을 물끄러미 쳐다보던 후성이 말했다.

"어쩌긴 뭘 어째. 최대한 고민해서 뭐가 됐건 일단 방법을 찾아야지."

"소장이 병사들과 함께 나가 사냥이라도 해오리까?"

"멧돼지 몇 마리 잡아서 얼마나 먹는다고?"

"서른 명 정도는……."

턱도 없는 수준이다. 겨우 서른 명 먹일 수 있는 멧돼지 몇 마리를 가져다 누구 코에다 붙이려고.

"그거 말고, 다른 방법을 찾아보자고. 우리 병사들도 다 먹일 수 있고, 백성들도 먹일 수 있을 거로."

"알겠습니다, 장군."

"소장도 최대한 고민해 보겠습니다."

"응, 뭐라도 생각나면 바로 와서 얘기해 주고."

하루 종일 고민만 해서 그런가, 머리가 잘 안 돌아가는 느낌이다. 잠깐 바람이나 쐴 겸, 나무란 나무는 죄다 말라 비틀어 버린 태수부의 정원으로 향했다.

찬바람이 칼날처럼 불어오던 한겨울이 물러가서, 이젠 겨울이라 하기 애매하지만 그렇다고 봄이라고 할 수도 없을 날씨다. 별로 춥다는 느낌이 안 들어 편안히 정원의 길을 따라 걷는데 문득 하늘에 떠 있는 보름달이 시야에 들어왔다.

처음 이 몸속에서 깨어났을 때도 저 보름달이 있었다. 그날 이후, 처음으로 보름달을 보는 것이니 내가 삼국지 시대에서 환생하게 된 지 벌써 한 달이 지난 모양.

"아, 감자 생각나네."

이제 보니 보름달이 은근 감자처럼 생긴 것 같다.

감자라도 여기 있으면 좋을 텐데. 그러면 어떻게든 버틸 수 있겠지만 아쉽게도 이 시기의 감자는 남미의 안데스 산맥 근처에만 있을 거다.

다른 방법을 찾아야 한다. 그러면 결국엔 외부에서 식량을 얻어야 한다는 이야기인데.

"쓰읍……"

모르겠다. 동쪽엔 유비, 남쪽은 황건적, 북쪽은 원소와 조조다.

다른 놈들은 다 잘 먹고 잘사는 것 같은데 난 왜 하필이면 여포 밑일까. 어떻게 된 게 하나하나 걱정을 안 해야 하는 게 없어.

하루 종일 고민하고 또 고민한 탓에 머리가 터져 버릴 것 같다. 지끈거리는 이마를 부여잡고서 침상에 드러누우니 죽간을 붙잡고 있느라 무리가 갔던 허리며 목이 편안해지며 몸이 노곤해진다.

'잠이나 자자.'

📱

"흠?"

'난 분명 잠을 청했는데?'

분명 내 침실인데 사방에 희뿌연 안개가 가득하다. 마치 내가 위속이 되었던 그 날, 처음으로 잠들었을 때 그랬던 것처럼.

"설마?"

혹시나 하는 마음에 주변을 둘러보니 머리맡에 놓인 익숙한 물건이 시야에 들어왔다.

핸드폰이다. 삼국지의 시대에는 있을 리가 없을 그 물건이 빛까지 번쩍이며 날 유혹하고 있다. 그 화면엔 지난번에 그랬듯, 삼국지 무릉도원이 떠올라 있었다.

"으흐흐."

또 무릉도원을 볼 수 있게 됐다, 이거지?

제일 먼저 '지박령 퇴치하고 온 썰.txt', '어제 오성 회장 만남. 장생술 좀 가르쳐 달라는데 쌩까고 도망 옴. ㄷㄷㄷㄷㄷ', '음양사 새끼들이 지리산에 말뚝 박은 거 찾았네요. ㅡㅡ'와 같은 제목의 글들이 시야에 들어왔다.

'여기 인간들 컨셉은 진짜 꾸준하구나.'

하지만 지금 중요한 건 이게 아니다.

나는 곧장 삼국지 토론 게시판으로 들어가 키워드로 식량을 넣고 검색을 시작했다.

그런 내 시선을 빨아들이듯 잡아당기는 글이 있었다. '님들 여포가 연주에서 왜 망한 건지 암?'이라는 제목의 글이었다.

이건 무조건 봐야 한다.

〈식량 문제를 해결 못 해서 그런 거임. ㅋㅋㅋㅋ 급하면 옆집이나 아랫집에 가서 도와달라고 사정이라도 해야 하는데 이 빡대가리는 꼴에 자존심도 존나 쎄서 부탁도 안 하고 오히려 만만한 집 가서 뺏으려다가 개망함. ㅋㅋㅋㅋㅋㅋㅋ〉

원래의 역사에서도 여포에게 식량 문제가 있었나? 그냥 동민 전투에서 패배하고 도망치는 것 아니었나?

글 쓴 놈 아이디가 대기만성형중달? 이 새끼는 기억해 놔야겠다.

빡대가리가 뭐냐, 빡대가리가. 그래도 우리 주공이고 사촌 형인데. 까도 내가 까야지, 남이 까는 건 좀 아니잖아?

그나저나 이거 아무래도 내가 이 시대에서 활약하며 바뀌는 역사가 실시간으로 적용되는 모양이다. 그러니 식량 문제가 나오는 거겠지.

그렇게 역사가 한번 달라지고 나서도 또 여포가 망했다는 소리가 나오는 걸 보니 이 무릉도원 속 삼덕후들의 역사에선 식량 문제를 해결하지 못하고 무너지게 되는 모양이다.

"시벌……. 한번이라도 삐끗하면 그대로 망하는 건가."

조조가 됐건, 원소가 됐건 싸워서 패해 내 목이 잘리는 걸 생각하니, 꿈속임이 분명한데도 등골이 서늘해진다.

게다가 이번엔 굶어 죽는 문제다. 무조건 살아남아야 한다.

나는 다시 핸드폰 속 화면으로 시선을 옮겼다.

이번에도 댓글이 잔뜩 달려 있다. 그리고 그중에서 내 눈에 띄는 건 조건달, 조건달이다!

지난번에도 조건달과 여봉봉선을 보고 동민에서 조조를 때려잡았었다. 그러니까 이번에도!

ㄴ조건달: ㅇㄱㄹㅇ ㅋㅋㅋㅋㅋ

ㄴ조건달: 진궁 이 새끼가 존나 개꼰대라 황건적이랑은 타협할 생각 자체를 못 했을거임. 진궁 머릿속에서 황건적=때려잡아야 할 개새끼 딱 이거라 주변에서 의견 나왔어도 걍 묵살했을 거임. 결국 예주 공격한 거 보면. ㅋㅋㅋㅋㅋㅋㅋ

예주를 공격하다니? 것보다 황건적이랑 타협을 해야 한다고? 이 타이밍에서? 일단 이건 기억해 둬야겠다.

┗조조가롤모델: 그래도 진궁 입장에선 나름 쉬워 보였을 수도 있어요. 그때까지만 해도 황건적은 숫자만 많았지 제대로 싸울 줄 모르는 오합지졸 정도의 이미지였던지라. 게다가 아시다시피 그때 예주는 둘로 나뉘어 있기도 했고요. 곽공과 황건적 둘로요.

┗조건달: 곽공은 쓰레기였지만 황건적은 사실상 자경단이나 마찬가지였음. ㅇㅇ 백성들 충성도도 100이었어서 공격하는 순간 이미 겜 끝난 거나 마찬가지임. 게다가 백성들 사이에서 여포 이미지도 영 별로였어서 공격과 동시에 벌집 돼버림. ㅋㅋㅋㅋ

┗강동의 쥐새끼: 여남 쪽 황건적이 나름 온건파였고 전쟁 피해도 없었어서 생산력이 멀쩡했다능. 그래서 여기저기에 많이 당하기도 했고영. 차라리 진궁이 여남이랑 협상을 했으면 괜찮았을 건데······. 하, 차라리 여포가 이때 손책한테 붙었으면 우리 제리네 가문이 천통인데. ——

┗여봉봉선: 네 다음 쥐새끼. 여포가 손책한테 붙음?ㅋㅋㅋㅋ 그나저나 진궁이 진짜 이 고정 관념만 없었어도.ㅠㅠㅠㅠ 능력이 없는 것도 아니니 여포가 잘 컸을 텐데. 겁나 아까움.

"확인하길 잘했다, 이번에도."

이걸 안 봤으면 무릉도원에 들어왔음에도 제대로 대처하지 못했을 것 같다.

내가 아직 이 시대의 역사에 대해 잘 알지는 못하지만, 그래도 전쟁을 한번 치르며 깨달은 게 있다. 백성들의 지지를 받는 세력이라면 아무리 병력이 적어도 상상 이상의 힘을 내며 오랫동안 성을 지킬 수 있다는 것.

조조는 이미 민심을 잃었기에 동민에서 패배한 직후 허무하리만치 쉽게 우리에게 성을 뺏겼다. 여남은 그걸 반대로 적용해서 이해하면 되는 거겠지?

일단은 여남에 있다는 황건적에 대해서 좀 더 자료를 찾아봐야겠다.

내가 그렇게 생각하며 핸드폰을 만지작거리는데 갑자기 밖에서 천둥이라도 치는 것처럼 쿠구궁 하는 소리가 들려왔다. 뭔가 싶어 창가 쪽으로 가보니 쏴아아아- 하는, 정말 태어나서 지금껏 단 한 번도 들어본 적 없는 무지막지한 소리와 함께 바람이 불어오고 있었다.

📱

"뭔 놈의 꿈이……."

어이가 없다.

내가 헛웃음을 내뱉고 있는데 갑자기 눈앞에서 번쩍이더니 내 시야에 비치던 모습이 완전히 달라졌다. 짙게 껴 있던 안개도, 내 손에 쥐어져 있던 핸드폰도, 쉴 새 없이 쾅쾅거리던 천둥과 바람 소리 역시 사라지고 없다. 대신 후성이 시종과 함께 침상 옆에 서서 날 내려 보고 있었다.

"시발?"

아직도 읽어야 하는 내용이 잔뜩 남아 있는데 왜 벌써 깨? 뭐 얼마나 봤다고?

"사람 마음 상하게 왜 보자마자 그러십니까?"

"꿈에서 엄청 중요한 걸 보고 있었는데 갑자기 깨버려서."

"뭐 우리가 찾던 해결책이라도 되는 겁니까?"

"정확하게 그거였지."

"요즘 고생을 좀 하시더니 기력이 쇠한 모양입니다. 보약이라도 한 탕 올리라 하지요."

"끓일 식량은 있고?"

"우리 먹을 거야 있죠."

"됐어. 다들 굶주리는데 장수랍시고 혼자 그런 거 해 먹으면 병사들이 퍽이나 좋아하겠다. 근데 왜 온 거야?"

"주공께서 찾고 계십니다. 진류에서 공대 선생이 오셨거든요."

대충 세수만 하고 급히 외당으로 갔다. 그곳에선 진궁의 카랑카랑한 목소리가 울려 퍼지고 있었다.

"예주를 공격해야 합니다. 문제를 해결할 방법은 그것 하나뿐입니다."

역시나 조건달의 말대로 진행되고 있다.

"더 좋은 의견 있는 자? 없으면 우리 중 제일 현명한 진궁의 의견을 따를 것…… 이라고 말하려 했는데 진궁만큼이나 똑똑한 문숙이 도착했군. 의견 있느냐?"

"예?"

막 달려 들어온 내게 여포나 진궁을 비롯해 외당에 모여 있던 장수들 모두의 시선이 집중됐다.

"식량 문제를 해결하기 위한 괜찮은 의견 있냐고."

"제 의견, 없지는 않죠."

"오, 그래? 뭔데?"

"음. 약간 파격적인 방법인데요. 전 황건적이랑 손을 붙잡으면 좋을 것 같아요."

"뭐?"

"장군. 그건 좀 너무 나간 말씀 아니십니까?"

여포가 인상을 찌푸리며 반문함과 동시에 학맹의 목소리가 들려왔다.

주변을 돌아보니 다들 비슷한 생각이라는 듯, 이상한 소리를 들었다는 얼굴을 하고 있었다.

"참신하나 현실성은 없는 계획 같구려. 황건적과 손을 붙잡자는 건 그들과의 거래를 통해 식량을 확보하자는 것이 아니오?"

"예, 공대 선생의 말씀대로입니다."

"좋지 못하오. 우리가 황건적과 손을 붙잡아야 할 이유가 없소. 차라리 내가 방금 사군과 여러 장수에게 밝혔듯, 보다 공격적인 계책을 사용하는 게 나을 것이외다."

"공격적인 계책이라고요?"

"내 직접 별동대와 함께 곽공이 주둔하고 있는 양국으로 가계책으로 그를 끌어내 목을 벨 것이오. 그렇게 해서 양국의 군량을 통해 당장의 불을 끄고, 여남의 황건적을 공격해 그들이 비축한 군량을 확보하는 계책이외다."

여남을 공격했다는 게 이런 식이었구나.

진궁의 무표정한 얼굴 속에서 자신의 계책에 대한 확신이 읽힌다.

설명은 간단하게 했지만, 그 이면엔 치밀하게 계산해서 세운 계책이 있다는 거겠지? 나도 정신 똑바로 차려야겠다.

"공대 선생. 여남의 황건적은 황건적답지 않게 굉장히 온건한 축에 속한다고 하던데요. 그래서 백성의 지지를 받고 있기까지 하고요."

"황건적의 무리가 말이오?"

"예, 믿을 만한 소식통을 통해 우연찮게 확인한 사실입니다."

"위속 장군이 믿을 만하다고 하면 참으로 그런 것이겠지. 황건적이 백성의 지지를 받는다…… 지지라……."

진궁이 혼자 중얼거리며 눈을 감는다. 영화 속 주인공이 뭔가 정보를 대량으로 전송받을 때 그런 것처럼 눈꺼풀이 파르르 떨리고 있었다.

내가 한 말에서 뭔가 깨닫기라도 한 건가?

다시 눈을 뜬 진궁이 날 응시한다. 그 눈동자에 지금껏 본 적 없던, 깊고 묘한 뭔가가 깃들어 있었다.

"백성의 지지를 받는다는 건 그들을 수탈치 않고, 생업에 종사할 수 있도록 배려하며 보살핀다는 의미. 자연히 군을 강화하는 데 들이는 노력은 최소화하고 있다는 것이 될 수밖에 없소. 그런 자들이라면 충분히 협상이 가능하지. 내 고정 관념에 사로잡혀 지금껏 이러한 사실을 읽어내지 못했다니……."

와, 백성의 지지를 받는다는 말 하나만 듣고 저걸 저렇게까지 추리해 내? 확실히 군사는 군사다.

내가 그렇게 감탄하고 있을 때 진궁이 탁탁 자기 옷을 털며 매무시를 가다듬더니 날 향해 정중하기 그지없는 모습으로 두 손을 모으며 포권했다. 그러고는 가볍게 허리를 굽히고, 고개를 숙이며 말했다.

"위 장군의 그 큰 지혜에 이 진궁은 오늘도 감탄하고 또 감탄하오. 장군의 명쾌한 가르침에 두 눈을 가로막고 있던 것들이 씻겨 나가는 느낌이외다."

"하, 하하. 그렇게 생각해 주시니 그저 감사할 따름입니다."

나도 가볍게 포권하며 말했다.

'아마 우리 강동의 쥐새끼 님도 분명 좋아하실 거고요.'

내게 진궁이 정말로 고맙다는 듯 다시 한번 고개를 숙여 보이더니 자세를 바로 하며 자신의 말을 잇기 시작했다.

"다시 본론으로 돌아와 장군께서 여남의 황건적이 어떤 자들인지 이야기한 연유를 생각해 본다면, 그들과 손을 붙잡아 당장에 우리에게 급한 불을 끄려는 의도인 것으로 보이는데. 맞소이까?"

"맞습니다."

"여남군의 내실은 튼실하나 그 특성상 외실은 허약할 터이니 우리가 힘을 빌려주고 식량을 받아온다는, 그러한 계책이기도 한 것이고 말이오?"

"예."

진짜 감탄밖에 안 나온다. 저게 사람이야?

"참으로 대단하십니다."

진궁이 멋쩍게 웃으며 고개를 젓는다.

"장군께서 이 못난 자의 눈을 맑게 해주지 않았더라면 백 년이 지난들 이런 생각을 하진 못했을 것이오. 정녕 대단한 것은 장군이시오. 난 그저 장군이 깨우쳐 준 것들을 토대로 장군이 어떤 계책을 세운 것인지 추론해 본 것에 불과하외다. 헌데……좀 어렵지 않겠소?"

"뭐가요?"

"그들은 당장에 자신을 노릴 여러 세력을 두려워하고 있을 것이오. 수춘의 원술, 양국의 곽공, 남양의 장제까지. 하지만 그 모두를 합친 것 이상으로 여 사군을 두려워하고 있을 것이외다."

"왜요? 우린 딱히 여남 쪽으론 한 게 없질 않습니까?"

"한 것이야 없지. 하지만 여 사군의 명성이 드높질 않소이까. 원술, 곽공, 장제 모두 이렇다 할 무장을 지니고 있지 못하지만 사군은 당신께서 이미 천하에 이름이 드높은 무장이시오. 허니 두려워할 수밖에. 게다가 그들이 우리에 대한 경계를 한순간에 놔버릴 리도 없질 않겠소이까."

"잠깐만. 그러니까 지금 뭘 하자는 건데?"

우리가 무슨 소리를 하는 건지 전혀 모르겠다는 듯, 멍하니 나와 진궁을 번갈아 쳐다보기만 하던 여포가 말했다.

"사군. 여남의 황건군과 동맹을 맺어 우리는 그들을 보호해 주고, 그들은 그 대가로 우리가 필요로 하는 식량을 주는 거래를 하자는 것이 위속 장군의 계책입니다."

"그런 거였어? 근데 아무리 그래도 그렇지. 황건적이랑 어떻게 동맹을 맺어? 그게 최선인가?"

"여남군 이외에 현재 우리가 필요로 하는 식량을 내어줄 수 있는 곳이 없질 않습니까."

"안 돼. 그래도 내가 명색이 분무장군에 온후이고 가절이다. 황건적과 손을 붙잡는다고? 말도 안 될 일이야. 내가 용납 못 해."

단호하기 그지없는 목소리에 진궁이 입을 다물었다. 분무장군이며 가절이며 저게 뭔지는 모르겠지만, 여포가 예전에 조정에서 꽤 잘 나갔었다는 얘기는 들었다. 그런 입장이니 대놓고 황실과 조정에 반기를 들었던 황건적과 손을 붙잡을 수는 없다는 얘기겠지.

저 양반을 어떻게 설득해야 하지?

'아.'

"형님."

"뭐냐, 문숙."

"여남군과 함께 움직이는 일은 대단히 위험할 겁니다. 여남을 노리는 적들이 한둘이 아니거든요."

"위험하다고?"

무표정하기만 하던 여포의 그 얼굴에 자그마한 균열이 생겨났다. 그 사이로 흥미로워하는 것 같은 기색이 피어오르고 있었다.

항우를 동경하고, 역사상 가장 강력한 무장이 되길 원하는 이 양반의 성격이라면 이렇게 반응하지 않을까 생각했었는데.

내가 예상한 그대로다.

"여남을 기준으로 동남의 원술, 동북의 곽공, 서쪽의 장제까지. 온갖 적들이 여남군을 노리고 있습니다. 어쩌면 한 번에 그들 모두를 상대해야 할지도 모르고요. 대단히 위험한 만큼, 마냥 좋다고만 할 계책은 아닙니다."

"자, 장군?"

갑자기 그게 무슨 소리냐는 듯 날 쳐다보며 진궁이 반문했다. 난 그런 진궁의 눈동자를 잠시 응시하다가 여포 쪽으로 시선을 옮기며 계속해서 말을 이었다.

"놈들을 모조리 쓸어버릴 수만 있다면 역사에 한 줄 진하게 남길 수 있을 겁니다. 물론 불가능할 수도 있으니 너무 깊게 생각하실 필요는 없고요."

"왜 불가능한데?"

"우리가 연주 밖으로 동원할 수 있는 병력은 고작 해봐야 이만이 전부이질 않습니까. 하지만 원술과 곽공, 장제가 힘을 합친다면 족히 십만은 만들어낼 수 있을 겁니다. 무려 다섯 배나 되니까, 사실상 그걸 깨부수는 건 불가능한 일이죠."

"흠. 마냥 불가능하지만은 않지. 흠흠. 게다가 원술과 곽공이면 몰라도 장제까지 붙는 건 안 될 거 아냐. 방향이 다르니까."

"그렇겠죠. 하지만 장제가 없다고 해도 십만에 육박하는 건 마찬가지일 겁니다. 그러니 사실상 불가능한 일이고요. 숫자가 다섯 배나 더 많은, 잘 훈련된 적들을 상대로 싸워 이긴 경우는 역사를 살펴보아도 그다지 많지 않습니다. 굳이 예를 찾자면 항우 정도쯤이나 될까요?"

진짜로 항우 외에는 그렇게 승리한 사례가 별로 없나?

나는 잘 모른다. 어차피 중요한 건 내 말의 사실 관계가 아니라 이걸 듣고 있는 여포의 심리 변화다. 무력에서 항우를 뛰어넘은 용맹한 군주가 되길 바라는 게 여포인 만큼…… 내가 원하는 방향으로 유도하는 게 가능하지 않을까?

"이게 여남군을 돕겠다는 말은 아닌데 어쨌든 만약 내가 이만을 데리고 십만과 붙는다면 얼마든지 이길 수 있을걸? 문숙 너도 동민에서 봤잖아?"

"봤죠. 하지만 그때와는 상황이 다릅니다. 너무 위험해요. 이기기 어렵습니다."

"이길 수 있다니까? 원술 그놈은 시종이 없으면 제 밥술도 못 뜰 모자란 놈이다. 곽공은 이름도 없는 무명소졸이고 장제는 내가 알아. 별거 없는 놈이지."

"정말로 이길 수 있다고요?"

"응, 역사에 한 줄 찐하게 더 적을 수도 있겠지. 그러다 보면 내가 항우랑 비슷한 평가를 받게 될 날도 오지 않겠어?"

생각하는 것만으로도 기분이 좋아진다는 듯 여포가 씩 웃는다. 묘한 부분에서 발동이 걸린 것 같은데, 이거…… 괜찮은 거겠지?

"그래. 결정했다. 걔들이랑 손잡아."

"감사합니다, 형님."

"단, 조건이 있어."

"조건요?"

"네가 책임지고 싸움을 만들어줘야 해. 멋진 전장. 원술, 장제, 곽공 세 놈이 병력을 모아서 나한테 덤비는 그런 싸움 말이야."

"혀, 형님?"

"흐흐흐. 오늘부터 바로 편지 좀 보내야겠다. 그 자식들 약이 바짝 올라야 진짜 제대로 된 싸움이 나지. 생각만 해도 막 기운이 불끈불끈하는데?"

큰일 났다. 뭔가 스위치가 잘못 들어갔어.

"그러니까 무슨 수를 써서라도 꼭 성공시켜."

진궁이 고개를 끄덕이는 게 시야에 들어왔다.

여포가 원하는 전장을 만들어줄 수 있다는 것인지, 아니면 설령 그런 걸 만들어줄 수 없음에도 수락하는 게 낫다는 것인지는 모르겠다. 하지만 설령 지킬 수 없는 약속이라 할지라도 일단 해야 한다는 것은 나 역시 알아차릴 수 있었다.

"예, 형님."

큰일이다. 뭐, 그래도 우리 진궁이랑 무릉도원 형님들이 있으니 어떻게든 되지 않을까?

난 그렇게 생각하며 여포 쪽으로 시선을 옮겼다. 일단 한고비 넘기긴 했지만, 아직 하나가 더 있다.

"저어, 형님. 그 약속을 지키기 위해 한 가지 더 부탁드려야 할 게 있는데요."

"뭔데?"

"방천화극 좀 빌려주세요."

"아니, 뭘 빌리겠다고요?"

"위속 장군. 요구가 좀 지나치신 것 아닙니까?"

"방천화극은 주공의 분신이나 마찬가지인 물건이외다!"

내가 말하기가 무섭게 사방에서 황당해하는 목소리들이 터져 나왔다.

"다들 조용히 하라. 문숙 정도 되는 녀석이 아무런 생각도 없이 그냥 빌려달라고 하였겠는가?"

"하지만 주공!"

"학맹. 내 말이 말 같지가 않은 모양이지?"

쫙 내리깐 여포의 그 목소리에 외당의 공기가 서늘하게 식어가는 게 느껴졌다. 전장에서 잔뼈가 굵은 학맹조차 지금은 침을 꿀꺽 삼키며 뒤로 물러났다.

"아닙니다, 주공. 뜻대로 하소서. 소장은 주공의 뜻에 따를 것입니다."

"그래서, 왜 빌리겠다는 건데?"

여포의 시선이 다시 날 향했다.

"신뢰를 주기 위해서입니다."

"내게 신용이 없다는 것이냐?"

"병주 자사 정원의 일이 있었고, 동 승상의 일이 있었습니다. 형님께서 스스로를 생각하시는 바와는 관계없이 형님을 향한 세상의 시선은 그다지 곱지 못합니다. 믿을 수 없다고 여기지요."

이런 말을 하면 여포가 화를 내겠지만 어쩔 수 없다. 이번 일에서 가장 중요한 부분이 바로 이거니까.

"그래서?"

"그래서 빌리겠다는 것입니다. 형님께서 그만큼 이 동맹에 큰 의미를 부여하고 계시며, 철석같이 지키고자 마음먹었다는 것을 보여주기 위해서요."

"그럼 그렇게 해. 빌려주마."

'엥?'

여포가 외당 한쪽에 걸어두었던 방천화극을 꺼내더니 내게 다가와 내밀었다.

'이렇게 쉽게 되는 거였어? 분신 같은 중요한 물건 아닌가?'

"동생아."

"예?"

"내 분신이나 마찬가지다. 그런 걸 빌려주는 거다."

"쉽지 않은 결정이셨을 텐데……. 감사드립니다, 주공."

"너랑 진궁을 믿어서 그 말대로 하는 거야. 무슨 말인 줄 알지?"

여포가 내 어깨 위에 손을 올리며 말했다. 동맹의 성사가 아니라 멋진 전장을 꼭 만들라는…… 그런 말인 거겠지?

"약속드리겠습니다."

"꼭이야."

내 어깨를 두드리며 여포가 다짐하듯 재차 말했다.

"네, 넵. 꼭 성공시킬게요."

은근슬쩍 넘어가려고 했는데 그랬다간 난리가 날 판이다.

아오, 그런 전장을 어떻게 만들어? 막상 만들어도 거기에서 어떻게 이기고?

'딱 걸렸네, 이거. 외통수다.'

4장
퀘스트네?

"도대체 며칠이나 걸린 거야……."

'질린다, 진짜.'

연주 산양군을 출발해 예주 여남군에 도착하기까지 해가 떠 있을 동안엔 계속 말에 올라타 움직이기만 했다. 해가 저물 즈음이 되면 천막을 펼쳐 야영했고.

처음 이틀쯤 됐을 때까지는 나쁘지 않았다. 한국에서 지내던 때에는 한 번도 본 적 없는, 끝도 없는 지평선이 온 사방에 펼쳐져 있었으니까. 낯선 광경을 구경하는 재미가 쏠쏠했다.

하지만 사흘이 되고, 나흘이 되며 말 위에서 움직이는 게 점점 더 지겹게 변해갔다.

그렇게 열흘이 지난 이후론 말 위에서 꾸벅꾸벅 졸며 움직이고 밤에는 잠을 못 자는 우스운 꼴이 반복됐고.

"그러게 말 위에서 주무시지 말라고 몇 번을 말씀드렸습니까. 만날 그러시니 밤잠을 못 이루시죠."

"내가 그걸 몰라서 그런 줄 아냐. 이건 인간의 힘으로 어떻게 할 수 있는 게 아니라고."

여남군이 내어준 여남성의 역관에서 침대에 대 자로 드러누운 날 내려 보며 후성이 고개를 절레절레 젓는다.

"완전 푹 주무시면 오늘도 밤잠을 설치실 테니 딱 한 시진만 주무십시오. 이따가 제가 와서 깨워 드리겠습니다."

"응."

어떻게 됐건 오늘 하루 푹 쉬면서 체력을 회복하고 나서 내일 유벽을 만나 얘기하면 될 거다.

여남군은 월등한 생산력으로 풍부한 식량을 보유하고 있으나 군사력이 약하고, 우린 군사력은 강하나 식량이 없어 서로 얼마든지 win-win할 수 있는 관계니까 협약을 이루는 건 어렵지 않겠지.

다만 문제라면 여포, 이 골 때리는 형님이 원하는 멋진 전장을 만드는 건데……. 이건 정말 모르겠다.

"잠이나 자야지."

아무리 고민해도 답이 나오지 않을 땐 한숨 푹 자면서 뇌를 회복시켜 주는 게 최고다.

다음 날, 나는 푹 자고 일어나 여남성 태수부로 향했다.

그곳에서는 황건적이라고 하면 흔히 떠올릴 외모의 중년인이 날 기다리고 있었다.

'마님은 왜 돌쇠에게만 쌀밥을 주시나?' 같은 영화에 출연해도 될 것 같은 외형이었다.

"자네가 위속인가?"

"예. 평안 장군 유벽 님을 뵙습니다. 이렇게 만나주셔서 감사합니다."

여포를 대신해 온 자리인 만큼, 유벽을 만나도 기죽지 않고 당당하게 대해야겠다, 마음먹고 왔는데 다행히 말이 술술 자연스럽게 나왔다.

"식량 문제로 날 찾아왔다고?"

"예. 장군께서도 아시겠지만, 우리 연주는 현재 식량이 모자라 대단히 위태로운 상황에 놓여 있습니다."

"그렇다더군. 연주에서 메뚜기 떼가 창궐해 피해가 꽤 컸다지?"

"안타깝게도 그렇습니다. 하여 여남군이 필요로 하는 것을 제공하고 그 대가로 식량을 얻고자 합니다."

"우리가 필요로 하는 게 뭔데?"

"평화를 유지할 힘 아니겠습니까? 원술, 유표, 장제, 심지어는 곽공까지 모두 여남을 노리고 있습니다. 하나 여남이 동원할 수 있는 병력은 적지요. 게다가 듣기로 장군께서는 백성을 쥐어짜 강력한 군을 만드는 걸 원치 않으신다더군요."

무릉도원에서 본 댓글들과 진궁이 이야기했던 것들을 토대로 여기까지 오면서 고민한 결과다.

백성들의 지지를 받고, 식량이 풍족하기까지 한 상태면 그것들을 바탕으로 강력한 군대를 만들 수 있다. 야심가라면 그것을 바탕으로 뭔가 뜻을 펼치고자 할 수도 있고.

　하지만 유벽은 그러지 않았다. 백성들이 살기 좋은 상태 그대로를 유지하며 자신의 안전조차 위협받는 급급한 상황을 유지하는 게 현재의 유벽이다.

　"흠……. 안전을 보장하겠다고?"

　"솔직하게 말씀드리겠습니다. 완벽한 안전은 아닐 겁니다. 하지만 도움이 필요할 때 응답할 것이고, 적들이 있는 곳엔 우리 역시 있을 겁니다."

　"내가 그 말을 어찌 믿어야 하지? 그대의 말대로 내가 군량을 줬다고 치지. 그러고서 적들이 쳐들어와 그대들의 군이 우리 영역에 진입했을 때, 우릴 지켜주는 게 아니라 역으로 우릴 공격해 성을 점거한다면? 그때 우린 어떻게 해야 할 것 같나?"

　딱 예상했던 반응이다.

　"그럴 일은 없을 것입니다."

　"동탁 역시 그럴 일은 없을 것이라 믿었을 걸세. 하지만 그의 최후가 어떠하였는가."

　"동탁, 그를 베는 것이 천하에 이로울 것이란 판단이 섰기에 벤 것입니다. 조정에 대한 제 주공의 충성이었으며, 폭정 아래에서 아스러져 간 백성들에 대한 연민이었습니다."

　라고 무릉도원에서 여봉봉 님이 말씀하셨었지.

　"그 여포가 조정 최후의 충신 중 하나였다? 자네의 말대로라면 굉장히 근사할 걸세. 하지만 그것도 결국엔 말뿐이잖은가. 뭘 보고 믿으라고?"

"저희가 여남군을 공격해야 할 이유가 없습니다. 장군의 말씀대로라면 저흰 백성들의 지지를 못 받는 세력일 겁니다. 특히나 여남군과 우릴 두고 어느 한쪽을 선택해야 한다면 적어도 여남군 영역 아래의 백성들은 여남군을 택하겠죠?"

"그거야 당연하지."

"크고 작은 반란이 일어나게 될 것이고, 여남을 안정시키기 위해 저흰 적지 않은 병력을 주둔시켜야 할 것입니다. 안 그래도 싸워야 할 적이 한둘이 아닌 상황에서 말입니다. 동맹을 맺고 군사적인 보호를 제공함과 동시에 후방의 안정이라는 무형의 이득과 식량을 얻는 것과 무리하게 점령을 감행해 지속적으로 군사적 역량을 소모하는 것 중 어느 쪽이 저희에게 이익이겠습니까?"

뉴스에서 봤던 내용이다. 영원한 적도, 영원한 아군도 없는 국제 사회에서 평화와 번영을 보장할 유일한 방법은 상호 간에 이득이 되는, 호혜적 관계가 되는 것뿐이라는.

이 시대의 군웅들 간에서 역시 마찬가지일 거다. 무작정 믿어달라며 설득하는 건 떼를 쓰는 것밖에 안 된다. 서로를 신뢰해야 할 수밖에 없을 이득이 서로의 눈앞에 있다는 걸 보여주는 게 최선이다. 그리고 거기에 약간의 퍼포먼스까지.

"후성."

"여기 있습니다, 장군."

내 목소리와 함께 후성이 방천화극을 들고 우리의 앞으로 왔다. 이게 뭐냐는 듯 쳐다보던 유벽의 눈이 가늘어지고 있었다.

"방천화극인가?"

"알아보시는군요. 제 주공께선 이것을 가지고 가 당신이 어떤 마음으로 이 동맹을 제안하는 것인지 밝히라 하셨습니다."

유벽이 나를, 방천화극을 번갈아 쳐다보더니 골똘히 고민하는 듯, 이마를 부여잡는다.

'무슨 생각을 하는 걸까?'

모르겠다. 내가 삼국지에 대해서 잘 알았다면 아직 이 시대에선 벌어지지 않았을 일들을 언급하며 설득했을 텐데 딱히 아는 것도 없고, 답답하네.

내가 그렇게 생각하고 있을 때, 유벽이 고개를 들어 날 응시했다. 그 안광이 돌쇠 느낌 나는 유벽의 외모와 어울리지 않게 형형한 빛을 뿜어내는 것 같았다.

"그 여포가 방천화극을 내어줄 정도라면 의지는 있다고 보아야겠군. 자네 역시 이런 동맹을 성사시키기 위해서라면 무엇이든 할 각오가 되어 있을 것이고?"

'무엇이든'이라니?

"무엇을 말씀하시려는 겁니까?"

"자네들의 의지를 증명해 보이게. 그러면 수락하도록 하지. 여남군 동쪽에 여음현이란 곳이 있네. 그곳에 도적 수천이 진을 치고 주변을 약탈하고 있으니 자네가 토벌해 주게."

토벌이라……

"정확한 규모는 어떻게 됩니까?"

"나도 모르네. 사천에서 오천가량으로만 알 뿐이지. 지원은 없어. 안 그래도 우린 여러 성을 지키느라 빠듯해 병력을 움직일 엄두도 못 내는 중이니까."

'대놓고 퀘스트를 주는구나.'

적들의 숫자가 너무 많다고 물러나면 그대로 꽝이다. 그랬다간 우린 언제고 상황에 맞춰 여남군을 버릴 수 있다는 메시지를 주는 것이니까.

적당히 싸우다가 물러나도 꽝이다. 우리의 군사적인 역량을 증명하는 것에 실패하는 꼴이니. 아무리 불리한 상황이건 무조건 이겨야만 성공하는 퀘스트.

생긴 건 완전 평범한 도적인데 만만치 않네.

'어쩔 수 없지.'

"하겠습니다."

"좋은 소식이 들려오길 기대하지."

유벽이 씩 웃으며 말했다.

분명 불리한 싸움이고, 어려운 싸움이겠지만 이기는 게 마냥 불가능하지도 않을 것 같다.

도적이면 훈련은커녕 제대로 된 장수도 없을 거다.

본격적으로 싸움에 들어가면 연주에서도 최정예인 우리 병사들이니 약간 고전할 수는 있어도 결국 이길 수 있을 것이란 생각으로 수락했고, 이동해 온 건데…….

"병력 규모가 얼마라고?"

"이, 일만에서 일만 삼천 정도 되는 것으로 보입니다."

이곳에 영채를 설치하는 동안 병사 몇 명을 끌고 정찰을 나섰던 후성의 목소리가 파르르 떨린다. 길잡이 겸 연락관 겸 감시인 정도의 역할로 우릴 따라온 유벽의 장수, 장황 역시 몹시 당황한 얼굴을 하고 있었다.

"많아 봐야 오천 정도일 거라고 하지 않았소?"

"그, 그것이…… 소장 역시 당황스럽기는 마찬가지입니다. 평안 장군께서 말씀하셨던 바로도 그렇고, 이곳으로 오며 전해 들었던 여러 군현의 소식들로도 도적의 규모는 사천에서 오천 정도 수준이었을 뿐입니다."

"그런데 만 명도 넘는다며. 이건 어떻게 된 건데?"

"소장은 정말 모르는 일입니다!"

벌겋게 달아오른, 당황을 넘어 억울하다는 얼굴로 손까지 저어가며 장황이 말했다.

'이거, 그 너구리 같은 인간한테 당한 건가?'

"어떻게 하시겠습니까? 아무리 정예라지만 고작 일천으로 일만을 상대하는 건 무리입니다."

"그러면 후성 넌 물러나자는 거야?"

"평안 장군도 이런 상황을 예상하지는 않았을 것입니다. 응당 이곳의 상황을 알리고 새롭게 이야기를 나누어보아야 하겠지요. 소장은 그렇게 생각합니다."

상식적으로 생각해 본다면 후성의 말이 맞다. 열 배도 넘는 적을 상대로, 여포 같은 맹장이 함께한 것도 아닌데 싸움을 거는 건 무모한 일이다.

근데 또 그렇다고 해서 그냥 물러나자니 느낌이 너무 찝찝하단 말이지. 만약 유벽이 이곳의 상황을 정확하게 알고 우릴 보낸 것이라면…… 이 역시 그 어떤 돌발적인 상황이 오든 자신들을 지키기 위해 최선을 다하는지를 알아보기 위한 테스트이지 않을까.

"저녁밥 해서 다들 먹이고 쉬라고 해. 경계는 확실히 하고."

후성에게 지시하고서 난 내 막사로 들어갔다.

이럴 때 진궁처럼 뭔가 함께 머리를 맞대고 의논할 수 있는 사람이 있으면 참 좋을 것 같은데 말이지.

"아, 무릉도원."

살짝 장막을 걷어 밤하늘을 올려다봤다. 어둑어둑해지는 하늘 한가운데에 초승달과 반달의 중간 어딘가쯤에 있을 애매한 모양의 달이 떠올라 있다.

지금까지 무릉도원에 들어갔던 건 다 보름달이 떠올라 있을 때뿐이었지만…… 간절히 원하면 들어갈 수 있지 않을까?

'해보자.'

약간 이른 시각이지만 곧장 침상에 누워 이불을 덮고 눈을 감았다. 무릉도원에 접속해야 한다.

저녁이라며 후성이 음식을 가지고 왔지만, 그것도 무시했다.

지금 가장 중요한 건 무릉도원이다.

📱

솨아아아…….

바람 소리가 들려온다. 뭔가 신비로우면서도 몽환적인 느낌. 드디어 무릉도원에 들어오게 된 건가?

천천히 눈을 뜨며 몸을 일으켰다. 군막 전체에 안개가 감돈다.

"흐흐흐."

꿈속이고 내가 잠들었던 곳이며 안개까지 꼈으면 무조건 성공이지. 이제 핸드폰만 찾아서 무릉도원에 들어가면 되는데…….

"엥. 왜 안 보여?"

무릉도원에 접속하던 꿈에서 핸드폰은 항상 침상 근처에 있었다. 그런데 지금은 아무리 찾아봐도 핸드폰이 보이질 않는다.

'뭐지?'

내가 한참이나 그렇게 정신없이 핸드폰을 찾고 있을 때, 저 밖에서 발소리가 들려왔다. 뭔가 싶어서 보고 있으니 장막이 걷히며 후성이 그 모습을 드러내고 있었다.

"야. 이젠 하다 하다 내 꿈에서까지 나타나는 거냐?"

"꿈이라니요?"

"아니다. 됐으니까 핸드폰 좀 찾아봐. 꿈속이니까 내가 무슨 말 하는 건지 알지? 아, 이게 어디로 가서 이렇게 안 보여?"

벌써 두 번이나 뒤졌던 침상 주변을 다시 한번 찾아보려는데 뒤에서 묘한 시선이 느껴졌다. 후성이 말로 표현할 수 없을 복잡한 얼굴로 날 쳐다보고 있었다.

"장군…… 조금만 버티십시오. 소장이 온 천하를 다 뒤져서라도 용한 도사를 모셔 오겠습니다."

"도사라니? 갑자기 무슨 소리야?"

후성이 성큼성큼 내게 다가오더니 그 우악스러운 손길로 내 손을 붙잡는다.

애 갑자기 왜 이래?

"나을 수 있습니다. 소장이 장군께 씐 귀신을 꼭 퇴치할 것이니 조금만 견뎌주십시오!"

그 목소리와 함께 또 장막이 걷히는 소리가 들려온다. 이번엔 위월이 막사에 들어오더니 이게 뭔가, 하는 얼굴로 나와 후성을 번갈아 쳐다보고 있었다.

'설마, 이거 꿈이 아닌 건가?'

"위, 위월. 영채 주변의 경계 상황은 어때?"

"적들이 우릴 발견한 것 같은 징후는 보이지 않습니다. 애초에 이십 리나 떨어져 있으니 철저하게 수색하는 등의 행위를 하는 게 아니면 발견하기 쉽지 않겠지요."

그렇게 말하면서도 위월은 계속해서 나와 후성을 번갈아 쳐다봤다.

나는 나대로 민망해서 얼굴이 벌게져 있고, 후성은 후성대로 날 무슨 죽을병에 걸린 환자 보듯 하고 있다.

'아오……'

"위월."

"예, 장군."

"정찰이나 나가자."

위월과 함께 백부장 두 명만 데리고 말을 달려 영채를 나왔다. 어둠이 내려앉은 탁 트인 대지로 나오니 민망함이 조금은 가라앉는다.

이게 무슨 개쪽이야. 그것도 하필이면 후성한테 걸리다니.

앞으로 한동안은 계속 빙의네 어쩌네 하며 귀찮게 굴 것 같다.

안개까지 껴서 영락없이 무릉도원으로 들어가는 꿈속인 줄 알았는데 영채를 비롯해 이 일대 전체가 다 그런 것이었을 줄이야.

"쓰읍."

민망한 것도 민망한 거지만 갑자기 또 막막해진다.

고작 천 명으로 만 명도 넘는 도적들을 어떻게 때려잡는다? 제갈량이나 사마의 같은 책사라면 또 모르겠지만 난 그냥 평범한 농사꾼이었는데. 다시 무릉도원에 들어가는 거나 시도해야 하나.

그렇게 생각하고 있을 때.

다그닥, 다그닥.

저 멀리에서 낯선 말발굽 소리가 들려왔다.

그 소리는 빠른 속도로 가까워지고 있었다.

"장군을 보호하며 영채로 돌아간다. 절대 속도를 늦추지 마라."

위월이 백부장들과 함께 날 둘러싸며 말 머리를 돌리려던 그 찰나, 족히 백 명도 넘는 기마가 안개 속에서 그 모습을 드러냈다.

그런 이들의 선두에 서 있는 건 수염을 덥수룩하게 기른 산적 같은, 어두운 와중에서도 대추처럼 벌건 얼굴의 남자다. 그런 남자의 뒤로 유(劉)와 장(張)의 깃발이 휘날리고 있었다.

"엥?"

유에 장이면…… 유비 그리고 장비? 그 외엔 떠오르는 이름이 없는데?

"물러나야 합니다, 장군!"

"웬 놈들이냐!"

위월이 막 내 팔을 붙잡고서 말했을 때, 그들에게서 우레 같은 함성이 터져 나왔다.

기차 화통을 구워삶은 것 같은 그 목소리에 내가 타고 있던 말이 화들짝 놀라는 게 느껴졌다.

'씨바. 저게 진짜 장비라고?'

두두두두-

내가 채 반응하기도 전에 장비가 기마와 함께 우리를 향해, 그것도 정확히 위월과 여러 백부장에 의해 보호받고 있는 나를 향해 질주해 왔다.

그와 동시에 창끝이 내 얼굴을 향해 훅 날아온다. 마치 비디오를 느리게 감은 화면이라도 되는 것처럼 그 모습이 정말 느리게 느껴지는데 몸이 잘 움직여지질 않는다.

'이렇게 허무하게 죽는 건가?'

온갖 생각들이 내 머릿속에서 떠오르고 있을 때.

카앙-!

내가 쥔 방천화극의 창대를 통해 팔까지 저릿해질 정도의 충격이 전해져 왔다.

히히히힝-!

그와 동시에 난 하늘이 움직이는 걸 느꼈다. 세상이 옆으로 쓰러진다.

'갑자기 왜 이래?'

쿵!

아프다.

세상이 쓰러진 게 아니라 내가 쓰러진 거였나.

그런 내 시야에 좀 전의 장수, 장비가 다가오는 게 들어왔다.

장비가 황당하다는 듯 날, 쓰러지면서도 손에서 놓치지 않고 붙들고 있던 방천화극을 번갈아 쳐다보고 있었다.

"도적인 줄 알았는데 방천화극? 넌 여포가 아닌데?"

"이게 무슨 짓입니까, 장비 장군!"

"응? 장비? 나?"

남자가 손가락으로 자길 가리키며 그게 무슨 소리냐는 듯 반문한다.

'뭐야. 장비가 아니야?'

"오랜만이군, 위속."

내가 황당해하며 몸을 일으키는데 저 뒤에서 굵은 저음의 목소리가 들려왔다.

새하얀 안개 속에서도 눈에 띄는, 달빛을 받아 은은하게 빛나는 순백의 백마 위에서 회색빛 갑옷을 입은 차가운 인상의 미남자가 앞으로 나오고 있다. 그런 남자의 손에 들린 건…….

"장팔사모? 당신이 장비라고?"

"설마 날 기억하지 못하는 것이냐?"

남자, 절대 장비로는 보이지 않을 조각 미남이 인상을 찌푸리며 날 내려 본다. 여포를 마주할 때와는 전혀 다른 느낌의 위압감이 전신을 휘감고 있었다.

"아, 아. 기억하죠, 당연히. 장비 장군 아니십니까."

쥐뿔 기억이나 나겠냐. 그냥 급하니까 아무렇게나 하는 소리지.

그래도 장비의 심기를 거스르는 건 좀 덜해진 모양인지, 위압감이 점점 가신다.

그 와중에 장비가 말에서 내려 내게 다가오고 있었다.

"연주에 있어야 할 놈이 여포의 방천화극까지 가지고 이곳에 와 있는 걸 보니 말 못 할 사정이라도 있는 모양이지?"

"아, 예……."

'그러는 당신도 서주에 있어야 하지 않나?'

그 말이 목구멍까지 치밀어 올랐지만, 꾹 눌러 삼켰다.

장비다, 장비.

어떻게 된 건지 저 산적처럼 생긴 덥수룩한 수염이 아니라 조각 미남 장비이긴 하지만 성격이야 비슷하겠지. 불같고 단순하고. 조심하는 게 상책이다. 살아서 돌아가야지.

혼자 다짐하며 시선을 마주하고 있는데 장비가 픽 웃는다.

아, 내가 너무 자기 눈을 똑바로 쳐다봐서 기분 나빠하는 건가? 설마, 그런 건 아니겠지?

"행색을 보아하니 사신단의 입장으로 이곳까지 온 것은 아닐 테고, 뭔가 의뢰라도 받은 모양이겠군."

"예?"

"연주에서 전쟁이 났고, 메뚜기 떼가 창궐하기까지 했으니 식량이 부족하다는 문제가 있었겠지. 그래서 군량을 산더미처럼 쌓아둔 여남으로 와서 유벽 놈에게 거래를 제안했을 것이고, 놈은 저것들을 제거해 줘야 거래에 응하겠다고 했겠지. 어때, 내 말이 맞나?"

그냥 우리가 여기에 와 있는 것 하나만 가지고 여기까지 추론한다고?

입이 쩍 벌어지려는 걸 꾹 참았다.

이 사람, 진짜로 장비 맞아? 뭐가 이렇게 똑똑해?

경악하면서도 난 장비의 말에 대답하지 않았다. 대답해서도 안 될 말일뿐더러, 대답할 필요조차 없으니까. 내가 그냥 여기 나타났다는 사실 하나만으로 모든 걸 다 꿰뚫어 보는 인간 앞에서 무슨 말을 더하겠어?

"마침 잘 됐어. 나도 그놈들을 쳐부숴야 하는데 예상했던 것보다 규모가 훨씬 커서 고민하는 중이었거든. 어때, 나와 힘을 합쳐보지 않겠어?"

"협공을 하자는 말씀이신 겁니까?"

"응. 우리 둘이 머리를 맞대고 힘을 합치면 방법이 나오지 않겠어?"

그냥 장비가 아니라 되게 똑똑한 장비니까…… 확실히 그럴 것 같다.

나쁘지 않은데? 생각지도 못한 지원군의 등장이다.

"그럼 일단 장군께서 파악하신 적병의 현 규모는 어느 정도였습니까?"

"일만 오천에서 이만가량이다."

"정확한 수치입니까?"

"지난 사흘간 수차례나 확인했다."

"흠, 많아도 너무 많은데요."

"그래도 잡아야 해. 방법이 있겠어? 우리 쪽 병력은 기마 오백이다."

장비가 말함과 동시에 머릿속에서 아이디어 하나가 번개처럼 번쩍이며 지나갔다.

'와, 이렇게 하면…… 될 것 같은데?'

다만 그러기 위해선 장비가 무엇 때문에 이곳에 온 것인지를 확인해 보는 게 먼저다.

"장군께선 무엇 때문에 저들을 공격하시려는 겁니까?"

"얼마 전, 송악이라는 자가 신임 서주 자사가 된 내 형님을 모욕하며 자사의 직인을 탈취해 달아났다. 난 그자가 저 무리에 섞여 있다는 정보를 입수하고 이곳으로 왔지."

"도적들이 그 송악이라는 사람을 보호해 주는 중이고요?"

"보호가 아니라 힘을 합친 모양새다. 뭐, 그거나 보호나 그게 그것이긴 하겠군."

그것 때문에 전면전을 벌인다면 말이 안 되겠지만, 소규모의 정예 병력을 별동대로 편성해 습격하는 건 확실히 개연성이 있다.

믿어도 될 것 같은데? 게다가 장비에겐 이곳에서 날 속여 우리 군에게 피해를 끼쳐야 할 이유도 없으니까.

"그렇다면…… 해보죠."

"계획은 있는 거야?"

내가 고개를 끄덕이며 조금 전에 머릿속에서 떠올랐던 계획을 설명했다. 장비는 그 이야기를 듣더니 처음 날 봤을 때처럼 인상을 찌푸리고 있었다.

"자신 있어? 넌 여포가 아니잖아."

"물론 전 형님이 아닙니다. 그러나 지금은 이렇게 하는 게 최선입니다. 장군께서도 잘 아시지 않습니까?"

"계획 자체는 괜찮아 보여. 그런데 궁금한 게 있다."

"예?"

"날 어떻게 믿고 이런 중요한 역할을 맡기는 거지? 전에 한 번 얼굴을 본 적이 있다고는 해도 실질적으로 만나보는 것은 이번이 처음일 텐데? 내가 네 계획대로 움직이지 않으면 너희는 전멸이다. 네 예상대로 활약하지 못해도 전멸이지. 지나치게 위험한 것 아닌가?"

장비가 날 쳐다본다. 함께 와 있던 위월과 백부장들뿐만 아니라 장비 측에서 움직이던 이들 역시 마찬가지.

다들 설명을 요구하고 있다. 어떻게 내가 이런, 장비라는 사람을 절대적으로 믿어 의심치 않아야만 사용 가능할 계책을 제안한 것인지.

'뭐라고 해야 하지?'

나는 그냥 삼국지에 나오는 장비라는 인물을 알고 있었기에 이런 계책을 제안한 거다. 장비가 얼마나 잘 싸우는지도 알고, 그 삶의 궤적도 정말 대충은 안다. 의리 하나로 평생을 고생만 하며 떠돌아다닌 유비를 따른 충의의 화신 같은 인물이지. 그 형, 관우처럼.

그런 인물이니 충분히 믿을 만하다는 판단이 선다.

하지만 사실대로 말할 수는 없는 노릇. 뭔가 그럴듯한, 이 시대의 사람들도 납득할 수 있을 이유를 대야 하는데…….

'아.'

"장군. 제가 장군의 열렬한 팬입니다."

"팬?"

장비가 고개를 갸웃거린다.

"아, 그러니까 그게 장군을 몹시 좋아한다는…… 아, 이건 표현이 너무 이상한데. 아, 그렇지. 한 명의 장수로서 또 다른 장수인 장군을 존경하고 닮길 바란다는 의미입니다."

"네가? 날?"

장비가 황당하다는 듯 반문한다. 장비 입장에선 확실히 이게 뭔 헛소리인가 싶겠지.

하지만 이미 돌을 던져졌다. 얼굴에 철판도 깔고, 최대한 뻔뻔하게 나가야 한다.

"전에 장군께서 저희 형님과 마주하시는 것을 본 이후부터였습니다. 사람을 풀어 장군에 대한 소식은 있는 대로 다 수집했고, 덕분에 꽤 잘 알게 됐습니다. 호탕하며 지적이고 인의를 중시하는 이 시대의 참된…… 아, 참된 군자이시라고요."

"허, 그래?"

내가 생각해 봐도 아부의 극치다. 좋은 말은 다 갖다 붙인 꼴이니까.

하지만 장비는 이게 싫지만은 않은 듯 씩 웃고 있었다.

"그래서 내 능력을 알고 있고, 내가 널 배신하지도 않을 것이라 믿으니 너뿐만 아니라 네 휘하 병력 모두의 목숨까지 맡긴다 이거지? 제대로 된 대화는 오늘 여기에서 나누는 게 처음인 내게, 그 여포의 동생이?"

말이 안 되지만 어쩌겠어. 지금은 방법이 이것밖에 없는데.

"예."

"어이가 없군."

장비가 고개를 절레절레 젓는다.

'내가 너무 나간 건가?'

"사위지기자사 여위열기자용(土爲知己者死 母爲悅己者容)이라 하였다. 무슨 뜻인 줄 아느냐?"

"사위가 자사…… 뭐요?"

"사기에 나오는 말이다. 선비는 자기를 알아주는 이를 위해 목숨 바치고 여인은 자신을 기쁘게 하는 이를 위해 아름다움을 가꾼다는 말이지. 날 알아준 너를 위해 죽어줄 만큼의 의리는 없으나 널 위해 노력할 만큼은 될 것 같다는 생각이 들었다. 하여 난 최선을 다할 작정이다."

장비가 진지하기 그지없는 얼굴로 날 쳐다보더니 말을 이었다.

"전장에서 만나자."

"감사합니다, 장군."

"인사는 아껴둬. 지음을 만났으니 싸움이 끝나면 함께 코가 비뚤어지게 마셔볼 작정이니까."

그러면서 말에 오른 장비가 말 머리를 돌리며 움직이기 시작했다.

지금 뭔가 의미심장한 얘기를 들은 것 같은데…….

"축하드립니다, 장군."

"위월. 갑자기 뭔 축하야?"

"서주의 호걸인 장익덕의 지음이 되셨으니 당연히 축하드릴 일이지요. 서로의 마음을 알아주는 친우로 인정받으신 것 아닙니까."

'내가? 장비랑?'

📱

다음 날 아침.

우리는 병사들을 배불리 먹이고서 영채를 출발했다. 목표는 당연하게도 유벽이 말했던 도적들이었다.

"저어, 장군."

"엉? 우리 후성이가 갑자기 왜 그렇게 걱정스러운 얼굴을 하고 계실까?"

"전 진지합니다, 장군. 이번 계책이요. 장비가 우리 주공만큼 잘 싸워야 성공하는 거 아닙니까?"

"음. 완전 똑같은 수준은 아니어도 비슷하게는 활약해야겠지. 그런 수준으로 싸울 수 있을 것이란 판단에서 만든 작전이니까."

"그것 때문에 걱정이 좀 되어서 말입니다. 아무리 생각을 해봐도 장비가 주공과 비슷하게라도 활약하는 건 말이 안 될 것 같습니다. 장군께서도 보셨잖습니까? 호로관에서 주공을 맞아 싸운 유관장 삼 형제가 어떤 꼴을 당했었는지 말입니다."

"미안. 난 기억 안 나."

"아. 귀신…… 진짜 어서 용한 도사를 찾아야 할 텐데……."

후성이 나지막이 중얼거리더니 말을 이었다.

"주공을 상대하기 위해 처음 장비가 나왔을 땐 몹시 위태롭게 밀렸었고, 관우가 지원을 나왔을 땐 좀 나아졌죠. 여전히 수세적이기는 했지만요."

"장비 입장에서 얘기하는 거지?"

"예, 그리고 유비까지 나오고 나서야 동수를 이뤘습니다. 그러니까 주공께서는……."

"혼자 삼 장비 했다는 거네."

"삼 장비가 뭡니까?"

"장비 세 명분을 했다고. 흠, 우리 형님은 아마…… 백 위속, 백 후성쯤 되겠지?"

"듣도 보도 못한 비유를 참 잘하십니다, 장군께선."

그러면서 후성이 날 쳐다본다. 장비와 여포의 차이에 대해 알고 있음에도 장비 하나만 믿고 이런 계책을 입안했느냐는 표정이 녀석의 얼굴에 떠올라 있었다.

미안하지만 장비가 여포보다 떨어진다고 해도 여기에선 여포나 다름없거든? 이걸 어떻게 설명한다?

내가 다 알아서 할 테니까 신경 쓰지 말라고 하면 걱정이 해결되지 않을 거다. 나아가 병사들의 사기도 떨어지게 되겠지. 하지만 장비에게도 그랬던 것처럼 명확하게 설명해 줄 수가 없다.

이건 어디까지나 미래의 지식을…… 아, 그 수가 있었지.

"후성. 너 전에 진궁 선생이 천기를 보고 얘기해 줬던 거, 기억해?"

"불을 다 끄고, 영채의 문도 다 열어놓으면 적들이 습격해 오지 않을 것이라 말씀하셨던 것 말입니까?"

"정확하게 기억하네? 내가 그때 이후로 진궁 선생에게 천기를 읽는 방법을 좀 배웠거든?"

"처, 천기를요? 장군께서?"

후성의 눈이 동그랗게 커진다.

사실 천기고 나발이고 난 티끌만큼도 모른다. 애초에 그런 걸 믿지도 않고.

하지만 천기라는 말이 나옴과 동시에 후성이 날 보는 눈빛부터가 달라지고 있었다. 확실히 이런 쪽으론 독실한 놈이었지.

"흠흠, 어젯밤 천문을 살피니 동쪽 하늘의 아이어와 사쿠라스, 두 별에서 현기가 뿜어져 나왔었다. 반면 우모자라는 이름의 별은 달빛에 가려져 빛이 약해지더니 평소보다 매우 이르게 사라졌지. 이게 무슨 뜻인 줄 아느냐?"

"모, 모르겠습니다."

"아이어는 우리 형님을, 사쿠라스는 동쪽의 귀인을 의미하는 별이다. 그들이 현기를 뿜어냄은 동쪽에서 온 자가 우릴 도와 큰일을 해낼 것이란 의미이지."

"그럼 우모자라는 별은 무엇을 상징하는 것입니까?"

"세상천지 아무것도 모르고 날뛰는 망둥이 놈들. 여기에선 그 도적놈들을 의미한다고 보아야겠지. 그러나 위태롭게 빛나다 사라진 것을 보면 오늘 놈들에게 흉사가 있을 것이란 징조다. 우리의 입장에선 대길이지."

"대, 대길!!"

"걱정 마. 틀림없이 우리가 이길 테니까."

"별들의 이름조차도 신비로운 것이 참으로 신통하십니다. 소장은 이제 안심이 됩니다, 장군!"

조금 전까지만 해도 세상 모든 걱정을 제 어깨에 짊어지고 있는 것 같은 우울한 표정이던 후성의 얼굴이 더없이 밝아진다. 그런 녀석이 껄껄 웃으며 백부장들에게 다가가 내게서 들은 이야기를 전하고 있었다.

"우리 장군이 천기를 읽으셨는데 우리는 대길이고 저쪽은 대흉이라는군."

"저, 정말입니까?"

"이보시게, 우리 장군이 누구신가. 공대 선생에게도 인정받고, 조조도 때려잡은 분이시잖나."

"흐흐, 그렇죠."

"그런 분이 말씀하신 걸세. 믿게. 우린 이길 것이니."

"대길이면 무조건이죠. 장군께서 정말 엄청난 책략을 만드신 모양입니다."

"후후, 그럼 오늘 전공을 좀 세울 수 있겠군요. 잘만 하면 저도 오백인장으로……."

"오늘이 기회다! 만년 백부장에서 벗어날 기회라고!"

후성만큼은 아니지만 쉽지만은 않겠다며 조심스러운 태도를 유지하던 녀석들이 전의를 불태우고 있다. 그래서인지 더더욱 묘한 분위기가 퍼져 나가는 중이고.

난 그냥 설명하기가 난감해서 적당히 천기를 가져다 핑계만 댄 건데 이거 완전⋯⋯.

'나쁘지 않은데?'

그렇게 생각한 내가 위월과 함께 말 머리를 나란히 하며 병사들을 이끌고 나아가길 한참, 저 멀리에서부터 먼지구름이 뭉게뭉게 피어오르더니 우리를 향해 다가왔다.

그리고 그런 먼지구름 사이에서 나타난 것은.

"저것들이 그놈들인가?"

유벽을 만났던 때와는 완전히 궤가 다른 진짜배기 도적의 무리였다. 수십 개나 되는 깃발이 사방에 있지만 다 각양각색이다. 무슨 흑풍 장군이네 적혈 장군이네 괴발개발 쓰여 있는 게 저들이 확실히 정규군이 아니라 도적이라는 걸 일깨워 준다.

하지만 그 규모만큼은 도적이라도 가볍게 볼 수 있을 수준이 아니었다.

"겁나 많네, 진짜."

동민 전투 당시엔 워낙 어두워서 잘 몰랐는데 이렇게 보니 장난이 아니다. 이런 형태의 군대와 마주한 경험이 거의 없는 거나 마찬가지인 나로선 이만이 아니라 거의 십만이라고 해도 믿을 수 있을 것 같다.

저것들과 싸우겠다고 계획을 세우고, 병사를 끌고 나왔음에도 기가 확 죽을 정도. 천기 운운하며 사기를 잔뜩 높여두긴 했지만 다른 녀석들도 저 정도면 역시 좀…….

"저것들이 그 도적놈들이란 말이지?"

"흐흐흐. 천운이 우리에게 있다는데 뭐가 두렵다고!"

"여기에서 이기면 승진이다!"

뭐야, 이것들. 저걸 보고도 아무렇지도 않다고? 생각했던 것보다 더 미신의 효과가 좋았나?

예상외의 반응에 내가 신기해하고 있을 때, 도적 무리에서 장수처럼 보이는 이 하나가 앞으로 나왔다.

멀리에서도 코에 난 커다란 점이 한눈에 보이는, 꽤 우스꽝스러운 인상의 중년인이 우리의 모습을 한 차례 훑어보고선 어이가 없다는 듯 실소하고 있었다.

"내가 지금껏 수도 없이 많은 전쟁을 치렀지만, 너희 같은 놈들은 이번이 처음이다! 꼴을 보니 우릴 치러 온 모양인데 병력이 겨우 그것밖에 안 돼?"

"겨우 천 명 정도로 누굴 치겠다고! 그놈들론 멧돼지도 못 잡을걸?"

놈의 뒤에서 또 다른 자가 소리치자 도적들 사이에서 웃음이 터져 나왔다.

저것들, 우릴 비웃는 거다.

웃길 만도 하다. 겨우 천 명으로 이만 가까운 병력에게 덤빈다? 말도 안 되는 거니까.

'그거 다 아는데, 그래도 좀 짜증 나네.'

내가 방천화극을 쥐고 말을 몰아 앞으로 나갔다.

점박이 놈의 시선이 날 향하고 있었다.

"뭐냐. 너 먼저 죽여달라고?"

"싸움에 앞서 관대한 제안을 하고자 한다. 지금이라도 항복한다면 목숨만은 살려주마. 그리고 특히 너, 점박이. 순순히 항복하는 게 좋아. 넌 점이 너무 커서 눈에 띄니까 아마 금방 죽을 것 같거든."

"누, 누, 누굴 보고 점박이라는 거냐!"

놈의 얼굴이 벌겋게 달아오른다. 저 점이 콤플렉스인 모양이지?

"너요, 너. 근데 너 인간적으로 얼굴이 너무 시커먼 거 아니냐? 눈이나 코, 입 같은 건 아예 안 보여. 죄다 꺼멓다."

"공격해라! 저놈의 목을 베어 오는 놈에게 큰 상을 내릴 것이다!"

"두목의 명령이다! 공격해라!"

둥- 둥- 둥- 둥-

점박이가 완전히 이성을 잃은 모양이다. 시뻘겋게 달아오른 얼굴로 고래고래 우릴 죽이라며 소리를 질러대니 사방에서 북소리가 울려 퍼지고, 도적들이 뛰쳐나오기 시작했다.

나는 황급히 위월과 우리 병사들이 펼친 방진의 사이로 들어가며 놈들 저편, 자욱한 모래 먼지 때문에 이제는 보이지도 않는 그곳을 응시했다.

오백 명밖에 안 되는 기마로 이만에 가까운 놈들의 후방을 친다고 해서 엄청난 활약을 펼칠 순 없다. 그러나 계획대로만 진행하면 이길 수 있다.

부디 계획대로만.

'장비라면 충분히…… 가능하겠지?'

"으하하하, 이놈들아! 어서 오너라!"

"왜 내 쪽으로는 안 오는 거냐! 이쪽으로도 좀 오라고! 나도 백인장 좀 해보자!"

'우리 지금 포위당한 거 맞아?'

이만 명 가까이 된다는 놈들이 우릴 완벽하게 에워싸며 포위해 놓고선 사방에서 공격을 퍼붓고 있다. 하지만 놈들이 어떻게 공격을 해오건, 둥그렇게 원형의 방진을 펼친 채로 버티고 있는 우리 병사들을 이겨내질 못하고 있다.

싸움이 계속되면 계속될수록 우리 주변으론 도적들의 시체만이 쌓일 뿐이고, 승진에 눈먼 중생들은 더욱더 투지를 불태우며 전의를 북돋고 있었다.

"장군."

방진의 한가운데에서 그 모습을 지켜보고 있는데 후성이 다가왔다.

비록 포위를 당했으나 아직 상황은 무척이나 여유롭다. 그러나 후성의 얼굴엔 긴장감이 서려 있었다.

"혹시 그 천기에서 우리가 어떻게 이기는 건지는 안 알려줬습니까?"

"천기가 무슨 만능이야? 그런 것까지 알려주게? 그래도 기다려 봐. 무조건 우리가 이기니까."

"역시 그런 것이죠?"

"너, 천기가 거짓말하는 거 봤어?"

"아뇨."

"그럼 내 해석을 못 믿는 거냐?"

"그것도 아닙니다."

"그럼 걱정하지 말고 믿어. 내가 준비는 확실하게 다 해놨거든?"

"지, 진짜시죠?"

"그럼 내가 제대로 된 준비도 안 해놓고 사지로 너희를 끌고 들어왔겠어?"

"아닙니다! 믿습니다!"

후성의 얼굴에서 불안감이 사라진다.

말 몇 마디에 다시 믿음이 충전되기라도 한 건가?

후성이 껄껄 웃으며 저 앞쪽, 비교적 고전하고 있는 백인대 쪽으로 달려갔다.

"괜히 부정 타게 하고 싶은 마음은 없습니다만 장비 장군께서 제시간에 나타나지 않으신다면 굉장히 어려워질 겁니다."

옆에서 후성의 그 모습을 물끄러미 응시하고 있던 위월이 나지막한 목소리로 말을 이었다.

"지금 당장이야 다들 체력이 괜찮으니 버티고 있는 거지, 오래가지는 못합니다. 곧 저 녀석들이 나서야 할 때가 올 것이고, 좀 더 지나면 우리로선 도저히 어쩌지 못하게 되겠지요."

위월이 우리 근처, 땅에 철퍼덕 주저앉아 체력을 비축하며 자신들이 나서야 할 때를 기다리고 있는 백부장 정양의 예비대를 손가락으로 가리켰다.

확실히 그렇겠지. 우리가 아무리 잘 싸운다고 해도 결국엔 인간일 뿐이다. 병사 하나하나 모두에게 여포가 빙의해서 그 말도 안 되는 무위를 펼치는 게 아니라면 체력이 방전되는 순간 모든 게 끝이다.

왜 그, 일본의 유명한 농구 만화에서 주인공 팀이 그랬듯 거짓말처럼 허망하리만치 쉽게 전멸당하겠지.

"장비는 올 거다."

확신에 가득 찬 어조로 말하긴 했지만, 솔직히 좀 쫄린다. 세상일에 100%는 없는 거니까.

식량 때문에 연주를 잃고 쫄딱 망해 버릴 수밖에 없을 외통수에 몰린 것만 아니라면, 절대 이렇게 위험한 수를 쓰지는 않았을 텐데. 아오.

"흠?"

긴장감에 두근거리는 심장을 진정시키고자 혼자 심호흡을 하며 적들과 싸우는 모습을 지켜보고 있는데 유독 우리 쪽 병사들이 주변보다 더 훨훨 날아다니는 쪽이 있다.

뭔가 싶어서 가까이 가보니.

"으하하하! 이것들 완전 좋구나! 우릴 승진시켜 주려고 작정들 했어!"

"찔러라! 아무 데나 찔러! 눈 감고 찔러도 다 맞는다! 으하하하하!"

우리 쪽 병사들 그리고 십부장들이 껄껄 웃으며 창을 휘두른다. 그 반대쪽에서는 도적들이 반쯤 공포에 질린 얼굴로 쉴 새 없이 서로를 밀치며 불편하기 그지없게 움직이고 있었다.

"아 좀! 비켜! 비키라고!"

"밀지 마! 이러면 방패도 제대로 못 움직…… 끄아악!"

"이쪽으론 그만 좀 오라고, 이 멍청한 자식들아아아아!"

자기들끼리 그렇게 필사적으로 외쳐대고 있다. 하지만 놈들의 뒤쪽에선 계속해서 또 다른 녀석들이 밀려오고, 또 밀려온다.

한 명이 서 있어야 할 자리에 두 명, 세 명이 서 있는 꼴이다. 당연히 창을 제대로 뻗을 수도 없고, 방패를 움직일 수도 없다. 살아 있는 과녁이자 마음껏 공격해 달라며 서 있는 허수아비나 마찬가지.

'흥미로운데?'

"도대체 왜 아직도 저놈들이 살아 있는 거냐! 만 팔천 명이나 되는 놈들이 왜 아직도 천 명을 못 잡느냐고!"

그 꼴을 살피는데 점박이가 꽥꽥 외치는 소리가 들려왔다. 놈이 시뻘겋게 달아오른 얼굴로 답답하다는 듯 자기네 병력을 향해 고함을 토해내고 있었다.

"좀 더 거세게 몰아붙여라! 한 줌도 안 되는 놈들이질 않느냐!"

딱 봐도 수적으로 압도적인 자기들이 우릴 찍어 누르지 못한다는 것에 답답해 미치는 모습이다.

저놈을 이용하면 어느 정도, 분위기를 우리 쪽에게 좀 더 유리하게, 잠깐이나마 돌려놓을 수 있지 않을까?

"나 잠깐만 저쪽으로 갔다 올게."

말을 몰아 점박이에게 최대한 가까운, 우리 쪽 방진의 바로 뒤쪽으로 나가며 난 크게 숨을 들이켰다.

"야, 이 점박아! 우리 집 점박이도 너보단 군을 잘 지휘할 거다! 전쟁이라는 게 뒤에서 소리만 지른다고 되는 줄 알아?"

"뭐, 내게 하는 소리냐?"

쉴 새 없이 자기네 편에게 욕 섞인 목소리로 어서 우릴 쳐죽이라며 괴성을 질러대던 놈이 날 쳐다본다.

"그럼 너지. 여기에 너 말고 점박이가 또 어디 있다고?"

"너, 너 이 씹어 먹을 놈아! 누가 점박이냐고, 누가!"

"너잖아요, 너. 강한 부정은 강한 긍정이라는 거 몰라?"

"강한 부정이 어떻게 강한 긍정이라는 거냐!"

"아니면 화도 안 내겠지. 근데 너 지금 엄청 화내고 있잖아? 지도 찔리니까."

손을 들어 내 코를 톡톡 건드리고, 그 주변으로 커다랗게 원을 그렸다.

놈이 고개를 푹 숙인다. 열 받은 걸까? 아니면 끓어오르는 화를 내리누르려는 걸까?

'열 받아라. 부들부들하라고.'

내가 그렇게 간절히 바라고 있을 때, 놈이 고개를 든다. 그런 놈의 눈동자에 진한 노기가 서려 있었다.

"저놈을 쳐 죽여라! 저놈의 모가지를 베어 오는 놈에겐 비단과 금을 내릴 것이다! 그리고 병력 좀 있는 대로 다 내보내! 찔끔찔끔 내보내서 도대체 뭘 하겠다는 거냐!"

둥둥- 둥둥- 둥둥- 둥둥-

정말 당장에라도 펑 터져 버릴 것처럼 벌겋게 달아오른 얼굴로 점박이가 소리치자 놈들의 후방에서 울리는 북소리가 달라졌다.

동시에 지금까지와는 비교도 되지 않을 정도로 많은 숫자의 적들이 우릴 공격하기 위해 접근해 오기 시작했다.

물론 그런 놈들의 사이에선.

"그만! 그만 오라고! 좁아! 좁단 말이, 크아아아악!"

"밀지 마! 밀지 말라고!"

"도망치지 마라! 도망치는 놈은 목을 벨 것이다!"

혼란스러운 상황이 펼쳐졌다. 우리 쪽 애들과 싸워야 할 놈들은 제대로 움직이지도 못하며 계속해서 밀려나다가 창칼에 찔리거나 베여 쓰러진다. 그 뒤에선 독전관 같은 놈들이 도망치는 놈들의 목을 베며 싸울 것을 독려하고 있고.

저 점박이가 제대로 된 장수가 아니어서 다행이다.

만약 제대로 된 놈이었으면…… 이것보다 배는 더 힘들었겠지?

"감사합니다, 장군. 한 시진은 더 버틸 수 있겠군요."

내가 안도의 한숨을 내쉬고 있는데 위월이 내게 포권하며 고개를 숙인다.

"버티는 게 아니라 저것들을 때려잡을 체력을 좀 더 비축하는 데 성공하는 거지."

아무것도 아니라는 듯, 그저 미래를 위한 안배라는 식으로 말하긴 했지만 사실 100% 허풍이다. 이렇게 말하는 내 심장도 쿵쾅거리는 중이고, 염통이 쫄깃쫄깃하게 쪼그라든 상태니까.

그나저나 장비 이 인간은 도대체 언제 오는 거야? 우리 다 죽고 오려고 이래?

"아오, 진짜. 도대체 언제…… 흠?"

두두두두-

답답한 마음에 혼자 중얼거리는데 정확히 점박이의 반대쪽에서 말발굽 소리와 함께, 이쪽과는 비교도 되지 않을 정도로 크고 많은 비명이 들려오기 시작했다.

그와 함께 촘촘하기 그지없던 도적들의 사이에서 커다란 길이 열린다. 그런 길을 뚫고 미친 듯이 돌진해 오는, 처음 마주했던 날 내가 장비라 착각했던 그 덥수룩한 턱수염의 남자를 선두로 한 기마병단이 시야에 들어왔다.

그 사이에 백마를 탄, 적진을 꿰뚫고 왔음에도 깔끔한 모양새의 장비가 있었다.

그리고 그와 동시에.

"지원군이다! 지원군이 왔다!"

"와아아아아아! 지원군이다!"

"천기가 맞아떨어졌다! 맞아떨어졌다고!"

우리 쪽 병사들의 사이에서 환호성이 터져 나왔다.

갑작스러운 장비의 등장 때문인지 도적들이 공격을 중단하며 병력을 뒤로 물리고 있었다.

"오래 기다렸다."

"왜 이렇게 오래 걸리신 겁니까?"

"내가 아니라 저 녀석이 길을 뚫었으니까."

장비가 턱짓으로 그 장수를 가리켰다.

"네 계책대로 했을 뿐이다. 그래서 전황은?"

흐트러졌던 제 머리를 매만지며 장비가 말했다.

이 와중에서도 저 미모는 빛을 발하는구나. 젠장. 진짜 이래서 인간은 얼굴이 완성이라니까.

"보시는 대롭니다. 우린 포위당했고, 저것들은 독이 잔뜩 올랐죠. 지원군이라고 나타난 기마병단이 포위망 한가운데에서 멈춰 섰으니 이젠 마무리 지을 때라 생각하고 있을 겁니다."

"슬슬 내가 나설 차례겠군. 기다린 만큼, 충분히 보상해 주도록 하지."

장비가 막 그렇게 말했을 때 낯선 목소리가 들려왔다.

"감히 우리 오대장군의 행사를 방해하려 드는 게 어떤 놈들이냐!"

약간 뒤로 물러난 도적 무리의 사이에서 휘황찬란한 깃발과 함께 움직이는 다섯 장수가 말을 몰아 앞으로 나오고 있었다.

그 장수들의 이름이 안량, 문추, 유비, 관우에…… 장비?

장비가 황당하다는 얼굴로 그쪽을 쳐다보고 있다.

"어이가 없군. 나와 우리 형님들의 이름이 왜 저기에 있어?"

"말에서 내려 모가지를 길게 빼거라! 그리하면 고통 없이 보내줄 것인즉!"

베풀 장에 날 비, 내가 알고 있는 장비의 이름 한자가 그대로 새겨진 깃발과 함께 웬 털북숭이 장수가 말을 몰아 앞으로 나오며 있는 힘껏 소리쳤다.

"······네가 장비라고? 너는 스스로를 그렇게 주장하는 것인가?"

진짜 어이가 없어서 말도 잘 안 나오는 모양이다.

"그렇다. 이 몸이 바로 연인(燕人) 장비, 장익덕 님이시다!"

"여기 이 깃발이 보이지 않는 것이냐? 내가 바로 장익덕이다."

이번엔 장비의 장팔사모가 기마병단의 깃발을 가리킨다. 유(劉)와 함께 장(張)이 새겨진 깃발이 바람을 맞아 펄럭이고 있었다.

"웃기는 놈이구나! 지금껏 자기가 진짜 장비랍시고 날 찾아와 개소리를 지껄였던 놈들이 한둘이 아니다. 그리고 그놈들, 내가 다 모가지를 베어버렸지. 흐흐. 이 몸이 진짜 장비다 이거야."

'짭' 장비 저거 진짜 강심장이네. 장비 본인이 나타났는데 그 앞에서도 당당하게 사칭질이라니. 쫄리지도 않나?

"그렇단 말이지?"

장비의 얼굴이 딱딱하게 굳어진다.

그냥 쳐다보는 것만으로도 뭔가 묘하게 추워지는 것 같다. 추운 건 아니지만 괜히 몸이 서늘해지는, 그 묘한 한기가 장비 에게서 뿜어져 나오고 있었다.

"셋 셀 동안 말에서 내리면 방금 얘기한 대로 깔끔하게 고통 없이 죽여줄 것이다. 하지만 부질없이 저항한다면······ 산 채 로 포를 떠주마!"

잔인하기 그지없는 말이다. 하지만 지금은 저 말을 하고 있 는 짭 장비가 더 불쌍하게 느껴진다. 진짜 장비가 피식 웃으며 장팔사모를 고쳐 쥐고 있었으니까.

"그래, 어디 할 수 있으면 해보아라!"

"어, 어?"

장비가 말 엉덩이를 후려치더니 전력으로 달려 나가기 시작했다. 그 모습에 짭 장비가 당황하는 것도 잠시, 장팔사모가 허공을 꿰뚫었다. 짭 장비는 자기가 뭐에 죽는지도 알지 못한 채 말에서 떨어지고 있었다.

"장비, 장비! 장비야!!"

"장비가 죽었으니 이제 사대장군이겠군. 내 이번엔 너희가 삼대 장군이 되는 모습을 보고 싶은데 누가 없어지는 게 좋을 것 같나?"

장팔사모에 묻은 피를 툭툭 털어내며 장비가 말했다. 이젠 사대장군이 된 놈들의 눈동자가 파르르 떨리고 있었다.

"저, 저, 저 괴물 같은……."

놈들이 슬금슬금 뒤로 물러나기 시작했다.

그런 놈들을 향해 창끝을 겨누던 장비가 씩 웃는다. 그 표정이 조금씩 기묘하게 변해가고 있었다.

"그래…… 이번엔 유비, 네가 좋겠군."

"히이익!"

장비가 자길 지목하기가 무섭게 얼굴이 하얗게 질린 짭 유비가 말을 돌려 제 무리의 사이로 도망치기 시작했다.

"유비! 네가 도망친다고…… 아, 썩을. 이름을 하필이면. 아무튼, 게 서지 못할까!"

장비가 잔뜩 인상을 찌푸리며 그놈을 향해 소리치더니 미친 듯이 장팔사모를 휘두르며 기마병단을 끌고 움직이기 시작했다.

말이 움직이는 거지, 오백 명이나 되는 기마병이 장비 같은 맹장과 함께 적진을 향해 돌격해 가는 거다. 그것도 멀쩡한 상태가 아닌, 제대로 된 훈련도 못 받은 오합지졸인 데다 장수 하나는 허망하게 죽고 나머지는 체면이고 뭐고 다 집어던지며 도망치는 상태의 병력들을 향해.

그 이후의 상황은 내가 그토록 바라던 모습 그대로였다. 우리를 에워싼 채 맹렬하게 공격을 퍼붓던 놈들이 전의를 잃고 모래성처럼 무너져 허망하게 사방으로 흩어져 가는 패잔병으로 변해가고 있었으니까.

"이렇게 될 걸…… 정말로 예상하신 겁니까? 장군."

전황이 정말로 이렇게 진행될 것이라곤 기대조차 안 했던 듯, 위월이 말했다.

"사람이 궁지에 몰리면 자기도 모르게 초인적인 능력을 발휘한다고 하잖아. 그런 거지 뭘."

다시 또 이런 작전을 구상하라고 한다면 때려죽인다고 해도 못 할 것 같다.

운이 좋았던 거지, 이번엔.

확실히 군중 심리가 무섭긴 무서운 것 같다. 오대장군이랍시고 나섰던 놈들이 죽어 나자빠지고 도망치는 꼴을 보니, 조금 전까지 멀쩡하게 우릴 몰아붙이던 놈들까지 차례차례 무너져 도주하고 있다. 그런 와중에서 우리 쪽 병사들은 자기 세상이라는 듯 미쳐 날뛰는 중이고.

"아, 저게 다 노동력인데."

줄줄이 굴비 엮듯 묶어다 데리고 가서 굴리면 여러모로 활용할 곳이 많을 텐데 도망가는 놈이 온 사방에 천지삐까리다.

아깝다, 아까워.

"장군, 장군!"

내가 아쉬워하며 입맛을 다시고 있을 때, 후성의 다급한 목소리가 들려왔다.

"왜. 왜 그러는데? 뭐가 문제야?"

"문제, 문제가 아니라요. 잡았습니다!"

"뭘 잡아?"

"적장요! 아까 장군과 설전을 펼쳤던 점박이요! 저쪽입니다!"

후성과 함께 가보니 병사 몇 명이 밧줄로 꽁꽁 묶인 놈 하나를 꿇어앉힌 채 득의양양한 얼굴을 하고 있었다.

"장군! 저희 승인대가 적장을 사로잡았습니다!"

"원통하다! 내가 관우, 장비에 대해 그토록 경고했거늘! 어서 날 죽여라!"

점박이가 벌떡 일어나더니 날 향해 소리친다. 아까 내가 약 올릴 때보다 더 화난 듯, 얼굴이 시뻘겋다 못해 당장에라도 펑 터져 버릴 것 같은 모습이었다.

"후성아."

"예?"

"쟤 이름이 뭔지, 뭐 하던 놈인지 알아봐. 무슨 뜻인 줄 알지?"

"······예?"

너만 믿는다? 그렇게 말해놓고 가려는데 전혀 예상치 못한 답변이 돌아왔다.

예? 는 무슨 얼어 죽을 예? 야.

"전쟁에서 포로로 잡았잖아. 그러면 뭐가 됐건 써먹을 방법을 찾아야지. 저것들 하나하나가 다 노동력인데 그냥 죽이면 아깝잖아?"

좀 비인도적이긴 하지만 지금이 어디 그런 거 따질 땐가? 당장 내 목이 달아나느냐 마느냐를 두고 어떻게든 살아남아 보겠다고 허우적거리는 중인데.

"어쨌든 잘 맡아서 알아볼 수 있을 만큼 알아봐. 포로들 심문하건 뭐건 하면 정보야 얼마든지 나올 테니까."

"예, 장군."

내가 후성의 어깨를 가볍게 두드려 주는데 점박이가 피식 웃는다. 그런 놈이 날 노려보고 있었다.

"내가 네놈에게 도움이 될 것 같으냐?"

"될걸? 널 비싸게 살 정도로 원한을 가진 놈이 있나 여기저기 다 찾아볼 거야. 그러고도 없으면 유벽 장군에게 넘기면 돼. 널 넘겼다고 무슨 큰 재물을 주지는 않겠지만 그래도 최소한 우리를 조금이라도 우호적인 시선으로 봐주겠지. 그러니까 쟤 자살 못 하게 입에 뭐라도 물려놔."

아무리 사소한 것이라도 상관없다. 살아남기 위해서 할 수 있는 일이라면 전부 다 해야 하니까.

내가 그렇게 생각하며 다시 말 위에 올랐을 때, 전령 하나가 허겁지겁 우리 쪽으로 달려오는 게 시야에 들어왔다.

"뭐냐? 넌 또."

"자, 장군! 새로운 적이 나타났습니다!"

"새로운 적이라니? 또 뭐가? 이미 다 때려잡은 거 아니었어?"

"주공을 사칭한 놈이 맞습니다, 장군!"

등에 화살이 꽂힌 채 말에서 떨어져 절명해 버린 놈의 얼굴을 확인하던 덥수룩한 턱수염의 오백인장 석수가 소리쳤다.

"다 잡은 것인가. 이제부터는 잔병 소탕으로 전환한다! 모조리 쓸어버려라!"

"예, 장군!"

그렇게 외치고, 대답이 터져 나옴과 거의 같은 순간.

두두두두두-

저 멀리 앞쪽의 수림에서 어림잡아도 백 기 이상 될 기마와 함께 병사 수백이 튀어나와 질주해 오는 게 장비의 시야에 들어왔다.

"모조리 쓸어버려라!"

그런 놈들의 선두에서 웬 앳된 외모의 장수가 소리치고 있었다.

"장군. 어찌시겠습니까?"

"적장이 선봉에 서 있다. 내가 가서 저놈을 베고 나면 그때 와서 처리하도록."

장비가 말을 달리며 앞으로 나아갔다. 그런 장비의 시야에 지원군의 선두에 선 장수가 들어왔다.

참 묘한 놈이다. 스무 살이나 되었을까 싶을 정도로 앳된 놈이 커다란 창을 쥐고 있는데 멀리에서부터 말로 표현하기 어려울 기세가 전해져 오고 있었다.

장비가 그렇게 생각하며 적장을 응시하고 있을 때.

"나는 여남군 갈피 사람, 허저 중강이라 한다! 정체를 밝혀라!"

허저의 걸걸한 목소리가 들려왔다.

그리고 그 순간, 장비는 직감할 수 있었다. 오늘 처음으로 들어보는 이름이지만 이놈은 진짜라는 걸.

"연인 장비, 장익덕이다!"

"장비? 아, 난 너 안다. 오대장군의 장비지?"

"뭐?"

"북산에서 올라온 도적놈들을 지휘하는 게 장비 너잖아? 죽어라!"

장비가 뭐라 말을 할 시간도 없었다. 허저는 그대로 말을 몰아 장비에게 달려오더니 창을 크게 휘둘렀다.

캉-!

장팔사모로 그것을 막아섬과 동시에 장비는 손목이 살짝 저릿해지는 것을 느꼈다. 지금껏 단 한 번도 만나본 적 없는, 상상을 초월하는 괴력이 허저의 창에 담겨 있다.

장비의 눈빛이 달라졌다.

"좀 하는 놈이구나!"

"너도 좀 하는데? 이것도 막아봐라!"

허저의 창이 허공을 가르며 장비를 향해 쇄도하고, 그것이 막힌다. 그리고 또 장팔사모가 허저의 가슴팍을, 목을 노리며 쇄도하기까지 하고 있다.

눈을 한번 깜빡일 때마다 캉, 카캉 하는 굉음이 터져 나온다. 장비도, 자신을 허저라 밝힌 앳된 외모의 청년도 이제는 아무런 말도 하지 않고 그저 공방을 주고받을 뿐이다.

아주 잠깐의 방심조차 허락되지 않을 공방이다. 먼저 집중력을 잃거나, 힘이 빠지는 쪽이 생명을 잃게 될 진검승부의 현장.

"저게 뭐야?"

새로운 적이 나타났다고 해서 부랴부랴 달려왔는데 와, 살벌하네.

아까 짝퉁 오대장군 놈들은 장비의 공격을 한 번도 못 받아내고 그냥 그대로 쓰러졌는데 지금 장비랑 싸우고 있는 장수는 그걸 전부 받아내고 있다.

얼굴을 보니 장비에게서 밀리는 기색도 없다. 오히려 공방을 이어갈 때마다 장비가 살짝살짝 인상을 찌푸리는 게 훨씬 강력한 근력을 가지기라도 한 모양.

하지만 그렇다고 해서 장비가 마냥 밀리기만 하는 건 또 아니었다. 저 장수가 한 번씩 창을 크게 휘두를 때마다 장비는 그 틈을 놓치지 않고 위협적으로 사모를 찔러 넣으며 기회를 노리고 있었다.

"벌써 이백 합입니다, 장군."

턱수염이 덥수룩한, 처음 만났을 때 내가 장비라 오해했던 장수가 내게 다가왔다.

"저 장수, 이름이 뭐야?"

"여남군 갈피 사람, 허저 중강이라 하더이다."

"허저?"

어디에서 들어본 이름인데. 어디였지? 꽤 유명한 장수였다고 했던 것 같은…… 아!

〈솔까말 여포 뺨다구 후려갈길 정도로 잘 싸우는 무장이 조조한테 두 명이었음. 전위랑 허저요. 거의 관우랑 장비 수준인데 만약 둘이 같이 손잡고 여포 상대했으면 아마 여포가 도망갔을 거임.〉

예전, 동민 전투를 준비하던 때에 무릉도원에서 봤던 댓글 내용이 떠올랐다.

어디에서 많이 들어봤나 했더니, 조조 쪽 장군이 될 사람이었구나. 아니, 장비는 안 그래도 도망치고 있어서 때려잡아야 할 놈이 한가득인데 산적도 아닌 사람하고 왜 싸우고 있어?

'말려야겠다.'

"장 장군! 그만하십시오! 그자는 우리의 적이 아닙니다!"

"도적은 아니겠지. 하지만 제대로 알아보지도 않고 다짜고

짜 창대를 휘두르는 자가 과연 동지이겠나?"

창대를 마주하던 허저를 있는 힘껏 밀쳐내 약간의 거리를 두고 떨어져서는 장비가 소리쳤다.

그 목소리에 허저가 어이없다는 얼굴로 장비를 손가락질하고 있었다.

"장비는 북산 도적 떼의 오대장군이 맞잖아! 이런 놈을 때려잡지 않으면 누굴 때려잡으라고!"

"내가 도적이라고? 죽고 싶은 게냐?"

싸늘하기 그지없는 장비의 목소리가 울려 퍼진다.

소리를 지른 것도 아니다. 무슨 행동으로 위협을 가하는 것도 아니고. 그냥 말만 한 거다. 그럼에도 이렇게 서늘하면서도 괜히 심장이 콩닥거리는 건…….

'위험하다. 진짜 말려야 해.'

"허저 장군! 장비 장군은 오대장군이 아니라 도적들이 그 이름을 사칭한 겁니다!"

"네?"

"오대장군의 장비는 이분을 사칭한 가짜란 말입니다!"

"그러니까 저놈이…… 에? 가, 가짜요?"

순간적으로 멈칫하던 허저가 반문한다. 그 눈이 동그랗게 커져 있었다.

일단은 얘기가 먹히는 거지?

"응? 진짜요? 진짜 도적이 아니요? 북산 도적놈들이 그쪽 이름을 사칭했다고요?"

"그래."

여전히 싸늘한 목소리로 장비가 답했다.

일단 한 고개는 넘은 것 같다.

"장 장군의 존함을 사칭했던 자는 장군께서 직접 주살했습니다. 내가 봤고, 우리 군의 병사들 모두가 봤으며, 도주한 도적들역시 본 일입니다. 그러니 두 분 장군께선 서로 싸울 필요가 없습니다. 애초에 같은 편끼리 싸운 것이나 마찬가지란 말입니다."

나는 그렇게 말하며 두 사람의 사이로 들어갔다. 장비랑 허저 같이 급이 되는 인간들이 계속 싸웠다간 뭔 일이 날지 모른다. 이렇게라도 해야 싸움이 확실히 멈추겠지.

가까이 와서 보니 허저 이 양반, 어째 모습이 꽤 익숙하다. 한국으로 치면 고등학교 졸업이나 했을까 싶을 앳된 외모에 솜털은 물론, 젖살도 아직 덜 빠진 애기애기한 게 어째 앞집 윤씨네 아들 창식이랑 완전 똑같은……

근데 쟤 왜 귀신이라도 본 것 같은 얼굴로 날 쳐다봐?

"어, 저건 방천화극인데? 설마 여포 님이십니까?"

"응? 날 말하는 겁니까?"

"황건난 토벌의 영웅인 난 모르면서 여포도 알고, 방천화극도 알아본다고?"

저 양반, 살짝 욱한 것 같은데?

"제, 제가 장군을 못 알아본 건 미안하지만 그래도 여포 님의 명성은 장군과 격이 다르잖습니까?"

"뭐가 어쩌고 어째?"

차갑기만 하던 장비의 얼굴이 조금씩 벌겋게 달아오른다. 지금까지는 짜증이었다면 이젠 진짜 빡친 것 같다.

'아, 진짜 허저 쟨 눈치 없이 왜 저래?'

"이런 곳에서 중원제일인이신 인중룡 여포 님을 뵙게 되어 참으로 영광입니다! 전 허저 중강이라 합니다!"

내가 혼자 답답해하는데 허저가 갑자기 말에서 뛰어내리더니 한쪽 무릎을 꿇고 내게 포권하며 말했다.

'뭐? 내가 여포라고?'

"하, 하하…… 만나서 반갑네요. 근데 난 우리 주공의 사촌 동생 위속이라고 해요."

"여포 님이 아니시라고요? 그런데 그 방천화극은……."

"일이 있어서 잠깐 빌린 겁니다."

내가 말에서 내리며 무릎을 꿇고 있던 허저를 일으켰다. 그런 허저의 시선이 방천화극에 완전히 꽂혀 있었다.

"이, 이게 진짜 방천화극이라는 거죠? 우와…… 진짜 이거…… 와……."

'방천화극이 그렇게 멋있나?'

내 바로 옆까지 다가온 허저가 아예 얼굴을 가져다 붙이다시피 하며 방천화극을 살펴보고 있다. 날이 얼마나 날카로운지, 극에는 어떤 장식이 되어 있으며 봉은 또 어떻게 생겼는지.

뭐, 보면 멋있긴 한데…… 아무리 그래도 저렇게까지 할 정돈 아니지 않나?

"저, 장군. 방천화극 한 번만 만져봐도 되겠습니까? 여기, 날

쪽만 손가락 하나로 조금만 만져보겠습니다. 예?"

간절하기 그지없는 눈으로 허저가 날 쳐다본다. 그 모습이 창식이랑 오버랩된다. 걔도 순덩순덩해서 가볍게 놀려먹는 재미가 있었는데.

이러고 있으니까 괜히 놀리고 싶어지잖아?

"이거 만지려면 우리 군에 임관해야 하는데?"

"아, 진짜요? 그럼 받아주시는 거죠?"

"당연히 받…… 엥?"

"임관할게요. 만져도 되죠?"

"웅?"

내가 잘못 들었나?

"임관하겠다고?"

"예. 어서 주세요. 만져볼게요."

"어, 어…… 그래요. 만져봐요."

허저가 흥분된다는 듯 조심스레 방천화극을 만지며 이리저리 살펴보기 시작했다. 마치 덕후가 꿈에 그리던 초희귀 한정판 아이템이라도 얻은 것 같은 얼굴로.

아직도 얼떨떨하다.

허저 같은 장수를 이렇게 쉽게 얻을 수 있는 거였어? 관우, 장비랑 동급인 애를? 운이 좋은 거야, 아니면 진짜 여포 사생팬이었던 거야?

이쯤 되니 나도 모르겠다.

뭐, 그래도 얻었으니까 좋은 거겠지.

5장
싸하다

"크흠……."

심각한 얼굴로 자신의 앞에 쌓인 죽간들을 살피던 진궁이 침음성을 내뱉었다. 하루에도 수백 개씩 밀려오는 이 죽간들에 적힌 내용은 대부분 비슷했다. 식량이 모자란다는 것.

유력 호족과 그들의 가문에 속해 있는 노비들은 얼마든지 다음 추수까지 버틸 수 있지만, 대부분의 백성 그리고 장막과 여포의 휘하에 있는 병사들은 앞으로 보름 정도가 한계다.

그 안에 식량을 구하러 여남으로 떠났던 위속이 기적과도 같이 식량과 함께 귀환한다면 또 모를까, 만약 그게 아니라면 군 전체가 붕괴할 수밖에 없다.

"주공을 뵙고 올 것이다."

자신과 함께 집무실에서 죽간을 살피던 관리들에게 그렇게 말하며 진궁은 곧장 자리에서 일어나 장막을 찾아갔다.

"주공. 우리끼리라도 움직여야 합니다."

"움직이다니?"

"기적을 바라고만 있을 수는 없는 노릇이질 않습니까. 제게 군을 내어주신다면 당장 예주로 달려가 곽공의 목을 베어 그 식량이라도 확보하겠습니다."

"보름 안에 그것이 가능하겠나?"

"되도록 해야지요."

장막이 땅이 꺼져라 한숨을 푹 내쉬었다.

"조급함은 패망의 지름길이거늘…… 지금은 어쩔 수가 없는 것인가."

"주공."

"알았네. 산양에도 사람을 보내도록 하지. 온후와 함께한다면"

"아닙니다, 주공. 이는 계책으로 곽공을 유인해 내는 것이니 굳이 여 사군의 군을 끌어들일 이유가 없습니다. 제가 혼자 하겠습니다."

"그러시게."

"감사합니다, 주공."

진궁이 장막을 향해 길게 읍하고선 막 허리를 폈을 때.

"급보입니다!"

저 밖에서 병사 하나가 귀신이라도 본 것 같은 얼굴로 헐레벌떡 달려오며 소리쳤다.

"무슨 일이냐?"

"주, 주공! 지금 위속 장군이 남쪽에서 우리 진류성을 향해 접근해 오고 있습니다!"

"문숙이? 그럼 식량은? 설마 문숙만 혼자 달랑 돌아오는 것이냐?"

"아닙니다! 식량이 가득 담긴 수레가 줄줄이 그 뒤를 따르고 있습니다!"

"나가봐야겠다!"

장막이 자리에서 벌떡 일어나며 움직이기 시작했다. 그렇게 도착한 진류성의 남쪽 성문 누각 위에 섰을 때.

"으허허허, 으허허허허허허허!"

장막은 마치 실성하기라도 한 것처럼 웃음을 터뜨리기 시작했다. 조금 전의 병사가 보고했던 것처럼 쌀이 가득 담긴 수레가 끝도 보이지 않을 정도로 기나긴 줄을 만들어 이동해 오고 있었다.

"환영 참 요란하네."

성 쪽에서 환호성이 터져 나오고 있다. 소리가 어찌나 큰지 천지가 다 울릴 정도. 전장의 소음도 이 정도로 요란스럽지는 않았다.

"다들 되게 좋아하네."

"좋아하죠. 쌀 아닙니까, 쌀."

"그래 봐야 쌀이잖아."

"그래 봐야 쌀인 게 아니라 무려 쌀인 겁니다. 장군, 굶어본 적 없으십니까?"

"딱히 없는 것 같은데?"

내 할아버지, 할머니 세대는 보릿고개를 겪었다지만 내 부모님 시절만 하더라도 돈이 없어서 고생하는 일은 있어도 먹을 게 없어 굶주리는 일은 거의 없었다. 나와 같은 세대에서는 더더욱 그렇고. 오히려 두둑이 불어나는 뱃살을 걱정했지.

"전 굶주려 봤습니다. 어렸을 적엔 먹을 게 없어 굶어 죽을 뻔했던 적도 있고요. 그래서 저들 심정을 잘 압니다. 저들에게 있어 장군은 생명의 은인이나 마찬가지예요."

후성이 잠시 날, 저 뒤에서 줄줄이 따라오고 있는 쌀이 가득 실린 수레를 번갈아 쳐다보더니 말을 이었다.

"당장 먹을 밥 한 끼를 위해 얼굴도 이름도 모를 이의 병사가 되어 전장으로 나가는 이들이 곳곳에 깔린 것이 이 시대이질 않습니까."

'이 시대가 그런 시대였나?'

난 몰랐다. 그냥 삼국지의 시대라고 하면 유비와 관우 장비, 조조와 손권 등의 영웅이 각자의 이상을 위해 전쟁을 거듭하던 때라고만 알고 있었을 뿐이다. 그런데 겨우 밥 한 끼에 자기 인생을 팔아가며 병사가 된다니. 느낌이 참 묘하다.

내가 그렇게 생각하고 있을 때, 진류성의 성문이 활짝 열리며 그 너머로 말에 탄 두 사람과 함께 병사 수백 명이 크고 작은 깃발을 잔뜩 들고서 다가오기 시작했다.

저쪽에 있는 건 진궁이다. 그리고 그 옆에 있는 건…….

"진류 태수이십니다."

"진궁 옆에?"

"예, 이번에도 기억 못 하실 것 같아서 미리 말씀드리는 겁니다."

"센스 쩌는데?"

"센스요? 그게 뭡니까?"

"그런 게 있어."

이해가 안 된다는 듯 고개를 갸웃거리는 후성의 어깨를 가볍게 두드려 주고서 난 앞으로 나갔다.

"위 장군! 참으로 시의적절하게 도착하시었소. 저 뒤에 따라오고 있는 것들은 모두가 쌀이오니까?"

진궁이 말을 달리며 소리쳤다.

"예, 여남군이 매월 보내기로 한 식량의 첫 번째 인도분입니다."

"양은?"

"병사들은 물론 백성을 먹이는 것 역시 충분합니다."

"다행이군. 정말 다행이야…….."

내가 보았던, 냉정하기 그지없는 그 진궁의 모습이 아니다. 정말 식량 때문에 걱정이 많았던 것인지 무거운 짐을 내려놨다는 듯 입가에 기분 좋은 미소를 머금고 있었다.

"위 장군. 자네에게 연주가 큰 빚을 졌네. 백성과 병사들 모두를 대신해 내 인사하겠네."

그런 진궁의 옆에서 장막이 말했다.

'인사라니?'

내가 뭐라 반응하기도 전에 장막이 말에서 뛰어내리더니 서 있는 그 자리에서 날 향해 허리를 굽히며 길게 읍했다. 그 모습을 본 진궁 역시 마찬가지. 그러자 그 뒤를 따르던 병사들마저 무릎을 꿇으며 내 쪽으로 포권하고 있었다.

"감사하오, 장군!"

"감사드립니다, 장군!"

장막의 그 목소리와 함께 병사들의 외침이 쩌렁쩌렁하게 울려 퍼졌다. 귀가 다 먹먹해질 정도로 큰 소리다.

너무 갑작스럽기도 하고 당황스럽기도 해서 주변을 돌아보는데 성벽 위에서 식량이 오는 걸 구경하던 녀석들까지 전부 날 향해 포권하고 있었다.

"어, 이게⋯⋯."

툭툭.

무슨 말을 해야 할지 모르겠다.

그냥 멍하니 있는데 후성이 내 옆구리를 툭툭 건드렸다. 녀석이 눈짓으로 장막을 가리키고 있었다.

'아.'

"환대에 감사드립니다, 태수님. 하지만 이는 어디까지나 운이 좋았을 뿐입니다. 분에 넘치는 칭찬을 받으니 몸 둘 바를 모르겠습니다."

말에서 뛰어내리며 여전히 읍한 채로 허리를 굽히고 있는 장막에게 달려가 말했다. 허허로운 미소를 머금은 얼굴의 장막이 그제야 허리를 펴고 있었다.

"겸손이 지나치면 그 역시 예의가 아니오. 위 장군의 업적은 이 모든 인사를 받기에 모자람이 없소이다."

"주공의 말씀이 참으로 옳습니다. 그런 의미에서 장군과 병사들을 위해 연회를 준비해 두었으니 어서 가십시다."

"연회요?"

"여 사군을 걱정하는 것이라면 괜찮소. 내 이미 사람을 보내 위 장군이 돌아왔음을 알려두었으니까."

내가 너무 놀란 모양이다.

"그래도 바로 가야 할 것 같은데요."

"여 사군을 걱정하는 것이라면 괜찮소이다. 이런 경사스러운 일을 성공시켰는데 하루 여독을 풀고 간다고 그 잘못을 물을 정도로 사군이 도량이 좁지는 않지 않소이까."

"아, 그 문제가 아니라 형님께 보고드려야 할 일이 있어서요. 서주 쪽에서 초대를 받은지라."

"초대라니?"

그게 무슨 뜬금없는 소리냐는 얼굴로 장막이 반문했다. 사실 내가 저 입장이어도 비슷한 반응이었을 거다.

"그쪽에서 우연히 신임 서주 자사인 유현덕의 아우 장익덕을 만나 연을 맺게 되었습니다."

"장익덕을? 여남군에서 말이오?"

이번엔 진궁이 잘 이해가 되질 않는다는 듯 반문했다.

"유 현덕의 서주군이 여남으로 향하려면 필시 우리 연주나 곽공의 영역을 지나야 할 수밖에 없을 터인데? 장익덕이 사신으로 갔던 것이오?"

"아뇨. 기마 오백을 끌고 왔습니다. 송악이라고, 신임 서주사사를 모욕한 데다 자사의 직인을 가지고 도망치기까지 한 놈을 잡으려고요."

"그 송악을 우리 장군께서 잡아 장비 장군에게 넘기셨습니다. 그 과정에서 천 명밖에 안 되는 병력으로 적 이만을 격파해 대승을 거두기까지 하셨고요."

가만히 옆에서 내가 진궁, 장막과 대화하는 걸 지켜보고만 있던 후성이 말했다. 그러자 장막은 후성이 과장을 한 것이겠거니 하는 얼굴로 고개를 끄덕였다.

하지만 진궁은 눈을 부릅뜬 채 날 쳐다보고 있었다.

"동민에서 조맹덕의 계책을 꿰뚫어 본 것이 바로 문숙이 아니던가. 장한 일을 하였네."

"감사합니다, 태수님."

"주공. 이는 단순히 그리 쉽게 이야기할 문제가 아닙니다. 더 자세히 얘기해 주시게. 자네들은 사신으로 간 것일 뿐이잖은가. 그런데 왜 자네들이 이만 명이나 되는 적과 싸웠다는 것이지? 원술이 쳐들어오기라도 했단 말인가?"

"그런 건 아닙니다. 그러니까 그게……."

첫 만남에서 유벽이 내게 무엇을 요구했는지, 내가 그것을 왜 받아들일 수밖에 없었는지, 그리고 그 이후로 일이 어떻게 전개되었는지까지.

후성은 자신이 기억하는 모든 것을 진궁에게 이야기했다. 그리고 마침내 그 이야기를 모두 듣고 난 진궁과 장막은 진심으로 감탄해 마지않는 얼굴로 날 쳐다보고 있었다.

"문숙 자네는 우리 연주의 홍복일세. 공대와 자네가 함께 머리를 맞대며 힘을 합친다면 우린 무서울 것이 없을 게야."

그러면서 장막이 껄껄 웃기 시작했다.

그 옆에서 진궁은 혼자 미간을 찌푸린 채 뭔가를 골똘히 고민하고 있었다.

"왜 그러십니까? 선생."

"아니, 아닐세. 자네의 이야기를 듣고 나니 문득 떠오르는 것이 있어서. 그런 일도 있었으니 조금이나마 빨리 사군을 뵈어 서주의 일을 의논하고자 하는 자네의 마음이 충분히 이해가 되네. 더는 잡지 않도록 하지."

진류에서의 그 만남이 있었던 직후, 우리는 여남군에서 보내온 식량 일부를 장막에게 넘기며 곧장 여포가 기다리는 산양군을 향했다.

그렇게 이틀이 더 지났을 때.

"왔느냐."

익숙한 깃발을 휘날리는, 문이 활짝 열린 영채. 그 사이에서 무척이나 오랜만에 보는 여포가 씩 웃으며 우릴 기다리고 있었다.

"오랜만이라 그런가? 엄청 반갑네요, 형님."

"내가 보고 싶었던 것이냐?"

"음, 그런 것 같네요. 오랜만이라."

내 말에 기분이 좋아진 것일까? 여포가 씩 웃는다.

"좋은 소식을 들었다. 네가 천오백으로 도적 이만을 괴멸시켰다면서?"

"하, 하하. 들으셨어요?"

"사람이 두 번 왔다. 한 번은 식량에 관해 얘기하고, 한 번은 네 전공과 함께 식량에 관해 얘기해 줬지. 준비는 잘돼가고?"

"준비요? 아, 그거요. 아이고, 형님. 걱정을 붙들어 매십시오. 차근차근 진행 중입니다."

"흐흐. 내 너만 믿는다. 그런데 궁금한 게 하나 있다."

"예?"

"열 배가 넘는 적을 상대로 싸워서 이기는 거 말이야. 느낌이 어떻더냐? 내 아직 다섯 배까지밖에 못 이겨봐서 말이야. 짜릿했나?"

"아, 그게요."

"그래. 결정했다. 네가 준비하는 그 싸움 말이야. 거기에선 이십 배 규모의 적을 격파해야겠다. 그래야 나도 항우의 팽성 전투 같은 전설을 하나 써보지."

그러면서 여포가 씩 웃는데 지금은 아무런 말도 안 하는 게 나을 것 같다. 우리 형님, 지난번에 켜졌던 묘한 스위치가 아직도 안 꺼져 있을 줄이야.

"고생했으니까 다들 들어가서 술 한잔씩 하자. 내가 다 준비해 놨거든?"

"저, 형님. 술도 술인데 일단 소개해 드릴 사람이 있어요."

"소개?"

내가 고개를 끄덕이며 뒤쪽으로 시선을 옮기자 조금 전부터 혼자 '와, 우와, 멋있다, 와……' 같은 감탄사만 중얼거리던 허저가 말에서 뛰어내리더니 여포를 향해 포권했다.

"저, 저는 여남 사람 허저 중강이라 합니다! 오래전부터 장군의 대명을 흠모해 왔습니다!"

"어. 네가 내 방천화극 한번 만져보려다가 임관한 녀석이지?"

"예? 아, 예! 그렇습니다!"

"재미있는 녀석을 데리고 왔네, 넌."

"능력도 확실한 녀석입니다."

"문숙 네가 그렇게 말한다면 그런 거겠지. 그래서, 서주는 어떻게 할 거야? 초대받았다며."

"일단은 조금만 쉬었다가 바로 방문해 볼 생각입니다."

"동맹을 맺는 게 유리하다고 보는 것이고?"

"아무래도요."

"그런 면에서는 네가 나보다 똑똑하니까. 네 판단대로 해라."

진짜 볼 때마다 느끼는 거지만 이 양반, 엄청나게 쿨한 것 같다.

보통 이런 문제는 사람들을 다 불러 모아놓고서 의논할 텐데. 그냥 내가 그렇게 생각한다는 말을 하는 것만으로도 이렇게 결정을 내려 버리다니.

'날 그만큼 믿는다는 거겠지?'

"자, 먼저 한잔해라. 오며 가며 고생도 많았을 텐데."

여포가 품에서 가죽으로 된 주머니를 꺼내 내밀었다. 뚜껑을 여니 뭔가 알싸하면서도 시큼한, 처음 맡아보는 냄새가 코끝을 자극했다.

"뭡니까? 이게."

"마유주다."

"마유주?"

'말 젖으로 짰다는 그거?'

되게 신기한 술이라고 말만 들어봤지, 맛을 본 적은 없었는데. 그걸 이렇게 마시게 되는구먼.

"크으. 나쁘지 않네요."

"그렇지? 그것보다 더 좋은 것들도 많이 준비시켜 놨다. 오늘만큼은 다른 거 걱정하지 말고 마셔."

"진짜죠?"

"어. 오늘은 내가 우리 문숙 제대로 한번 빨아준다!"

"혀, 형님?"

"하하하하! 그러니까 얼른 마시러 가자!"

여포가 내 어깨에 팔을 올리며 어깨동무를 하고선 저 커다란 군막을 향해 움직이기 시작했다.

그런 와중에서 수군거리는 목소리들이 들려오고 있었다.

"주공께서? 위속 장군을?"

"아니, 뭘 빨아주겠다고 하시는 거야? 설마……."

내가 조인과 조조를 욕하며 했던 이 시대의 신조어를 가장 잘 이해한 게 여포인 모양이다.

근데, 이 양반아…… 다른 사람들은 그걸 모른다고. 오해받기 딱 좋은 소리를 이렇게 대놓고 해버리면 어떻게 하냐고요.

📱

"으어…… 취한다."

술을 내가 얼마나 마셨는지도 모르겠다.

도수가 낮아서 술 같지도 않은 느낌이 들어 항아리째로 가져다가 놓고 퍼마시고, 화장실 다녀오고 또 퍼마시길 반복했는데 어느 순간부터 세상이 빙빙 돌기 시작했다.

시종인지 뭔지도 모를 사람들에게 이끌려 침상에 누웠는데 느낌이 묘하다. 세상이 빙빙 도는 것 같은 느낌도 없고, 속이 울렁거리는 느낌도 사라졌다.

대신 머리가 더없이 맑아지는 것 같은 느낌과 함께 짙은 안개가 껴 있는 군막의 내부가 시야에 들어왔다. 그런 내 옆으로 핸드폰이 놓여 있었다.

"벌써 한 달이 지난 건가?"

무릉도원에 들어온 모양이다.

"흐, 마음 참 편하구만."

조조와의 전쟁에서도 이겼고, 식량 문제도 해결했다. 이제는 느긋하게 무릉도원의 글들을 확인하면 되겠지.

그렇게 생각하며 무릉도원의 삼국지 토론 게시판에 접속했는데 'if_진궁이 진류에서 안 죽고 살아남았다면?'이란 제목의 글이 있었다. 느낌이…… 몹시 싸하다.

⟨진류에서 반란이 나서 장막, 진궁 다 죽고 여포네 세력도 반토막 났는데 만약 진궁이 살아남았으면 어땠을지. 반란이 난 게 위속이 여남에서 식량 얻어다가 가져다준 바로 다음 날이었죠. 그때 허저도 같이 있었으니까 만약 위속이 진류에 남아 있었으면 진궁도 살았을 것 같은데. 님들은 어떻게 생각하심?⟩

└간손미의 미: 이거 곽가가 세팅한 일 아님? 위속이 진류에 천년만년 주둔했을 것도 아니고 떠나자마자 바로 일 터졌을 듯. 먼저 알아차리는 거 아니면 답 없어여. 절대 못 막음.

└전남지사: 진궁이랑 위속이랑 둘 다 천기 많이 봤다고 기록에 남아 있는데 위속이 천기 읽고 진궁이 도망쳤던 곳으로만 왔으면 가능할지도. ㅇㅇ

└여봉봉선: 그건 연의에서나 가능할 일이죠. ㅋㅋㅋㅋ 그래도 진짜 위속이 천기 읽고 외항현까지 갔으면 쩔었을 듯. 근데 이러면 위속이 거의 제갈량급 되는 거 아님??

└조조따거: 위속이 동남풍 만들어 오나요? ㅋㅋㅋㅋㅋ

"이런 시발?"

댓글에서는 다들 웃고 있는데 그걸 읽는 내 머릿속은 하얗게 변해간다.

진류에서 갑자기 반란이 왜? 거기 멀쩡하게 잘 돌아가고 있었잖아?

그냥 진궁이 얘기했던 것처럼 거기에서 며칠 묵으면서 좀 쉬다가 올 걸 그랬다. 그랬으면 무릉도원에 들어오는 것도 진류에 있을 때였을 것이고, 아무런 피해도 없이 반란을 막을 수 있었을 거다.

'아오……'

"외향현이라고 했지?"

여남군으로 출발하며 잠깐 들렀던 곳이다.

일단 댓글 내용으로 보면 진궁이 진류에서 바로 죽은 건 아니고 외향현까지 도망쳤다가 거기에서 죽은 모양인데…….

"될까?"

모르겠다. 지금으로썬 바로 꿈에서 깨어나 여포를 깨워 외향현으로 달리는 수밖에.

그게 최선이다. 그렇기는 한데.

"바로 깨버리긴 좀 아깝다."

있는 힘껏 볼을 꼬집으려는데 막 그런 생각이 들었다.

어차피 들어온 무릉도원이다. 진궁이 위험에 처했다는 것도 알았다. 하지만 이것만 가지곤 상황을 해결하기 어려울 거다. 최대한 정보를 모아야 한다.

진류에서 반란이 어떻게 난 것인지, 곽가가 어디에서 뭘 하던 놈인지, 이걸로 인해 무슨 일이 어떻게 더 진행된 것인지.

심호흡하며 다시 침상에 앉아 핸드폰을 들었다. 할 수 있는 만큼, 최대한 봐둬야 한다.

"으……."

머리가 깨질 듯이 아프다.

내가 잠든 뒤로 시간이 얼마나 지난 거지?

눈꺼풀이 천근만근 무겁기만 하다. 온몸의 물에 젖은 솜처럼 축축 늘어지지만 일단 일어났더니 낯선 광경이 펼쳐져 있었다.

"뭐야…… 이게."

드넓은 군막에 익숙한 얼굴들이 널브러져 있다. 저쪽엔 후성, 이쪽엔 학맹과 성렴까지. 그리고 상석의 여포는…….

"깼냐?"

혼자 앉아 술잔을 기울이고 있었다. 취한 기색도 별로 없다. 아니, 나랑 술을 그렇게 들이부었는데도 멀쩡해?

'아니지, 지금은 이게 중요한 게 아니다.'

"형님. 바로 움직여야 해요."

"뭘?"

"지금 진류에서 반란이…… 진궁이 위험해요."

"잘 자다가 깨서 그게 무슨 헛소리야? 아직도 취했어?"

말문이 턱 막힌다.

"취한 게 아니라…… 잠시만요."

솔직히 취한 건 맞다. 정신은 멀쩡하지만, 몸이 말을 듣지 않는 상태인 거지. 지금도 혀가 막 꼬부라지는 걸 억지로 버텨가며 말하는 거니까. 이런 상태에서는 내가 무슨 말을 해도 술주정으로 들릴 거다.

얘길 정리해야 한다.

무릉도원에서, 엄밀히 말해서 꿈속에서 본 이야기를 여포가 듣고 설득력 있다고 느낄 수 있도록.

"형님, 지금 즉시 군을 움직여야 합니다. 공대 선생이 위험해요."

"그건 또 무슨 뚱딴지같은 소린데?"

"진류에서 본, 꺼림칙한 것들이 몇 가지 있었는데 지금 막 머릿속에서 그림이 짜 맞춰졌어요. 진류에서 반란이 났을 겁니다. 공대 선생도 속수무책일 것이고요. 우리가 도우러 가야 해요."

"반란이라고?"

여포의 눈매가 가늘어진다.

"확실한 거야?"

"제 목을 걸 수도 있어요."

"그렇단 말이지……. 알았다."

"예?"

"네 말대로 하겠다고. 위월!"

'이, 이렇게 쉽게?'

아무리 평소 여포가 날 신뢰했다고 하지만 만취해서 기절했다가 깨어나서 하는 말까지 이렇게 믿어준다고?

"부르셨습니까? 주공."

"애들 다 깨워. 지금 당장 진류로 이동한다."

"예?"

"시간 없다. 진류에서 반란이 났어. 장막이나 진궁이 위험하다고 하니까 바로 가서 우리가 돕는다. 진류로 가면 되는 거지?"

그게 무슨 소리냐는 듯, 이해가 되질 않는다는 얼굴로 눈만 껌뻑이는 위월을 내보내며 여포가 내 쪽으로 고개를 돌린다. 내 말이 술주정 같은 건 아닐까 의심하는 느낌은 하나도 없는, 순도 100%짜리 신뢰도가 담긴 얼굴이었다.

"진류 말고, 일단 외향현으로 가야 해요."

"외향현? 그렇군. 알았어."

"그런데 형님. 의심 같은 건 안 합니까?"

"내가? 널?"

"막말로 그렇잖아요. 전 아직도 술이 다 깨지 못한 상태인데."

여포가 씩 웃으며 내게 다가오더니 어깨를 두드린다. 그런 여포의 시선이 내 얼굴을 향해 있었다.

"네가 헛소리를 할 위인은 아니니까. 그리고 난 한번 믿으면 끝까지 믿는 주의라서. 어쨌든 외향현이라 했지?"

그렇게 말하며 여포가 군막 한쪽에 세워두었던 방천화극을 집어 들더니 그대로 군막을 나섰다.

그 모습을 지켜보고 있던 나로선 그저…….

"와……."

감탄하고 또 감탄할 뿐이다.

누군가에게 이렇게 절대적으로 신뢰받는다는 게 이런 느낌이었구나. 괜히 막 가슴이 뜨거워진다.

이러고 있으니 저 양반이 이제는 진짜 우리 형처럼 느껴지기도 하고…….

"아, 지금이 이럴 때가 아니지. 형님! 같이 가요!"

다각, 다각, 다각-!

어둠이 내려앉은 대지, 그 위에서 말발굽 소리가 쉴 새 없이 울려 퍼진다. 그 위를 달리는 말들의 선두에 진궁과 왕삼이 있었다.

"스, 스승님! 점점 더 가까워집니다!"

"달려라! 지금으로썬 그것만이 살길이다!"

이미 한계에 가까운 속도로 달리고 있지만, 지금보다 더 빠르게 달려야 한다. 진궁은 그렇게 생각하며 자신이 타고 있는 말 엉덩이에 채찍질을 했다.

잡히면 끝이다. 무조건 저들보다 빠르게 달려야 한다.

그런 상황이었는데.

"끄악! 스승니이이임!"

뭔가 떨어지는 것 같은 소리와 함께 왕삼의 비명이 들려왔다. 진궁이 뒤로 고개를 돌리니 자신의 바로 뒤에서 따라오던 왕삼이 말에서 떨어져 땅에 나뒹굴고 있었다.

"크윽…… 왕삼아!"

병사 하나 없이 단둘이 추격당하며 달리는 이곳에서 낙마를 해버린 이상, 해줄 수 있는 건 없다. 그저 달려야 할 뿐이다. 진궁은 이를 악물며 더욱더 세차게 채찍을 휘둘렀다.

그 순간.

히히히히히힝-!

말이 내지르는 괴성과 함께 몸이 부웅 하늘을 나는 게 느껴졌다. 하늘이 땅이 되고, 땅이 하늘이 된다.

그리고, 하늘이 가까워지고 있었다.

"커헉."

지금껏 살아오며 한 번도 겪어보지 못했던 충격이 전신을 휘감는다. 진궁이 이를 악물고 몸을 일으켰다.

적들이 가까워지고 있다. 빠른 속도로. 그러나 자신은 더는 도망갈 수 없을 터.

"끝인가……."

진궁이 눈을 질끈 감았다. 아니, 감으려 했지만 그러지 못했다.

그런 진궁의 시야에 들어온 건 달빛을 반사하며 번쩍이고 있는, 익숙한 쇠붙이를 든 장수가 달려오는 모습이었다.

"여, 여 사군!"

"여어, 진궁! 무사해 보이는군."

"어, 어찌 사군께서 이곳에 오셨단 말입니까?"

"그건 나중에 내 동생에게 물으라고. 으하하하, 인중여포가 여기에 있다! 나와 싸울 놈이 누구인가!"

상상도 못 한 시점에 나타난 여포가 쩌렁쩌렁한 외침을 토해내며 진궁의 곁을 지나 저 뒤에서 달려오는 적들을 향해 질주했다. 그런 여포의 곁을 따르는 병사는 단 한 명도 없는 상태.

그러나 대지를 박차며 힘차게 내달리는 적토마의 발걸음에

망설임이란 존재하지 않았다.

"나는 연주 자사 조맹덕의 장수 우금이다! 아비 셋 가진 종놈아 지금이라도 무릎을 꿇고 고개를 조아리면 목숨만은 살려줄 것이다!"

"내가? 너희한테? 일단 붙고 나서 네놈들이 도망 안 가면 그때 생각해 보마!"

그러면서 여포가 방천화극을 들고 혈혈단신으로 우금과 그 휘하, 수백 명이나 되는 기마병의 사이로 파고들어 갔다.

여포의 방천화극이 번쩍일 때마다 기마병이 두셋씩 말에서 떨어져 내린다. 수백 명, 그것도 장수가 포함된 부대가 단 한 명과 싸우는 것임에도 공격을 퍼붓는 것은 여포였다.

"과연 인중룡이로다……"

그 말이 절로 나오는 모습이다.

진궁이 그렇게 감탄하고 있을 때.

"공대 선생. 괜찮으십니까?"

익숙한 목소리가 들려왔다.

"위, 위속 장군!"

진궁이 귀신이라도 본 것 같은 얼굴로 날 쳐다본다. 그런 진궁의 남색 면복은 곳곳이 찢어진 데다 피로 얼룩져 있기까지 하다. 아무래도 격전을 치르며 간신히 진류를 탈출한 모양.

"부상을 당하신 겁니까?"

"난 괜찮소. 그보다 왕삼, 내 제자 놈이 조조군에 추격을 당

하다 낙마를 하였소. 위 장군, 부탁이니 그 녀석을 좀 구해주
지 않으시겠소?"

진궁의 손가락이 저 뒤쪽, 우리 형과 우금이 싸우고 있는 곳
을 가리킨다.

저쪽이면…….

"장군. 제가 가서 구해올까요?"

허저가 그 순박한 얼굴을 내 쪽으로 불쑥 들이밀며 말했다.
그 눈동자에 전장에 대한 기대감이 가득 차 있다. 마치 소풍
을 기다리는 학생이라도 되는 것 같달까?

"가고 싶어?"

"가고 싶습니다!"

"가랏, 허저몬!"

"갑니다! 얘들아, 가자!"

허저가 병사들을 이끌고 질주하기 시작했다.

진궁은 물끄러미 그 모습을 지켜보다가 한숨을 내쉬며 내
쪽으로 돌아섰다.

"정말 고맙네, 위속 장군. 덕분에 살았으이."

"그 무슨 말씀을 하십니까. 공대 선생은 저희에게 있어 둘도 없
는 귀중한 분이십니다. 저, 그런데 태수님은 어디에 계십니까?"

장막은 이미 죽었다. 진궁만이 간신히 몸을 빼내 외양현으
로 도망쳤다가 추격을 뿌리치지 못해 포로로 잡혀 조조에게
끌려갔다가 참수당했다고, 분명 무릉도원에 그렇게 쓰여 있었
다. 하지만 알고 있음에도 묻지 않을 수가 없는 일.

"태수께선 전사하셨네."

진궁이 덤덤하기 그지없는 목소리로 답했다.

이 상황에서 내가 할 수 있는 건 그저 고개를 숙이고 포권하며 가능한 긴 시간 동안 조의를 표하는 일뿐이었다.

"성은 완전히 넘어가 버렸네. 병사들도 죽거나 항복해 모두 잃은 것이나 마찬가지. 반란이 일어나기 직전에 나도 몇 가지 알아차린 바가 있어 안배해 두었지만, 그 역시 무용지물이 되어버린 상황이지. 내 자네와 사군께 면목에 없네. 내 주공께 역시 마찬가지……."

그렇게 얼마나 지났을까? 진궁이 나지막한 목소리로 말을 이었다.

"여남군과 이어지는 길은 완전히 잃게 된 것이나 마찬가지일세."

"되찾으면 됩니다."

"반란에 가담한 건 진류의 호족들이 가지고 있던 사병, 그리고 그들의 영향력 아래에 있던 관군까지 모두 만 오천이 넘네. 그리고 이 반란을 일으킨 것이 바로 조조일세. 지금 그는 군을 이끌고 진류로 내려오고 있을 걸세. 아마도 오늘 낮, 혹은 내일이면 도착할 테지."

"조조는 이쪽으로 오지 않습니다."

"응? 그게 무슨 소린가?"

"제가 확인했어요. 조조의 지배 아래에 있는 전 지역에 사람을 보내 그 움직임을 꾸준히 확인하고 있었습니다. 조조군은 이곳이 아니라 우리 형님의 근거지인 산양 근처, 동평에 집결 중이고요."

"도, 동평이라고? 그게 정말인가? 최근 들어 모종의 훈련이 있어 복양에 병력이 집결하고 있다는 보고가 있었네만."

"기만책입니다. 제가 확인한 바론 확실히 동평이었습니다."

"그것이 확실하다는 말인가?"

"예, 확실합니다."

〈만약 장막이 조금만 더 버텨서 여포가 지원이라도 하러 갔으면 바로 빈집 털려서 망했을 거임. ㅋㅋㅋ 그때 조조군이 동평 근처에 집결 중이었음. ㅇㅇ〉

반란에 대한 글 때문에 박살 났던 멘탈을 간신히 수습하고 본 어떤 글의 댓글이다. 조조군의 주력은 이곳에 없다. 그들은 이곳으로 오지 않는다.

나를 통해 그 사실을 확인했기 때문일까? 온종일 겪은 일들 때문에 어딘지 모르게 살짝 나사가 풀려 있는 것 같던 진궁이 눈을 감고 심호흡을 하기 시작했다.

그런 진궁의 모습이 빠르게 평소의 그 냉정함을 되찾아가고 있었다.

"조조군 주력이 진류로 오지 않는다면 승산이 없지는 않겠군. 지금 자네가 사군과 함께 이끌고 온 병력은 어느 정도나 되는가?"

"오천이 조금 넘습니다. 기마병은 하나도 없이 모두 보병이 지만요."

여남으로 갔던 정예병 천 명에 형님이 데리고 온 사천을 합친 규모다.

"거기에 장수로는 오늘 보셨듯 형님과 새로이 저희 막부에 임관한 허저 그리고 학맹 장군과 성렴 장군까지 있지요. 방법이 있겠습니까?"

"반란이 일어난 게 오늘 새벽이었네. 호족이 주도권을 잡았다곤 하나 아직 성벽의 깃발만 바꾸어 달았을 뿐일세. 누가 아군이고, 누가 적인지 완벽하게 파악하진 못했겠지. 게다가 아직 성 곳곳에 내 주공을 따르는 자들이 암약하고 있을 터. 지금부터 사흘까진 오천의 병력만으로도 충분히 승산이 있네."

"그러니까 우리가 지금 가지고 있는 오천 명으로도 만 오천이 지키고 있는 성을 공격해서 점령할 수 있다는 말씀이신 거죠?"

진궁이 고개를 끄덕였다.

"사흘 이내라면, 충분히 할 수 있을 걸세. 내 주공을 죽음으로 몰아간 자들을 하나하나 찾아내 단죄하는 것 역시 마찬가지."

시리도록 차가운 그 얼굴 속에서 진궁의 두 눈동자가 안광을 번뜩이고 있었다.

확실히 성이라는 게 어마어마하기는 하다. 성벽 위에서 아래를 내려다볼 땐 몰랐는데 막상 이렇게 적이 지키는 성을 보고 있으니 묘한 위압감이 느껴진다.

저 높은 성벽을 도대체 어떻게 넘어야 할지, 저 성을 지키고 있다는 만 오천 명이나 되는 병력을 오천밖에 안 되는 우리 쪽 병력으로 어떻게 때려잡아야 할지.

"무슨 생각을 그리하고 계신 겁니까? 장군."

한참 혼자 고민하고 있는데 후성의 목소리가 들려왔다.

"그냥, 고민 중이었어."

"성을 점령할 계책 말입니까?"

"계책? 뭐 그런 셈이지."

"소장은 이번에도 장군만 믿습니다. 늘 그랬듯, 장군께서 우리 군을 승리로 이끄시겠지요."

그러면서 후성이 어울리지 않게 진지하기 그지없는 얼굴로 포권하며 내 옆을 지나 군량고로 향했다.

나와 진궁이 계책을 세우는 것에 조금이라도 더 집중할 수 있도록 자기가 행정적인 업무를 도맡아 처리하겠다며 나선 것인데…….

아오, 이걸 어떻게 하지? 이번엔 무릉도원의 도움을 받을 수도 없고, 돌겠다. 저걸 어떻게 때려잡아?

고민하면 할수록 늘어나는 건 막막함이고, 또 막막함이다.

'아오……'

📱

"내 곽공 그놈을 용서치 않을 것이다. 옹졸하고 치졸한 놈 같으니라고."

인상을 있는 대로 찌푸린 채, 장비가 말했다. 그런 장비의 옆에서 턱수염이 덥수룩한 오백인장, 석수가 열이 뻗친다는 얼굴로 퉤 침을 뱉고 있었다.

"아주 그놈의 면상만 생각해도 열불이 치솟습니다."

"너무 화내지는 마라. 어차피 그놈, 오래 못 갈 테니까."

"예? 오래 못 간다니요?"

"그놈이 우리를 막아서며 무슨 말을 했는지를 떠올려 보아라."

"장군, 소인 아무리 무식하다고는 하나 그 정도는 기억할 수 있습니다. 곽공은 우리가 역적의 무리인 황건적을 돕는 불충을 저질렀으니 더는 길을 빌려줄 수가 없다고 했잖습니까."

"그랬지. 그 말에서 다른 의미가 떠오르지는 않느냐?"

"다른…… 의미요?"

석수가 고개를 갸웃거렸다.

"곽공이 무척 충성스러운 자라는 것 말입니까?"

한참의 고민 끝에 석수가 말하자 장비가 피식 웃으며 고개를 저었다.

"그게 아니다. 곽공은 충성스러운 자가 아니야. 그저 여남군을 어찌 한번 공격해서 여남과 그 일대를 점령하고자 했는데 우리가 여남군의 앓던 이를 빼는 것에 일조했기에 화가 치솟은 것일 뿐이지. 그래서 오래 못 갈 것이라는 얘기다."

"아. 가진바 힘은 쥐꼬리만 한 곽공이 여남을 공격할 테니 말입니까?"

"그게 아니라…… 아직도 떠오르는 것이 없는 게냐?"

자신은 정말로 모르겠다는 얼굴로 석수가 고개를 저었다.

장비가 답답하다는 듯 미간을 찌푸리고 있었다.

"자신의 분풀이를 위해 눈곱만치도 이득이 되지 않을 일을 벌여 제 속내를 드러냈기에 오래 가지 못할 것이란 얘기다, 이 답답한 녀석아."

"아…… 그런 거였습니까? 그럼 처음부터 그렇게 속 시원히 말씀을 하셨어야죠, 흐흐흐. 가뜩이나 잘 돌아가지도 않는 머리로 한참이나 고민했잖습니까, 장군."

넉살 좋게 웃는 그 모습에 장비는 한숨을 푹 내쉬며 저 멀리 시선을 옮겼다. 그런 장비의 미간에 주름이 생겨나고 있었다.

"뭐지?"

저 멀리에서 연기가 피어오르고 있다. 그것도 하늘을 수놓기에 충분한, 거대한 연기다.

산불이 날 때도 저런 연기가 나겠지만, 이 주변에 산은 없다. 그렇다는 건…….

"진류에서 전투가 벌어졌던 모양이로군. 그래서 아직도 진류 태수의 병사들이 보이질 않는 것이었어."

"전투라니요? 장군."

석수가 반문했을 때, 장비는 이미 연기가 피어오르는 곳을 향해 달려 나가고 있었다.

📱

"적습! 적습이다!"

"자, 장군! 적 기마대가 급속으로 접근해 오고 있습니다!"

"뭐?"

'갑자기 적 기마대라니? 그게 무슨 헛소리야?'

내 군막에 혼자 틀어박혀 고민하다가 뭔가 싶어 밖으로 나왔다. 확실히 기마대가 우리 쪽으로 달려오고 있기는 했다.

그런데 저 모양새가 어째 좀 익숙한데…… 어라?

"장비 장군?"

"장비라니? 그자가 갑자기 여기엔 왜 나타난단 말인가?"

나와 마찬가지로 자신의 군막에 틀어박혀 있던 진궁이 달려 나오며 황당하다는 듯 소리쳤다. 그런 진궁의 얼굴에 당혹스러워하는 기색이 역력했다.

"제가 나가서 얘기해 보겠습니다. 가자, 후성!"

병사들의 사이에서 두런두런 대화를 나누고 있던 후성과 함께 말에 오르며 난 우리를 향해 다가오고 있는 장비와 그 휘하의 기마병단을 향해 달렸다.

예상대로 선두에는 여전한 조각 미남, 장비가 장팔사모를 들고 서 있었다.

"장비 장군!"

"어, 위속? 네가 여긴 웬일이냐?"

"그러는 장군께선 웬일입니까? 서주로 돌아간다 하지 않으셨습니까?"

"그보다 진류성은 어떻게 된 거냐. 진류 태수 장막의 영지였던 곳이 왜 이런 꼴이 되어 있어?"

진류성에선 아직 난리가 끝나지 않은 듯, 계속해서 뭉게뭉게 연기가 피어오르고 있다. 하지만 장비는 저 연기가 아니라 진류성 앞에서 진을 치고 대치하고 있는 우리의 모습을 두고 질문하는 거겠지.

　"진류에서 호족들이 반란을 일으켜 성을 점거 중입니다. 그 과정에서 진류 태수는 전사했고요. 하여 저희는 성을 탈환하기 위해 이곳에서 진을 치고 있는 것입니다."

　"성을 뺏겼다고?"

　"보시다시피."

　내가 쓰게 웃으며 어깨를 으쓱이자 장비는 미간을 찌푸렸다.

　"막막하겠군."

　"이미 벌어진 일이니 별수 없지요. 이제부터라도 수습하기 위해 동분서주해야 할 수밖에. 헌데 장군은 어떻게 되신 겁니까?"

　"곽공이 길을 막고 들여보내 주질 않더군."

　"아."

　우리가 여남군을 도운 게 곽공에게도 알려진 모양이다.

　그 양반, 여남군을 노리고 있었던 모양이지?

　이렇게 되면 장비가 돌아갈 길은 연주를 통과하는 것밖에 없을 거다. 고양이 손이라도 빌리고 싶은 상황인 만큼, 장비에게도 도와달라고 말하고 싶지만…… 그렇게 부탁하기엔 차마 입이 안 떨어진다.

　'쯧.'

　"제가 형님께 말씀드릴 터이니 연주를 거쳐 돌아가십시오."

"고마워. 그런데 지금 너희 엄청 곤란한 상황에 처한 거 아니야?"

"뭐, 그렇긴 합니다만 저희 내부의 사정이니 저희가 알아서 해야지요."

"진류를 뺏기면 여남군으로 통할 길이 없어지는 거잖아. 식량 때문에 곤란하다면서? 빠르게 탈환하지 못하면 다시 또 위험해지는 거 아닌가?"

'어라? 이 양반이 갑자기 왜 이런 말을 하지?'

"필요하다면 얘기해. 연주가 무너지면 서주 역시 위험해진다."

"도와주시겠다는 겁니까?"

"순망치한이라 하였으니까. 겸사겸사 송악 놈을 사로잡아서 우리에게 넘겨준 은혜도 갚고."

그렇게 말하며 장비가 씩 웃는다.

'와 씨, 이 양반…… 갑자기 훅 들어오는데?'

"뭘 그렇게 감동하고 있어? 네가 예뻐서 돕는 게 아니야. 말했잖아? 순망치한이라고. 그리고 좀 궁금했거든. 여포와 함께 싸우면 어떤 느낌일지."

"감사합니다, 장군."

"고마우면 전투 끝나고 술이나 한번 거하게 내오던지."

이런 일 따윈 아무것도 아니라는 듯, 장비가 내 어깨를 툭툭 두드린다. 첫인상은 좀 별로였지만 이 정도면 천사다, 천사.

다각, 다각.

나와 후성 그리고 장비와 그 휘하의 기마병단이 영채로 돌아가자 병사들의 웅성이던 소리와 함께 한쪽에서 환호성이 터져 나왔다. 이미 한 차례, 여음현에서 장비의 부대와 호흡을 맞췄던 위월의 천인대가 내지르는 것이었다.

그리고 그런 목소리들 사이로 진궁이 걸어 나오고 있었다.

"이게…… 어떻게 된 것이오? 위 장군."

"장비 장군께서 우릴 돕겠다고 하셨습니다."

"서주 자사의 의제가?"

"전에 말씀드렸던 것처럼 여남에 가 있던 때, 한번 합을 맞췄던 적이 있어서요."

내가 그렇게 말하자 오늘 조금 전까지만 해도 장막을 잃은 분노 그리고 죄책감으로 감정이란 찾아보려야 찾아볼 수가 없을 냉정하면서도 무표정한 얼굴을 유지하고 있던 진궁의 눈이 동그랗게 커졌다.

그런 진궁이 우리의 모습을 번갈아 쳐다보더니 안도인지 무엇인지 모를 기다란 한숨을 토해냈다.

그와 동시에.

"참으로 감사할 뿐입니다, 장 장군. 이 은혜는 절대 잊지 않을 것입니다."

장비를 향해 허리를 굽히며 길게 읍했다. 장비가 말에서 뛰어내려 진궁의 손을 마주 잡고 있었다.

"위 장군에게 은혜를 입은 바가 있어 그것을 갚고자 하는 것일 뿐이니 괘념치 마십시오."

"아닙니다. 이리 어려울 때 우리의 고난을 보고 지나지 않고

장군께서 나서주셨으니 언제고 우리 역시 장군과 유 자사께
보답할 것입니다."

그렇게 말하며 진궁은 장비를 다시 말에 태우고서 내게 다
가왔다.

"위 장군."

"예, 선생."

"참으로 장하오. 그대는 여 사군의 장량이며 한신이외다."

장량? 한신? 누군지는 모르겠지만…… 칭찬이겠지?

형님의 군막에 모인 장수들의 분위기가 참 묘하다.

장비라는, 예상치 못한 지원이 도착했음에도 다들 걱정하
는 기색이 역력한 얼굴로 서로를 응시하고 있다.

아무렇지도 않은 건 우리 형님, 그리고 순박하기 그지없는
허저. 두 명일 뿐이었다.

사실 나도 걱정스럽긴 마찬가지다. 장비가 합류함으로써 우리
측의 병력은 오천오백 명으로 늘어나긴 했지만, 아직 만 오천 명
이 지키고 있을 저 진류성의 성벽을 넘을 방법은 없는 상태니까.

그런 분위기를 인지한 듯, 진궁이 한 걸음 앞으로 걸어 나오
고 있었다.

"사군. 소생에게 진류성의 성벽을 넘을 계책이 하나 있사온
데 고하는 것을 허락하시겠습니까?"

"계책이 있다면 얼마든지."

"감사합니다, 사군. 왕삼아, 가지고 오너라."

진궁의 그 목소리와 함께 왕삼이 품속에서 비단으로 된 서신을 꺼내 가지고 와 진궁에게 내밀었다.

"이것은 성내에서 날려 온 서신입니다. 반란이 일어나기 직전, 진류를 방문한 위속 장군과 만나며 소생이 몇 가지 깨닫게 된 바가 있어 해두었던 안배의 결과물 중 하나이지요."

"안배라뇨?"

성렴이 잘 이해가 되질 않는다는 듯 반문했다.

"주공…… 그러니까 이제는 세상을 떠나신 진류 태수를 따르는 이들 중, 전리라는 자가 있었습니다. 천부장인데 몸이 날래고 용력을 타고 난 자이나 출생이 비천하여 중용받지 못하던 것을 태수께서 발탁하였었지요. 소생이 그자에게 이르길 만약 반란이 난다면 적극적으로 호족에게 협력하여 그들이 성을 점령토록 도우라 하였습니다."

"그럼 그것은……."

"소생이 주공과 함께 사군을 모시고 성을 탈환키 위해 돌아온다면 우리가 도착한 이후로 사흘째 되는 밤, 야음을 틈타 반란군의 경계가 가장 소홀한 쪽의 성문을 열라 하였습니다. 지금과 같은 상황에선 진류성의 북문이지요."

'와, 그런 걸 해놨었어?'

식량 때문에 정신이 없어서 반란이 일어나는 건 아예 눈치를 못 채고 있는 줄 알았는데.

갑자기 소름이 돋는다.

"문숙. 너는 어떻게 생각하느냐?"

"예, 예?"

"진궁의 계책 말이야."

"훌륭한 것 같습니다."

"그렇단 말이지?"

형님이 계속하라는 듯 진궁을 향해 고개를 끄덕였다.

"이런 계획이니 우리는 앞으로 이틀간 적들을 공격하며 남문을 공격할 것처럼 시선을 끌어야 합니다. 그 일에 제격인 것은 여 사군이시지요."

"남문을 공격할 것처럼 굴기만 하면 되는 거겠지? 알았어."

"감사합니다. 허면 이제 제일 중요한 것이 진류성의 북문을 통해 돌입해 적들을 제압하는 것인데……. 이는 장 장군과 허 장군이 맡아주었으면 합니다."

"제일 중요한 역할을 내게 맡긴단 겁니까?"

가만히 듣고만 있던 장비가 의외라는 듯 반문했다.

"가장 위험하고, 가장 중요한 일입니다. 하여 장군께서 거절하신다 한들 원망할 마음은 추호도 없으니 숙고하여 결정해 주시길 바랍니다."

"거절은 무슨. 이 사람을 그리 믿어주시니 감사할 따름이외다."

중임을 맡아 기분이 좋아진 모양이다. 장비가 씩 웃고 있었다.

"장 장군과 허 장군이 북문을 통해 돌입했을 때, 사군께서는 나머지 병력을 이끌고 남문을 공격해 주셔야 합니다. 적들이 전력을 분산시키지 못하도록 최대한 붙잡아 별동대가 남문을 성 내부에서부터 공격할 때까지 시간을 끌어주셔야⋯⋯."

"근데 말이야. 진궁."

"예? 사군."

"차라리 내가 남문에서 공성전을 하는 것보단 북문으로 가는 게 더 낫지 않겠어? 그편이 더 나을 것 같은데."

진궁이 흠칫하며 날 쳐다본다. 나 역시 진궁을 쳐다보긴 마찬가지.

우린 다급한 마음에 누가 먼저랄 것도 없이 소리쳤다.

"안 됩니다!"

"안 돼요!"

6장
형님!

"장군! 장군 나리! 큰일 났습니다! 큰일 났다고요!"

진류성의 대호족임과 동시에 새로운 태수이며 성주가 된 이운의 처소에 장수들이 들이닥치며 소리쳤다. 잠에서 깨어난 이운이 인상을 찌푸리며 밖으로 나왔다.

"뭔데 그래?"

"여포! 여포가 쳐들어왔습니다! 남쪽 성문으로요!"

"여, 여포가?"

여포. 그 두 글자가 지닌 무게감에 이운이 흠칫했다. 하지만 그런 이운의 얼굴은 빠르게 안정을 찾아가기 시작했다.

"여포가 와서 뭐? 병력도 오천밖에 안 된다며?"

"그, 그렇긴 합니다만 당장에라도 공성전을 시작할 것 같은 태세였습니다요!"

"야! 우리 병력이 얼마냐."

"마, 만 오천 명입지요."

"공성전이라는 걸 하려면 말이야. 병력이 열 배는 더 있어야 해. 우릴 이기려면 최소 십오만은 데리고 와야 한다고. 근데 겨우 오천한테 쫄아? 이것들을 콱, 그냥."

"그래도 그 여포잖습니까요."

"여포가 뭐 하늘이라도 날아서 성벽을 넘어온다든? 하여간 겁들만 많아서. 내가 네놈들을 데리고서 퍽이나 대업을 이루겠다. 쯔쯔쯔, 가자! 내 친히 남문으로 가서 여포를 격퇴할 것이다!"

큰소리를 쳐가며 이운은 갑옷을 챙겨 입고 수하들과 함께 남문으로 향했다.

남문 위, 누각에 올라 바깥을 쳐다보는 이운의 시야에 들어오는 것은 오천 병력과 함께 나와 있는 여포였다.

"인중룡 여포가 여기에 있다! 나와 자웅을 겨루어볼 자 없느냐!"

"벌써 반시진째 저러고 있습니다요."

남문을 지키고 있던 장수, 해진이 잔뜩 겁을 집어먹은 얼굴로 말했다.

"이놈아. 자웅은 무슨 얼어 죽을 자웅이야? 딱 보면 모르겠느냐? 저놈 저거, 성벽을 넘을 자신이 없으니 우리가 밖으로 나가기만을 기다리는 거잖아. 상대해 줄 필요 없…… 잠깐만."

여포의 위세와 자신은 아무런 관계도 없다는 듯, 태연하기 그지없는 얼굴로 말하던 이운의 눈매가 가늘어졌다.

"저거 좀 가까이 온 것 같은데? 얘들아. 조금만 더 도발해 봐라."

"도, 도발이라뇨, 장군! 여포를 저희가 어찌 도발합니까?"

"야. 여포는 뭐 신이냐? 아오, 이 답답한 놈들 같으니라고. 잘 봐라!"

답답하다는 듯 제 가슴을 탕탕 두드리던 이운이 성벽 앞에 서서는 소리쳤다.

"여포!"

"넌 누구냐?"

"진류성의 새로운 태수, 이운이다! 이미 대세가 조 사군께 기울었거늘, 네놈은 어찌 아직도 그리도 미련하게 구는 것이냐!"

"내가? 미련하다고?"

저 아래에서 여포가 반문하며 고개를 갸웃거린다.

그냥 그런 것일 뿐인 여포와 시선이 마주치자 이운은 자신도 모르게 숨을 들이 삼켰다.

자신이 여포의 기세에 짓눌려 잠깐이나마 공포를 느꼈다는 사실을 깨달은 이운의 얼굴이 수치심으로 벌겋게 달아오르고 있었다.

"여포, 이 호래자식아! 할 수 있으면 지금 당장 내 목을 베어 보아라! 네놈이 거기에서 백날을 버틴들 나를 어찌할 수는 없을 것이다!"

"과연 그럴까?"

여포가 반문하며 몇 걸음을 더 가까이 왔다.

"겨우 오천밖에 안 되는 병력으로 어찌 만 오천이 지키는 성을 공격하겠다는 것이냐! 네놈이 미련하다는 것은 내 익히 알고 있었지만, 그 정도일 줄은 몰랐다!"

당장에 떠오르는, 여포가 모욕적으로 느낄 만한 말들을 계속해서 떠들어대며 이운은 자신의 등 뒤에 있을 해진을 향해 손을 흔들었다.

해진이 그 뜻을 알아차렸다는 듯 고개를 끄덕이더니 병사들을 향해 신호했다.

사방에서 좌아아악- 하는, 화살 걸린 시위를 잡아당기는 소리가 들려오고 있었다.

이윽고 그 준비가 끝났다는 판단이 들었을 때.

"쏴라!"

이운이 있는 힘껏 소리쳤다.

좌아아아아아아아-!

족히 천 발은 넘을 화살들이 갑옷 하나만 간신히 껴입은 채 방천화극을 들고 있던 여포를 향해 쇄도했다. 그 모습을 응시하며 이운은 고슴도치가 되어버릴 여포의 모습을 떠올리며 씩 웃었다.

하지만.

투두두두둑-

여포를 저승으로 인도할 것이라 믿어 의심치 않던 화살들은 여포의 발치를 넘지 못했다. 거짓말처럼 화살들은 여포의 앞쪽 드넓은 공간에 빼곡히 박히고 있을 뿐이었다.

"어, 어째서?"

"화살이라는 건 말이야."

망연자실한 얼굴로 그 모습을 응시하고 있던 이운의 귓가에 여포의 목소리가 들려왔다.

그와 동시에.

쾅-!

"커억!"

섬뜩하기 그지없는 소리가 들려왔다.

막 정신을 차린 이운의 시야에 조금 전까지만 해도 자신의 바로 옆에서 병사들을 지휘하던 해진이 어지간한 사람의 키만큼이나 길고, 뼈만큼이나 두꺼운 화살에 꿰뚫려 있는 모습이 들어왔다.

해진의 몸을 관통한 그 화살 같지도 않은 것이 누각의 기둥을 이만큼이나 파고 들어가 꽂혀 있었다.

"끄으, 끄으으으으."

고통에 일그러진 얼굴로 해진이 이운을 향해 손을 뻗는다.

하지만 그것도 잠시, 해진은 그대로 절명해 버렸다.

"히이이익!"

이운이 괴성을 토해내며 바짝 몸을 엎드렸다. 뭐가 어떻게 된 건지 이해가 안 되지만 살아남으려면 방법은 이것뿐이다. 그 생각이 이운의 머릿속을 가득 메우고 있었다.

"아직도 내 화살은 아홉 발이나 더 남았는데 다들 어디로 숨어버렸어?"

저 아래에서 여포의 목소리가 들려오자 이운이 병사들을 향해 손짓했다.

"쏴! 무슨 수를 써서라도 쏴서 죽여 버려!"

"히이익! 장군! 쇠, 쇤네는 못 합니다요!"

"왜 못 해, 이 자식아! 내가 시키고 있잖아!"

"그러게. 왜 못 할까? 애꿎은 녀석들에게만 윽박지르지 말고 네가 나서는 건 어떻겠어? 아, 그쪽인가?"

팅, 콰과광!

"으어어억!"

여포의 그 목소리와 함께 또 다른 화살이 이운이 몸을 숨기고 있는 곳을 향해 날아왔다. 그 화살이 제대로 몸을 숨기지 못한, 또 다른 병사를 꿰뚫어 해진과 같은 꼴을 만들어 버렸다.

이운의 얼굴이 백지장처럼, 더욱더 창백하게 변해갔다.

"장군!"

"이제 어쩌면 좋습니까요?"

"장군 나리!"

"시끄러. 조용히 하고 여기에서 버텨! 도망가면 우리 다 죽는다! 저 여포가 성벽을 타고 올라오게 놔둘 거야?"

"그, 그러면 안 되지요."

"그러니까 고개 처들지 말고 여기에서 버텨! 나도 버틸 테니까. 알겠냐?"

자신이 이곳을 떠나고 사기가 땅에 떨어진 병사들만 남는다면 남문은 무너질 거다.

이운은 그렇게 생각하며 이를 악문 채, 최대한 자세를 낮추며 병사들을 지휘했다.

그렇게 움직이며 아주 잠깐씩이나마 부주의하게 구는 상황이 생길 때마다 여포의 화살이 날아와 누각 곳곳에 박혔지만 이운은 이를 악물며 참고 또 참았다.

버텨내야 한다. 시간은 자신들의 편이다. 버티면 여포는 물러갈 수밖에 없다.

이운은 그렇게 생각하며 해가 저물고, 자정이 다 되어갈 때까지 버티고 있었다.

캉-!

"젠장."

이제는 적응이 된 모양이다.

여포의 화살이 자신에게서 가까운 곳을 스치고 지나감에도 몸만 잠깐 움찔거렸을 뿐, 곧 주먹을 움켜쥐었다.

그런 이운의 얼굴이 조금씩 여유를 되찾아가고 있었다.

"흐흐. 여포 놈도 성벽 밖에선 별수 없다. 조금 있으면 저놈도 지칠 테고, 우린 그때 저놈의 화살을 막을 방비를 하면 돼. 다들 알겠냐?"

"예, 장군 나리!"

그와 마찬가지로 조금씩 공포를 극복하기 시작한 병사들이 큰 소리로 답했다.

이제 슬슬 이 두렵고도 괴로운 상황의 끝이 보인다. 이운은 그렇게 생각하며 희망이라는 것을 떠올리고 있었다.

하지만 그때.

"장군! 급보입니다!"

"뭐냐!"

"북문, 북문이 열려 적들이 밀려들어 오고 있습니다!"

저 멀리에서부터 전해져 온, 생각지도 못한 그 소식에 이운의 낯빛이 다시 백지장처럼 창백하게 변해갔다.

"백성에게 해를 끼치는 놈은 내가 직접 참수할 것이다! 적병만을 베어라!"

사흘째 되는 날의 자정, 진궁의 말대로 진류성 북문이 활짝 열리자 병사들과 함께 돌입해 들어가던 장비가 소리쳤다.

하지만 그렇게 외친 것과 달리 이곳에서 보이는 반란군의 모습은 거의 없었다. 기껏 해봐야 성문을 지키다가 진궁과 내통 중이던 전리의 공격을 받고 사방으로 도망치고 있는 자들 정도만이 있을 뿐이었다.

"어쩔 거요?"

무표정한 얼굴에 차가운 눈동자로 어둠이 깔린 주변의 광경을 돌아보던 장비에게 허저가 반문했다.

"어쩌긴 뭘 어째? 본래 우리에게 맡겨졌던 역할대로 태수부를 향해 나가야지. 어서 가자고. 이랴!"

채찍으로 자신이 탄 말의 엉덩이를 후려갈기며 장비가 앞장서 나가기 시작했다. 그런 장비의 시선이 저 멀리, 잘 보이지도 않는 남쪽 성문을 향해 있었다.

'여포, 그자는 지금쯤 제대로 된 공성전을 시작했겠지?'

📱

"막아라!"

"피해! 화살이다!"

"끄아아악, 사다리야! 사다리를 쳐내야 해!"

"모두 모여라! 사다리를 쳐내야 한다! 적병들이 올라오고 있단 말이다!"

사방에서 비명이, 동료의 도움을 요구하는 목소리가 끊이지 않고 울려 퍼진다. 그런 와중에서 진류성 반란군의 천인장, 두홍은 전사한 해진을 대신해 이운과 함께 남문을 지키며 병사들을 지휘했다.

반란군 병사 승삼은 그런 두홍의 목소리에 응해 그를 향해 달려가고 있었다. 그랬는데.

"크아악!"

쿵!

익숙한 비명과 함께 뭔가가 부딪히는 소리가 들려왔다.

자세히 보니 조금 전까지만 해도 누각 바깥쪽에서 여포군이 건 사다리를 쳐내는 것에 안간힘을 쓰고 있던 두홍이다. 그가 부웅 날아가 저 뒤쪽의 누각 기둥에 부딪혀 절명해 있었다.

"뭐, 뭐야……."

생각지도 못한 그 광경이 병사가 멈칫하며 중얼거렸을 때,

지금껏 느껴본 적 없는 한기가 전신을 뒤덮기 시작했다.

그런 병사의 시선이 본래 두흥이 서 있던, 여포군이 걸었다는 사다리 쪽으로 향했다.

그리고 그런 사다리 쪽에 있는 건.

"인중룡 여포가 예 있다! 나와 자웅을 겨룰 자 누구인가!"

여포였다. 그것도 방천화극을 손에 쥐고, 묘하게 붉은빛이 감도는 검은색 갑옷을 껴입은 여포.

사다리를 타고 성벽 위로 올라온 그가 씩 웃으며 주변을 돌아보고 있었다.

딱딱딱딱.

그 모습을 마주함과 동시에 병사는 자신의 몸이 제멋대로 움직이는 것을 알아차렸다. 이빨과 이빨이 부딪친다. 나아가 몸이 부들부들 떨린다.

하지만 그와 별개로 병사는 어떻게든 여포를 막아야 한다는 신념 하나만으로 동료들과 함께 움직이기 시작했다.

여포의 미소가 더욱더 진해지고 있었다.

쉬이이익!

"카악, 진짜!"

아프다! 아프다고!

화살이 날아오는 걸 보고 간신히 몸을 비틀어 피했다. 하지만 화살은 하필이면 팔등을 스치고 지나가고 있었다.

"조심하십시오, 장군!"

내 바로 옆에서 나와는 또 다른 사다리를 타고 올라가고 있던 후성의 목소리가 들려왔다.

"야! 넌 이 상황에서 조심하겠다고 조심이 될 것 같냐!"

"그래도 조심하셔야 합니다! 어이쿠!"

그렇게 말하며 후성이 사다리를 한 손으로만 잡으며 바로 위에서부터 떨어져 내리는 돌덩이를 피해낸다.

'저게 돼? 사람이야?'

"조심하지 않으시면 이런 걸 맞게 된단 말입니다!"

아오, 시발. 뭐? 내가 안 나서면 병사들의 사기가 쳐진다고?

내가 살아서 돌아가기만 해봐. 진궁 그 인간 진짜 가만히 안 둔다.

쉬잉-! 카앙!

"나한테 쏘지 말라고, 이 잡것들아!"

또 다른 반란군이 정확히 날 겨누며 쏘는 화살을 간신히 칼로 쳐냈다.

"카아아아악!"

분노가 용솟음친다!

나는 있지도 않은 힘을 억지로 짜내며 지금까지와는 비교도 되지 않을 속도로 사다리를 타고 올라 성벽 위에 뛰어내렸다.

그런 내 시야에 들어오는 것은.

"막아라! 목숨을 바쳐서라도 막아내야만 한다!"

비장하기 그지없는 목소리로 외쳐가며 죽을힘을 다해 싸우는 반란군. 그리고.

"주공과 위속 장군께서 너희와 함께하신다! 밀어붙여라! 진류를 탈환하라!"

"어? 위속 장군이시다! 위속 장군께서 성벽 위에 올라오셨다!"

"와아아아아아! 위속 장군 만세!"

"만세에에에에!"

"밀어붙이자!"

날 발견하고선 사기충천해서 젖 먹던 힘까지 짜내며 적들을 몰아붙이기 시작한 우리 쪽 병사들이었다.

"장군! 괜찮으십니까?"

"상처가 벌써 몇 갠데 너 같으면 괜찮겠냐?"

"스친 것밖에 없으시군요. 피가 잔뜩이어서 걱정했는데 보기보다 멀쩡하십니다. 자, 어서 가시지요. 성문을 여는 건 우리가 되어야 하지 않겠습니까!"

저 아래에서부터 함께 데리고 온, 정양의 백인대를 손가락으로 가리키며 후성이 말했다.

성벽에 올라오는 것도 성공했고, 형님도 저쪽에서 혼자 무쌍을 찍으며 반란군을 몰아붙이고 있으니 이제부턴 꿀 좀 빨아도 되겠지?

"가자, 후성!"

"예, 장군. 장군, 장군!"

'쟤가 갑자기 왜 저래?'

후성의 눈이 전에 없이 화등잔만 하게 커진다. 녀석이 다급하기 그지없는 얼굴로 날 향해, 내 뒤를 쳐다보며 달려오고 있다.

'뒤에?'

나도 모르게 몸을 돌렸다. 뒤에는 피투성이나 다름이 없는, 이미 죽은 줄 알았던 반란군 병사가 몸을 일으켜 검을 쥐고선 날 향해 달려오고 있었다.

'어? 어어? 나, 이렇게 죽는 거야?'

그 생각이 머릿속에 떠오름과 동시에 내 몸이 움직였다. 슬쩍 몸을 옆으로 비틀어 놈의 검을 피해내고, 역으로 내 검을 휘둘러 놈의 가슴을 길게 횡으로 주욱 베어냈다.

놈이 커헉, 신음을 토해내더니 그대로 땅에 쓰러졌다.

아주 잠깐, 몸이 경련하는 것을 마지막으로 놈의 움직임이 완전히 멎었다.

"괘, 괜찮으십니까?"

"어, 괜찮아."

이건 내가 몸을 차지하게 된 위속의 본래 능력인가?

확실히 무장이라더니 무술인지 검술인지 익히긴 한 모양이다.

'그래, 기분이다!'

"내가 앞장선다! 모두 나를 따르라!"

"위속 장군을 따르라! 성문을 열자!"

"와아아아아!"

백 명 남짓한 병사들이 함성을 내지르며 나와 후성을 따라 움직이기 시작했다. 나는 선두에서 검을 휘두르며 우리의 앞을 가로막는 반란군을 베어 넘겼다.

한 놈, 두 놈, 세 놈.

놈들과 마주하자 몸을 어떻게 움직여야겠다는 게 나도 모르게 머릿속에서 떠올랐다. 그와 동시에 몸은 내 의지를 벗어나 본능에 가깝게 움직이며 놈들을 베고 있었다.

"장군! 저쪽입니다!"

"잠깐, 잠깐만."

누각을 벗어나 계단을 따라 성 내부의 문을 향해 달려 내려가는데 어둠 속에서 뭔가 살짝 보였던 것…… 같은데?

'느낌이 좋아.'

"후성. 저쪽으로 가보자."

"예?"

"어차피 밑져야 본전이야. 이 전투, 우리가 다 이겼잖아? 성문 여는 게 조금 늦어진다고 이길 전투를 지고 그러는 것도 아니고. 아니지, 정양!"

"예! 장군!"

"네가 병사 오십을 데리고 내려가서 성문을 열어라. 난 이쪽으로 가보마."

그렇게 정양을 보내고서 난 후성과 함께 성문과는 조금 다른 방향의 길로 향했다.

어둠 속에서 찰그락 찰그락 하는, 갑옷 특유의 그 소리가 들려온다. 잔뜩 지친 것인지 거친 숨을 몰아 내쉬는 소리 역시 함께다.

그 상태로 얼마나 달렸을까?

"제, 젠장! 와라! 이 이운 님께서 네놈들을 모조리 베어줄 것이다!"

더는 못 도망치겠다는 듯 어둠 속에서 모습을 드러낸 놈이 소리쳤다.

이운이라고? 진류의 새로운 태수라고 떠들어대던, 그 반란군 수뇌 놈?

"그래, 너 잘 걸렸다! 가자, 후성!"

상대는 한 놈일 뿐이다.

영화나 드라마에서 보면 정정당당하게 일대일로 싸워서 때려잡곤 하지만 이건 영화도 아니고 드라마도 아니다. 내가 절대적으로 우위에 있는데 굳이 여유 부리다가 피 볼 이유는 없다.

"하아아압!"

자세를 낮춘 채, 불안해하는 얼굴로 검을 쥔 놈의 모습을 보니 어떻게 상대해야 할지가 내 머릿속에서 떠오른다.

난 지금껏 그랬던 것처럼, 그 본능에 나를 맡기며 몸을 움직였다.

내가 이렇게 갑자기 튀어나올 줄은 몰랐다는 듯, 이운이 놀란 얼굴로 뒷걸음질 치며 위에서부터 내려치는 내 검격을 막고자 제 검을 들어 올린다.

그리고 그때, 내가 힘차게 다리를 뻗어 놈의 가슴을 후려 찼다.

"어이쿠!"

놈이 균형을 잃으며 쓰러진다. 그런 와중에서 힘이 빠진 것인지 검이 그 손아귀를 빠져나와 데굴데굴 구르고 있었다.

"잘하셨습니다, 장군."

후성이 그걸 발로 쳐내며 자신의 검으로 이운의 목을 겨눴다.

"함께 몰아붙이고자 하시는 줄 알았는데 왜 혼자 하신 겁니까?"

"그냥. 그래도 될 것 같아서."

"뭐 어쨌든 잘 됐습니다. 장군께서 반란의 수괴를 생포하신 게 되었으니까요."

후성이 씩 웃으며 날 향해 말했다.

그 순간, 저 멀리에서 더없이 반가운 소리가 들려왔다.

끼이이이이익-

굳게 닫혀 있던 진류성의 남문이 활짝 열리고 있었다.

📱

"다들 참으로 고생이 많으셨습니다!"

전투가 마무리되고, 동이 터 오를 무렵. 본래 장막이 사용하던 태수부의 외당에 모인 우리에게 진궁이 읍하며 허리를 굽히고, 왕삼이 그런 진궁의 곁에서 그를 위로하고 있었다.

승전의 기쁨이라고 해도 진궁에겐 기쁜 게 아니겠지. 어쨌든 간에 자기 주공을 잃었으니까.

"다들 참으로 고생하였다. 한 잔씩들 쭈욱 들이켜라!"

형님의 그 목소리에 대기하고 있던 병사들이 술 항아리를 가지고 와 장수들의 잔에 따르기 시작했다.

근데 좀 묘하다. 어째 다들 붕대를 칭칭 감고 있다.

형님만 해도 그렇다. 이마에 하나, 어깨에 하나, 팔뚝엔 두껍

게 또 하나다.

자긴 절대 안 죽고, 안 다치는 불사신이라도 되는 것처럼 저 돌적으로 달려들더니. 아직도 피가 완전히 멎지 않은 듯, 팔뚝에선 계속해서 피가 조금씩 스며 나와 붕대를 또다시 바꿔 감고 있었다.

그리고 그 옆의 성렴과 학맹, 두 장군은 각각 오른팔과 왼팔을 통째로 칭칭 매어 감은 상태다. 후성도 여기저기 다친 곳이 많은 눈치고.

난 그냥 생채기만 몇 개 난 게 전분데.

'아, 눈치 보인다.'

"야. 거기 붕대 하나만 줘봐."

"예? 붕대라니요?"

"아니, 그거 있잖아. 옷감 잘라낸 거."

"아, 여기 있습니다."

난 술을 따라주던 병사에게서 붕대로 쓸 천을 받아 들고서 오른팔 팔뚝에 그걸 칭칭 감은 후, 이빨로 쭉 당기며 조여 맸다.

'아, 이렇게 하고 나니까 좀 낫네.'

"장군도 다치셨습니까?"

바로 옆에서 나와 함께 앉아 있던 허저가 고개를 갸웃거린다. 내가 왜 이러는 건지 모르겠다는 듯, 그 순진한 눈망울로 날 쳐다보고 있었다.

"야. 너도 다친 곳 없어?"

"예! 소장, 멀…… 읍읍!"

큰 소리로 떠들어대려는 녀석의 입을 틀어막았다.

"야. 넌 눈치도 안 보이냐? 너 말고 다른 장군들은 다 한둘씩 매고 있잖아. 주공까지 저러고 계시는데 애가 센스가 있어야지."

"아, 그런 겁니까?"

"팔 이리 내. 너도 하나 감자. 이게 사회생활이라는 거야, 이 촌놈아."

"와, 대단하십니다. 이런 것까지! 장군. 저 눈도 가릴까요?"

기껏 붕대를 감아주고 나니 허저가 또 다른 붕대를 잡아 들고선 그 순진무구한 얼굴로 날 올려보는데 한숨이 푹 나온다.

아, 이 짜식. 일 절만 해야지, 이 절 삼 절까지 하려고 드네.

"일 절만 하자, 일 절만."

"예?"

그게 무슨 소리냐는 듯 반문하는 녀석의 시선을 무시하며 고개를 절레절레 젓는데 저 앞에 있는 장비의 모습이 시야에 들어왔다.

저 양반은 또 왜 저렇게 시무룩해?

"장군. 한 잔 받으십시오."

"어, 위속."

"오늘 참 고생 많으셨습니다. 장군 덕분에 저희가 더 적은 희생을 치르고 이길 수 있었어요. 감사합니다."

"감사는 무슨. 네 주공이 한 것에 비하면 반의반도 안 돼."

"예?"

"난 네 주공을 못 따라간다고."

그러면서 장비가 두레박처럼 커다란 그릇에 담긴 술을 벌컥 벌컥 들이마시는데 술 냄새가 진동한다.

이 양반, 인제 보니 얼굴이 좀 벌겋다. 벌써 취한 모양이다.

"그렇게 자괴감 느끼실 필요 없습니다. 저희 형님은 형님이 시고 장군은 장군이시잖습니까."

"내가 호뢰관에서 네 주공과 맞붙었던 이후로 얼마나 수련 을 했는데. 아직도 못 따라가…… 못 따라간다고오."

'뭐야, 이 양반.'

술주정하는 것 같기는 한데, 어쎄 진심이 담긴 것 같다? 전 에는 그런 기미를 전혀 못 느꼈는데 형님한테 라이벌 의식이 있던 건가?

"장군. 형님을 이기고 싶으셨던 겁니까?"

"당연히 이기고 싶지. 같은 무장인데! 그래서 더 열심히 싸 웠단 말이드악!"

붉게 달아오른, 그 조각 같은 얼굴로 술을 벌컥벌컥 들이켜 며 장비가 큰 소리로 말했다.

형님이 그런 장비의 목소리를 들은 듯, 이쪽을 한번 쳐다보 더니 피식 웃으며 다시 진궁과 대화를 나누기 시작했다.

저 양반은 장비가 자기한테 라이벌 의식을 느끼건 말건 신 경도 안 쓰이는 모양이다.

뭐, 워낙에 잘 났으니까. 적어도 무예에 대해선 장비를 신경 쓰지 않아도 되는 경지라는 거겠지.

"술! 술 가져와! 수울!"

하지만 장비는 무예로 형님을 따르지 못하는 게 몹시 분하다는 듯, 계속해서 술만 벌컥벌컥 들이켜고 있었다.

장비랑은 친해지면 친해질수록 이득일 거다.

'이쯤에서 한번 친목질 좀 해볼까?'

"장군. 장비 장군."

"왜, 왜에? 왜 부르는데?"

"보이십니까? 장군과 저희 형님의 차이가."

"뭔 차이?"

"그 격렬한 전투를 치르면서도 장군은 겨우 정강이에 자그마한 상처 하나만을 입으셨을 뿐입니다. 하지만 보십시오. 저희 형님은 벌써 크고 작은 상처만 세 곳이잖습니까?"

"으응?"

장비의 시선이 형님을 향한다. 그 부상의 정도를 확인한 장비의 시선이 다시 내 쪽으로 옮겨지고 있었다.

"이건 장군의 방어술이 신의 경지에 달했다는 겁니다. 그러니 저희 형님보다 더 적은 부상으로 전투를 끝내신 거죠."

"그으래?"

짧은 반문일 뿐이다. 하지만 그것만으로도 장비의 기분이 꽤 좋아졌음을 난 알아차릴 수 있었다.

이 양반, 술을 들이켜더니 혼자 히죽 웃고 있으니까.

"그런데 말입니다, 장군."

"또 뭐어?"

"이번 전투에서 장군이 저희 형님보다 더 많은 적을 쓰러뜨리셨다는 것을 아십니까? 제가 허저에게 부탁해서 그 숫자를 세고 있었거든요? 장군께선 정확히 적병 562놈을 쓰러뜨리셨습니다. 반면 저희 형님께선 551명을 쓰러뜨리셨지요. 명백한 장군의 승리입니다."

"지인짜?"

"물론이죠! 허저와 제가 눈을 부릅뜨고서 하나하나 다 확인한 결과입니다."

물론 개뻥이다. 나 살겠다고 뛰어다니기도 바빴는데 뭘 확인해? 그냥 기분 좋아지라고 하는 소리지.

하지만 알콜의 영향으로 이성이 흐려진 장비는 그저 히죽 웃으며 날 쳐다보고 있었다.

"아우…… 아우를 보고 있으면 내가 기분이 좋아져. 우리 큰형님처럼 사람이 인성이 올발라! 사람이 기분 좋게 할 줄을 안다니까."

"아이고, 감사합니다, 형님. 앞으로 형님으로 모시겠습니다."

우리 사촌 형과는 또 다른 의미의, 비즈니스적인 마인드에서 모시는 형님이긴 하지만 뭐 어때? 이렇게 친해졌다가 유비, 관우하고도 친해져서 도움받을 수 있으면 그걸로 된 거지.

📱

"이제 좀 살겠네."

진짜 쉴 새 없이 달린 삼 개월이었다. 위속의 몸속에 들어오기가 무섭게 조조군을 격퇴했고, 그러기가 무섭게 식량을 구하러 여남엘 다녀왔다. 또 그러자마자 진류에서 반란이 나 진궁을 구해냈고.

하지만 이제 더는 급할 게 없다.

"으흐흐."

내가 혼자 만족스러워하며 웃고 있는데 저벅, 저벅 발소리가 들려왔다. 후성이 내 쪽으로 다가오고 있었다.

"그렇게 좋으십니까?"

"뭐가?"

"여유를 즐기는 것 말입니다."

"그럼 좋지, 안 좋겠냐? 넌 안 좋아?"

"당연히 좋죠. 너무 좋아서 여쭤본 거였습니다. 장군은 얼마나 좋아하시는 건가 싶어서."

그 말과 동시에 우린 누가 먼저랄 것도 없이 서로 흐흐흐 웃었다.

동민과 여남, 심지어는 진류까지 후성은 내가 가는 곳이라면 어디든 따라다니며 고락을 함께했다. 녀석 역시 나만큼이나 이 여유가 만족스러울 거다.

"이제 어떻게 하실 겁니까?"

"뭘 어떻게 해? 농사나 열심히 지으면서 쉬어야지. 급한 불은 다 껐잖아. 진궁도 슬슬 마음 추스르면서 형님께 충성하겠다고 했고. 이제부터 한동안 우린 쉬기만 해도 돼."

"그래도 될까요? 하도 정신없이 돌아다녔더니 진짜 이래도 괜찮은가 하는 생각도 든다니까요."

"뭐 어때? 문제가 없는데. 우리 마음 편하자고 무슨 심각한 문제라도 만들 거야?"

"그건 아닙니다만."

"아니면 그냥 지금을 즐겨. 카르페 디엠이다."

"카, 카르…… 뭐요?"

"그런 게 있어. 어쨌든 넌 계속 걱정이나 해라. 난 잠이나 자련다."

평화롭다고 해서 아무런 일도 안 해도 되는 건 아니다. 단지 눈코 뜰 새 없이 바쁘게 돌아다녀야 하던, 위급하던 때와 달리 좀 더 여유가 있을 뿐이지.

나는 후성에게 손을 흔들어주고서 침소로 향했다.

진류에서의 일이 있고 나서 벌써 한 달이 다 되어간다. 그런 시간의 흐름을 증명하기라도 하듯, 초승달이 상현달이 되더니 이젠 휘영청 밝기만 한 보름달이 되어 다시 하늘 위에 떠올라 있었다.

"드디어 무릉도원이다."

오늘은 기어코 찾아내고야 말 거다. 지금의 우리가 등용할 수 있는 인재가 누구인지, 그 인재가 어디에 살고 있는지, 어떻게 해야 등용할 수 있을지까지 모두 다.

난 그렇게 생각하며 눈을 감고, 잠을 청했다.

📱

쏴아아아-

어디에선가 바람이 불어오는 것 같은 그 소리가 들려옴과 동시에 눈이 떠졌다. 그런 내 시야에 들어오는 건 짙은 안개가 껴 있는 내 침실의 모습이었다.

"무릉도원에 접속할 수 있는 게 몇 분이나 되는지도 좀 보려고 했는데……. 턱도 없겠구만."

핸드폰 화면엔 거의 언제나 항상 표시되던 시간이 보이질 않는다. 안테나 표시도 없다. 떠 있는 건 그저 무릉도원 하나뿐이었다.

'쩝. 어쩔 수 없지.'

"어디, 누가 있으려나……."

느긋한 마음으로 무릉도원의 삼국지 토론 게시판에 접속해 여포를 키워드로 검색해 봤더니 온갖 글들이 쏟아져 나왔다. '만약 여포가 연주를 통일했더라면?', '진궁이 그렇게 뛰어난 참모였나요?', '연주 최후의 승자, 조조' 같은 글들이 떠오르고 있었다.

"뭐야. 아직도 형님이 망하는 흐름인가?"

식량 문제도 해결했고, 진궁도 살렸는데 왜? 뭐가 또 문제야?

답답한 마음에 인상을 찌푸리며 뒤통수를 벅벅 긁는데 아까 보았던, '연주 최후의 승자, 조조'라던 글의 제목이 머릿속에서 떠오른다.

'역시 봐야겠지.'

뭐가 문제이건 간에 해결하고 해결하며 또 해결할 거다. 그렇게 해서 형님의 세력이 망하지 않도록, 내 목이 잘리지 않도록 끝까지 최선을 다할 거다.

그렇게 생각하며 글을 클릭했는데 글쓴이 이름이 눈에 팍하고 들어왔다. 대기만성형중달이다.

이 새끼, 형님을 욕했던 그 새끼잖아?

〈여포가 조조를 이기는 if글 많이들 올리시는데 깔끔하게 딱 정리해드림. —— 여포가 왜 조조를 못 이기는지. 다른 거 필요 없고 내정 때문임. 까놓고 여포가 조조보다 싸움 잘함. 위속, 진궁 군사 한정으로 치면 삼국지 초반기 인물 중 에이스임. 근데 그래도 조조 못 이김.〉

오, 내가 에이스라고?

글쓴이 아이디만 보고 났던 짜증이 눈 녹듯 사라진다. 하긴, 이 정도 칭찬은 받을 때가 됐지. 꼬리에 불이라도 난 것처럼 정신없이 사방팔방으로 뛰어다니면서 활약했으니까.

난 그렇게 생각하며 화면 아래쪽으로 시선을 옮겼다.

〈이때 조조한테 순욱, 정욱, 곽가가 있기 때문임. 조조가 전쟁에서 패배해도 뒤에서 얘들이 물자랑 병력이랑 미친 듯이 밀어줌. 원소도 위에서 지원해 줬고. 근데 여포는 뭐가 있었음? 내정도 없이 그냥 지들 잘 싸운다고 그거에 취해서 전쟁만 하다가 결국 내정이 개판 돼서 몰락했잖슴?? 이런 여포가 조조를 어떻게 이김?〉

└나주진궁: 그럼 앞으로 if글에 제갈량이나 노숙 같은 인간이 여포한테 임관했으면 어땠을까로 가야겠네여. 그럼 얼추 될 듯??

└대기만성형중달(글쓴이): 님 말이 되는 소리를 하셔야져. 이때 여포가 식량 문제 해결하겠다고 황건적이랑 손잡고 있었는데 노숙이랑 제갈량이 머리에 총 맞음? 걔들이 왜 여포한테 가요?ㅋㅋㅋㅋㅋㅋ

└위속후성: 갈 수도 있져. 위속이 그래도 필요할 때마다 한 번씩 센스 있게 잘해줬잖음? 진짜 별말도 안 되는 짓거리로 노숙 정도는 임관시키는 게 가능했을지도 모름.

└대기만성형중달(글쓴이): 역사는 뭐다? 역사에 IF는 없다 모름미까? 무슨 말이 되는 소리들을 하셔야지. ㅋㅋㅋㅋㅋㅋㅋ

'아오, 저 싸가지 없는 새끼.'

그 밑으로도 댓글이 수십 개가 달려 있지만, 대부분이 그냥 유치하게 말꼬리나 잡고 싸우는 내용이다.

몇몇이 노숙, 제갈량, 제갈근, 사마의, 사마랑 등 몇몇을 제외하면 듣보잡이나 마찬가지인 사람들의 이름을 대며 그들이 형님의 아래에 온다면 어떨까를 얘기했지만 대기만성형중달 저 새끼는 계속 말도 안 된다는 소리만을 반복할 뿐이었다.

"쓰읍."

여남군과 손을 잡는 걸 진궁이 이래서 그렇게 말린 거였구나 싶기도 하고. 입맛이 쓰다.

그래도 혹시 모르니 다른 글들을 계속 더 찾아봐야겠다.

그렇게 생각하며 막 뒤로 가기를 누르던 찰나.

드르르르르르-

태어나서 지금껏 한 번도 들어본 적 없는 굉음이 울려 퍼지기 시작했다.

시발? 이거 꿈에서 깨어나기 직전의 상황이다. 한 자라도 더 읽어둬야 한다!

나는 필사적으로 핸드폰을 쥐고 무릉도원의 글을 읽고자 했다. 하지만 눈 깜짝할 사이에 시야가 하얗게 변했다가 다시 거무스름한 뭔가로 바뀌어 있었다.

그리고.

"드르…… 뭐, 뭐야!"

난데없이 들려오는 코 고는 소리에 나는 화들짝 놀라며 잠에서 깨어났다.

"아오, 씨. 내 코골이에 내가 깬 거야?"

막 짜증이 치솟는다.

무릉도원에 들어갈 걸 대비해 내 침소 주변에서는 아무런 소리도 나게 하지 말라고 신신당부를 해두었는데 결국엔 내가 낸 소리에 깨버릴 줄이야.

"으……. 그래도 수확은 있었네."

우리가 결국엔 내정 때문에 망했다는 것.

뭐? 순욱, 정욱, 곽가? 내가 농사꾼인데 우리가 왜 내정 때문에 망해?

무릉도원이 없으면 난 그저 평범한 농사꾼일 뿐이다. 그런 상태에서 내가 조조나 순욱과 전쟁을 벌인다면 백 번 싸워 백 번 모두 지게 되겠지.

'하지만 농사라면 다르다, 농사라면!'

📱

"어이- 차! 어기어- 차! 어이- 차! 어기어- 차!"

웃통을 벗어젖힌 장정 백 명이 함께 외치며 강가 쪽 방향으로 기다란 밧줄을 끌어당긴다. 그럴 때마다 크고 작은 바위가 잔뜩 쌓인 나무 널빤지가 밑에 깔린 통나무를 굴리며 움직인다.

"안! 전! 제! 일! 신! 속! 작! 업!"

그 옆에서 또 다른 장정들이 구호를 외쳐가며 뒤로 밀려난 통나무를 들어 널빤지 앞으로 옮겨놓고 있었다. 그렇게 바위를 옮기는 것에 투입된 인원만 하더라도 천 명에 가깝다.

하지만 강가 주변에서 진행되고 있는 작업은 그뿐만이 아니었다.

음머어-!

소 수십 마리가 동원돼 황무지로 버려져 있던 곳에서 쟁기를 끌고 땅을 갈아엎고 있고, 그런 땅에 이천 명에 가까운 장정들이 쭈그리고 앉아 크고 작은 돌덩이와 잡초를 골라내고 있었다.

"오늘 너희들에게 할당된 작업을 모두 끝내면 좀 더 많은 땅을 둔전으로 나눠줄 것이다! 좀 더 가열차게 일하라!"

"저, 정말이십니까?"

"내가 구라 치는 거 봤어? 노력은 또 모르겠지만 노오오력은 너흴 배신하지 않는다!"

"와아아아! 노오오력이다! 노오오력하자!"

그런 이들의 사이에서 웬 장수가 소리치자 장정들이 환호성을 내지르며 더욱더 날래게 움직이기 시작했다.

그 광경을 한참 뒤에서 지켜보던 백의 장삼인은 잘 이해가 안 된다는 얼굴을 하고 있었다.

"저게 도대체 뭘 하는 겐가? 구라는 또 뭐고, 노오오력은 또 뭐야?"

"자네가 연주엔 오늘 막 도착해서 잘 모르는 모양이로군. 저들은 지난 동민 전투에서 주공께 항복한 자들일세."

"그, 황건적이었던 자들?"

장삼인의 반문에 젊은 관리가 고개를 끄덕였다.

"위속 장군께서 주공의 명을 받들어 밥만 축내는 투항병들을 데리고 강줄기의 범람을 막으며 새로운 농토를 개간하시는 걸세. 그 대가로 저들에게 둔전을 나누어주겠다고 한 것이고."

"둔전이라……."

청년의 눈매가 가늘어졌다.

둔전은 국가가 나서서 백성이나 병사들을 동원해 땅을 경작하게 하는 제도다. 사실상 조정이 무너지고 군웅의 할거가 이어지는 지금과 같은 시대에서는 필수적으로 장려해야만 하는 제도이기도 했다.

그런 것인데.

"그럼 저기 저 장수의 이름은 무엇인가?"

"저분이 바로 위 장군이시네."

"위 장군? 내가 알고 있는 그 위문숙?"

자신이 잘못 들은 것은 아닐까 의심하며 청년이 반문했다. 하지만 관리는 고개를 저을 뿐이었다.

"연주 땅에 위문숙이 어디 두 명이겠나? 저분뿐이시지. 참으로 열심이시네. 장군께서 직접 병사들을 지휘해 개간과 치수에 힘쓰고 계시니 말이지. 밤에는 민원을 처리하고 낮에는 저리 격무를 자처하시니 먼발치에서 보고만 있는 내가 다 격정스러울 정도야."

"백성 민(民)에 원할 원(願)이라…… 듣는 것만으로도 의미가 명확하게 파악되는 단어로군. 내 듣기로 위문숙은 품행이 단정치 못하고 경박하기가 이를 데 없다 하였던 것 같은데. 자네가 보기엔 어떤가?"

"뭐, 그렇게 생각할 수도 있겠군. 나라면 이렇게 평하겠네. 품행이 자유분방하며 솔직하여 올곧기가 그지없고, 병사 하나하나 심지어는 시골 촌부마저 존중하고 아끼는 인의 군자라고. 내 너무 칭찬만 한 듯하여 굳이 단점을 하나 꼽자면…… 음, 그래. 위 장군 자신이 믿을 수 있는 자들만을 믿고자 하는 경향이 좀 강한 것 정도겠지."

"웃기지도 않는군. 그 여봉선의 수하가 인의 군자라니? 장안에서 그들이 어떤 짓을 행하였는지 자네는 벌써 잊은 겐가?"

살짝 노기마저 느껴지는 청년의 그 반문에 관리가 어깨를 으쓱였다.

"난 내가 직접 본 것만을 두고 말하는 걸세. 따지고 보면 주공께서 장안에서 행하셨던 바는 재고의 여지가 있기도 하고."

"계규, 자네의 눈에 콩깍지가 씌어도 단단히 씌었군."

"자네도 직접 만나보면 생각이 달라질 걸세. 내가 왜 굳이 그 여봉선을 주공이라 부르고 있겠나. 기왕 연주에 온 김에 친우들도 좀 만나보며 생각해 보게. 자네가 원한다면 내 자리를 마련해 줄 터이니."

관리가 청년의 어깨를 가볍게 두드려 주고선 저 멀리에서 기다리고 있는 수하들과 함께 서둘러 움직이기 시작했다.

청년은 관리의 그 뒷모습을, 투항병들을 격려하며 직접 현장 곳곳을 돌아다니고 있는 위속을 번갈아 쳐다볼 뿐이었다.

📱

"……허면 소인은 장군만 믿으며 기다리도록 하겠습니다. 언제고 장군께서 편하실 때 불러주시길 바랍니다."

호족 송윤이 내게 읍하며 물러난다.

그가 면담실을 나서기가 무섭게 난 한숨을 토해냈다.

지친다, 지쳐. 벌써 몇 번째야? 저 호족 놈들은 질리지도 않나?

"이제 끝나신 겁니까?"

하품이 나오는 걸 억지로 참으며 집무실로 향하니 피로에 찌든 후성의 목소리가 들려왔다. 산더미처럼 쌓인 죽간 사이에서 피로로 눈 밑이 퀭해진 녀석이 날 쳐다보고 있었다.

"야. 너 좀비 같아."

"산 자의 살을 탐한다는 그 식귀 말입니까? 지금이라면 그렇게 할 수도 있을 것 같습니다…… 만?"

녀석이 갑자기 고개를 치켜들면서 좀비 흉내를 내는데 짠하다.

그래도 후성은 이렇게 나랑 노가리라도 깔 수 있지, 위월 재는 나하고 같이 다니면서 좀 똑똑해 보이는 티를 낸 죄로 끌려와 죽간에 고개를 처박고 있다. 작업 도중에 딴짓하는 건 언감생심 꿈도 못 꾸는 꼴로 죽간만을…….

"쿠울."

보고 있던 게 아니구나.

"커흡. 소, 소장 졸지 않았습니다!"

자기 코 고는 소리에 놀라서 깨는 저 모습에 묘한 동질감이 느껴진다.

"피곤하면 가서 좀 쉬라고 하고 싶은데……. 말이 안 떨어진다."

"아, 아, 아닙니다. 장군께서도 이리 격무에 시달리시는데 소장이 어찌 편히 쉬겠습니까."

"아, 그래? 말만이라도 고맙네. 거기 침 흐르는 것만 좀 닦고 다시 작업하자."

"하, 하하…… 언제 침이 흘렀지?"

머쓱함과 민망함이 뒤섞인 얼굴로 위월이 제 입가의 침을 닦아낸다. 그런 녀석의 앞자리로 가서 앉기가 무섭게 나도 눈꺼풀이 무거워진다.

'시발.'

우리가 내정에 소홀해서 망했다는 얘기 때문에 죽어라 내정만 파고 있는데 이러다간 세력 전체가 망해서 목이 잘리는 것보다 과로사하는 게 더 빠를 것 같다.

"호족 놈들이 귀찮게 구는 것만 없어져도 작업 능률이 훨씬 나아질 것 같은데 말이야."

"안 그래도 그자들, 진류에서의 일 이후로 몸을 사리는 분위기이긴 합니다. 안 그런 자들도 없지 않게 있기는 하지만요."

"언제고 교통정리 좀 확실히 하든가 해야지, 진짜."

"저, 정리요?"

"뭐야. 뭘 그렇게 놀라? 내가 말하는 정리가 그 의미가 아니잖아?"

내가 무슨 피의 숙청이라도 벌이겠다는 줄 알았던 모양이다. 후성이 안도의 한숨을 내쉬며 우리의 집무실 밖, 우리가 신뢰할 수 있는 몇 안 되는 관리들이 업무를 보고 있을 또 다른 집무실을 쳐다보고 있었다.

"안 들렸겠죠?"

"안 들리지, 그럼. 설령 들렸다고 해도 대수냐? 그 의미가 아닌데. 아, 문제가 되기는 하려나?"

에이씨. 괜히 머리만 복잡해진다.

정말 정권이 교체되고 나서 한 번씩 숙청이 벌어지는 게 왜 그랬던 건지 조금씩 이해가 되어가는 중이다.

그런 거 없이 부드럽게 호족들을 타일러 가며 일하려는데 걸리는 게 한 둘이 아니었다.

"저어, 장군. 민원인 한 분이 면담을 요청하고 있습니다만."

어느덧 뻐근하게 변한 뒷목을 만지작거리며 죽간을 살피고 있는데 병사 하나가 들어와 말했다.

"송윤이 마지막 아니었어?"

"이번 민원인이 마지막입니다요."

"아, 이거 같이 일해야 하는데 나 혼자 가버려서 어쩌냐."

그렇게 말하며 자리에서 일어나는데 나도 모르게 입가에 미소가 지어진다. 이런 내 모습을 보고 있는 후성과 위월의 입가에도 미소가 피어오르고 있었다.

"하, 하하…… 이게 다 장군께서 큰일을 하시기 때문이니 어쩔 수 없지요. 죽간이 산더미처럼 쌓였지만, 소장들이 다 해야지요……. 그저 죽간 사이에서 과로로 죽어가며 장군을 원망할 수밖에요……."

"우리 후성이 많이 컸어? 그런 말도 다 하고. 너무 엄살 부리지 말고 있어 봐. 금방 가서 처리하고 올 테니까."

녀석들을 뒤로하고서 다시 면담실로 향하니 백의 장삼을 입은 청년 하나가 공손히 두 손을 모으며 허리를 굽혔다.

"저 같은 백면서생의 요청에도 면담에 응해주시니 감사하기가 이를 데 없습니다."

"뭐 감사할 것까지야……. 용건이 있다면 누구든 만나주겠다고 했던 거니까요. 그보다 용건이 뭡니까?"

"소인 서주 낭야국 사람, 제갈근이라 합니다."

"엥? 제갈근? 제갈량의 형?"

"량을 아십니까?"

제갈이라는 성에 나도 모르게 조건 반사적으로 말해 버렸다.

내가 자신을 알 것이라곤 생각지도 못했다는 듯, 제갈근이 의아해하며 날 쳐다보고 있었다.

'대형 사고다. 이거 무조건 수습해야 한다.'

"서주에서 총명, 그래. 총명하기로 이름이 높아서 이름 정도는 들어봐서 알고 있었어요."

"그러시군요."

이상하지만 그냥 넘어가 주겠다는 투다. 일단 덮어두는 정도까진 된 것 같다.

내가 태연한 얼굴을 가장하며 자리에 앉자 제갈근은 꼿꼿하게 허리를 펴고 서 있는 자세 그대로 날 쳐다보고 있었다.

"소인 다름이 아니라 장군께 한 가지 제안을 드리고자 면담을 신청하였습니다."

"제안?"

"소인 역시 진류에서 어떤 일이 일어났는지를 똑똑히 지켜봤던바, 장군께서 무엇을 우려하고 계시는지 미욱하게나마 추측할 수 있었습니다. 하나 외람됨을 무릅쓰고서라도 장군께 아뢰지 않을 수가 없었습니다."

'그러니까 뭘 말하려는 거냐고?'

그런 내 표정을 읽은 것인지 제갈근이 나지막한 목소리로 말을 이었다.

"호족을 적대하는 대신, 그들을 이용하십시오."

"이용하라니? 갑자기 그게 무슨 소립니까?"

"소인이 보니 장군께서는 호족을 냉대하며 그들에게 아주 자그마한 권한조차 주지 않고자 하시더군요. 장군께서 생각하고 계시듯 호족은 분명 까다롭고 번거로우며 때로는 모든 일의 걸림돌이 되기도 하는 존재입니다. 그러나 호족은 행정의 허리이며 인재의 양성을 위한 보고임과 동시에 산실입니다. 한 개의 성이라면 모를까 한 개의 주, 나아가 천하를 도모하기 위해선 그들의 도움이 필수적입니다. 그들이 얻기를 원하는 힘을 주십시오. 의무라는 강력한 재갈을 그들의 입에 물리면서 말입니다."

조용조용, 그러나 또박또박 말하는 그 단어 하나하나가 머릿속으로 날아와 박힌다. 행정의 허리이며 인재의 보고이자 산실이라는.

낮에는 투항병들을 데리고 치수와 개간에 힘쓰고 밤에는 이렇게 사람들을 만나 그 목소리를 들었다. 그러면서도 내 머릿속에선 항상 고민이 떠나질 않고 있었다.

어떻게 해야 할 것인가. 어떻게 하는 것이 진정으로 내정을 살피는 것인가.

'치수와 개간 이외에 상업을 더 살펴야 하는 걸까?' 정도로 뻗어가던 내 생각이 완전히 잘못되었던 것 같다. 내정이라는 게 단순히 삼국지 게임에서처럼 치수, 개간, 상업 같은 1차원적인 것으로 끝나는 게 아니었는데.

'이 사람, 진짜다. 내가 찾아 마지않던 그 인재다.'

그 예전, 진궁이 내게 그랬던 것처럼 나는 자리에서 일어나며 천천히 손을 들어 올렸다. 그러고서 제갈근을 향해 허리를 굽혔다.

"선생의 그 말씀을 따르겠습니다. 미욱한 저를 도와주지 않으시겠습니까?"

중원 천지 어디를 가도 그런 것처럼 연주는 한 황실과 조정, 그리고 호족의 지배를 동시에 받고 있다. 그것은 현재 여포 측 남연주의 행정 중심지, 산양군 역시 마찬가지였다.

"세금이라니?"

"지금껏 행정의 공백이 이어져 세금을 거두지 못하였으나, 이제 난이 수습되었기에 다시 세금을 거둘 것이니 연주의 백성은 이에 협조하길 바란다고 위속 장군께서 말씀하셨습니다. 물론 이는 주공의 뜻이기도 합니다."

"그래서 지금껏 일 년 가까이 거두지 않았던 세금을 이제 와 몰아서 내라는 말이냐?"

송윤이 인상을 찌푸리며 반문했다.

그는 산양의 대호족이다. 지금은 예전만 못하지만 얼마 전까지만 하더라도 그는 이곳에서 왕과도 같은 존재로 군림했었다. 그랬던 송윤을 면전에 두고 있음에도 젊은 말단 관리는 태연하기 그지없는 얼굴로 그의 시선을 받아내고 있었다.

"일 년간 걷지 않았던 세금에서 나머지는 감면하고 단 삼 개월 치만 받겠다는 것입니다. 그마저도 납세자의 사정을 감안

하여 두 달에 걸쳐 나누어 낼 수 있도록 하겠다고 말씀하셨지요. 이 정도면 굉장히 너그러운 징세인 것 같습니다만?"

"신임 자사께서 우리에게 해준 것이 뭐가 있다고 인제 와서 징세라는 겐가, 징세가! 난 그렇게는 못 하네."

"정녕 그리 말씀하시는 겁니까?"

"내가 그리 말한다면 뭐? 네까짓 것이 뭐라도 할 수 있을 줄 아느냐?"

송윤의 목소리가 조금씩 커진다.

그런 승윤을 마주하는 청년의 입가에 피어오른 미소 역시 조금씩 진해지고 있었다.

"대인께서 그리 말씀하신다면 어쩔 수 없지요. 대인께서도 익히 알고 계시다시피 연주가 제대로 굴러가기 위해선 대인과 같은 호족의 도움이 필요하니 말입니다."

"썩 꺼지거라!"

"허면 소인 이만 물러가겠습니다."

청년이 송윤을 향해 길게 읍하며 마당을 지나 대문으로 향했다.

자신의 거처에 앉아 그 모습을 지켜보던 송윤은 인상을 찌푸리고 있었다.

"나리. 그래도 신임 자사 나리께서 직접 임명하신 분일 텐데 이래도 괜찮겠습니까?"

"안 괜찮으면? 여포 제깟 놈이 뭘 어쩔 건데?"

"하, 하여도……."

"어허, 이놈이. 네가 뭘 안다고 지껄이는 것이냐? 네놈도 썩 꺼지지 못할까!"

"무, 물러갑니다요, 나리."

자신의 집안을 관리하는 집사를 쫓아내며 송윤은 인상을 찌푸렸다. 좀 전의 그 젊은 놈에게 호기롭게 호통을 치긴 했지만, 막상 일을 저지르고 나니 뒷맛이 좀 안 좋기는 했다.

"내 지금 당장 태수부로 갈 것이다. 준비하거라!"

"흐음?"

태수부에 들어서던 송윤의 눈이 살짝 가늘어졌다.

얼마 전까지만 하더라도 태수부는 굉장히 한산한 편이었다. 보이는 것이라곤 태수부를 지키는 병사가 대부분이었고, 그들을 제외하고 나면 기껏 해봐야 시종 정도가 돌아다니는 이의 전부일 뿐이었다.

그랬는데 지금은 입구에서부터 관복을 입은 자들이 우글거린다. 좀 더 안쪽으로 들어가니 죽간을 잔뜩 든 병사들이 관리들의 뒤를 따르고 있는 모습마저 보였다.

고개를 돌려 어딜 쳐다봐도 관복을 입은 자들이 보였다. 사방이 다 관복투성이. 관복이 없으면 글깨나 읽었을 것 같은 인상의 선비가 긴장한 기색이 역력한 얼굴을 하고 서 있었다.

"나리, 이쪽으로 오시지요."

이상한 마음에 그 광경을 살피고 있던 송윤에게 길 안내를 맡은 말단 관리의 목소리가 들려왔다.

"크흠, 내 잘 따라가고 있으니 걱정 말거라."

그렇게 말하며 송윤은 계속해서 길을 따라 움직였다.

그런 송윤이 면담실에 도착했을 때, 그를 맞이한 건 좀 전에 그를 찾아왔던 관리만큼이나 젊은 청년이었다.

"위속 장군은 늦으시는 것인가?"

"처음 뵙겠습니다. 소생 잠시 총관의 직을 맡게 된 제갈근이라 합니다."

"뭐라?"

송윤의 눈썹이 꿈틀거리기 시작했다. 세금을 두고 이야기하기 시작했을 때부터 꾹꾹 눌러놨던 송윤의 언짢음이 터져 나오기 일보 직전의 상황이었다.

그런 송윤의 상황을 아는지 모르는지 제갈근은 그저 공손한 자세로 서서 송윤에게 앉기를 권하고 있을 뿐이었다.

"네놈이 뭐 하는 놈인지는 궁금하지도 않다. 나는 위속 장군을 뵙기 위해 이곳까지 왔거늘, 어찌 너 따위가 나와 날 우롱하려 든단 말이냐?"

"대인께서 오해하시는 듯하여 말씀 올리겠습니다. 소생은 격무로 원기가 상해 잠시 휴식을 취하시는 위속 장군을 대신해 여 사군께 잠시나마 권한을 위임받아 총관의 자리에 앉게 되었습니다. 이는 결코 대인을 우롱하고자 함이 아님을 양지하여 주시길 간청드립니다."

"위속 장군이 휴식을? 그것이 사실이더냐?"

"예, 대인."

'그렇단 말이지?'

송윤이 자리에 앉았다. 그의 입꼬리가 슬며시 올라가고 있었다.

여포의 신임을 한 몸에 받는, 사실상 연주의 실력자나 마찬가지인 위속보단 약관이 된 지도 얼마 지나지 않았을 것 같은 이 백면서생을 상대하는 게 훨씬 더 편할 테니까.

"내 위 장군을 뵙고자 한 것은 다름이 아니라 세금에 관한 문제 때문이다. 그동안 우리 송가(宋家)는 연주가 고난에 빠질 때마다 백성을 돕길 주저하지 않았다. 백성이 굶주리면 양곡을 풀었고, 성이 위험해지면 하인들을 무장시켜 전장으로 나아갔다. 이런 우리에게 지난 1년간 걷지 않았던 세금을 한꺼번에 내놓으라더군. 신임 총관은 이러한 사실을 알고 있는가?"

"양지하고 있던 바입니다."

"허면 이것이 얼마나 말이 안 되는 처사인지 역시 잘 양지하고 있겠군. 사군이 어려울 때마다 우린 온 힘을 다해 사군을 도왔네. 그런 우리를 이렇게 대한다는 게 말이 된다고 생각하나?"

"어려울 때의 지우만큼이나 가치 있는 것도 없지요. 소생 역시 그리 생각하고 있습니다. 하지만 세금이라는 것은 지엄한 국법에 따라 걷는 것이니 대인께선 이점 역시 양지하여 주시길 바랍니다. 다만."

"다만?"

"이제는 상황이 안정되어 그간 대인을 비롯한 연주의 많은 분들이 사군을 도와주셨던 것들에 대해 미력하나마 보답해

드리는 것이 가능할 터이니 백성들에게 식량을 얼마나 베푸셨는지, 전장에서 얼마나 많은 가솔이 죽거나 다쳤는지를 조사하시어 알려주셨으면 합니다."

"그리하면 그에 맞춰 보상을 해주겠다?"

"그렇습니다."

"좋군."

송윤의 미소가 더욱 진해졌다. 사실을 이야기하면 백성이 굶주려도 창고를 열어 양곡을 푼 일 따윈 없다. 연주가 위태롭다 하여 가솔을 무장시켜 전장으로 나간 일 역시 없다. 그러나 보상은 받을 수 있다.

세 사람이 입을 맞추면 없던 호랑이도 만들어낼 수 있다 하였다. 서류를 꾸미고, 입을 맞추면 된다. 그러면 자신은 세금으로 푼돈을 약간 던져주고 나서 막대한 보상을 받게 되리라.

지금 자신의 앞에서 이 이야기를 꺼낸 제갈근은 결국 진류에서 일어난 호족들의 반란에 위협을 느껴 자신을 달래고자 하는 것이니까.

"조만간 웃는 낯으로 다시 보게 되겠군."

"그리되길 소생 역시 간절히 바라고 있습니다."

"그리될 것이니 걱정 말게."

송윤이 기분 좋게 웃으며 면담실을 나섰다. 그런 송윤이 태수부 입구에 다다랐을 즈음.

"어, 어르신!"

익숙한 목소리가 들려왔다.

꾀죄죄한 몰골의 중년인 몇몇이 화들짝 놀라선 그의 앞으로 달려와 허리를 있는 대로 굽혔다. 송윤이 가지고 있는 농지를 빌려 농사를 짓는, 소작농들이었다.

"네놈들이 이곳은 무슨 일로 온 것이냐?"

"그, 그것이……."

선두의 중년인, 죽산이 고개를 조아리며 그림이 그려진 나무판 몇 개를 내밀었다.

"뭐냐? 이게."

"위속 장군께서 알려주신 것입니다. 농사를 좀 더 잘 지을 수 있는 방법이라고……."

다각, 다각!

태수부에서 나오기가 무섭게 송윤은 말을 몰아 자신의 농지가 몰려 있는 강가로 향했다.

농사를 짓기 위해선 적절한 시기를 잡아 농지에 씨를 뿌려야 한다. 그렇게 뿌려진 씨가 대지의 기운을 머금으며 자라나 벼가 되고, 쌀을 맺는 것이다.

그것은 역사가 시작되기도 훨씬 이전의 아주 먼 옛날부터 지금껏 이어져 온, 농사를 짓기 위한 당연하기 그지없는 방법이다.

그랬는데.

"이, 이것들이!"

평소 같으면 수십 명이나 되는 소작농들이 이곳에 나와 각자가 소작하며 붙이는 농지에 씨를 뿌리고 있어야 할 때다. 하지만 지금은 아무리 둘러보아도 씨를 뿌리는 자는 한 명도 보이질 않는다.

송윤이 소작을 놓은 농지뿐만이 아니다. 다른 자영농들의 농지도, 다른 호족들이 소유하고 있는 농지 역시 마찬가지였다.

"이 버러지 같은 놈들을 당장에 잡아 와라!"

"예, 예! 대인!"

함께 말을 끌고 강가로 왔던 사병들이 사방으로 달려가기 시작했다. 송윤은 혼자 혀를 차며 자신의 장원으로 말 머리를 돌렸다.

"세상이 어찌 돌아가려고."

그 말이 절로 나온다.

논에 씨를 뿌리며 쌀이 자라기에 좋은 환경이 되도록 노력을 아끼지 않는다. 고래로부터 전해져 내려온 이 방법을 무시하고 도대체 무슨 짓을 한단 말인가.

"네놈들의 죄를 네놈들이 알렸다!"

반시진이나 지났을까?

송윤의 장원으로 끌려온 소작농들이 마당 한가운데에 모였다. 그런 소작농들을 향해 송윤의 명을 받은 집사가 노호성을 터뜨리고 있었다.

"마땅히 씨를 뿌려 한 해의 농사를 준비해야 할 이 중차대한 시기에 그따위 게으름을 피우고 있는 것이 말이나 된다고 생각하는 것이냐! 저것들을 매우 쳐라!"

"예!"

집사의 명령과 동시에 소작농들을 둘러싸고 있던 시종들이 매질을 시작하고자 했다.

하지만 그때.

"멈추지 못할까!"

집사의 그것과는 비교도 되지 않을, 크고 웅장한 목소리가 터져 나왔다.

"지금 뭐 하자는 겁니까?"

"자, 장군! 살려주십시오!"

"저희는 죄가 없습니다! 저희는 그저 장군께서 시키시는 대로 했을 뿐입니다요!"

"살려주십시오, 장군 나리!"

어이가 없네, 진짜.

"갑자기 거지 같은 소리가 들려서 달려왔는데 뭐, 늦지는 않은 것 같네."

며칠 전부터 태수부에서 따로 만나던 소작농들이 울며불며 내게로 달려온다. 그런 이들의 뒤에서 송윤의 시종임에 분명한 장정들이 당황한 얼굴로 나와 제 주인을 번갈아 쳐다보고 있었다.

"위속 장군! 격무에 시달리셔서 원기가 상해 잠시 요양 중이시라는 소식을 듣고 오는 길인데, 이리 뵈니 참으로 반갑습니다. 건강이 좀 괜찮으신 모양입니다?"

대청마루에 앉아 있던 송윤이 설렁설렁 내 쪽으로 걸어온다.

태수부에서 만났을 땐 아주 간이고 쓸개고 다 떼어줄 것처럼 굴더니 태도가 갑자기 바뀌었네?

"내가 건강한 건 건강한 거고, 이게 지금 뭐 하는 짓입니까?"

"뭐 하는 짓이냐니요? 보시는 바와 같지 않습니까. 소작농이 게으름을 피우기에 데려다 교육을 좀 해보려는 참이었습니다."

"게으름이라니?"

"절기에 맞춰 씨를 뿌려 대지의 기운을 흠뻑 머금고 쌀이 자라도록 온 노력을 기울여야 할 자들이 모내기인지 뭔지 하는 삿된 꾐에 빠져 게으름을 피우고 있었습니다. 혹여 장군께선 그 일에 대해 아십니까?"

'이거 지금 나한테 싸우자는 거지?'

"거, 말씀이 좀 심하신 거 아닙니까. 우리 장군이 얼마나 부지런히 일하시는데. 거기 소작들도 마찬가집니다. 우리 장군과 함께 얼마나 열심히 공부하고 있었는데 게으름이라니요?"

가만히 듣고 있으려니 자기도 꼴같잖게 보이는 모양이다. 나와 함께 송윤의 저택으로 온 허저가 인상을 찌푸리고 있다.

쿵!

녀석이 무쇠 칠십 근을 녹여 만든 쇠 방망이를 거칠게 내려 놓자 굉음이 울려 퍼졌다.

내 주변으로 모여든 이들을 붙잡고자 슬금슬금 다가오던 송윤의 시종들이 몸을 흠칫거렸다.

하지만 그것도 잠시.

"자고로 하늘의 이치에 반해서는 흥할 수가 없다 하였습니다. 농부에겐 농부의 법도가 있는 법이니 장군께선 그 모내기인지 뭔지 하는 것에 대한 일들을 철회하여 주십시오. 허면 우린 지금껏 그래왔던 것처럼 잘 지낼 수 있을 것입니다."

곧 본래의 그것으로 돌아온 송윤이 느긋한 어조로 말했다.

"철회? 모내기를? 내가?"

"장군께서 배려해 주신 것에 깊이 감사드리고 있는데 이런 사소한 일로 틀어지는 건 아깝지 않겠습니까?"

'이건 또 무슨 헛소리야.'

내가 인상을 찌푸리고 있는데 송윤이 시종들을 향해 손을 들어 보인다. 몽둥이를 들고 있던 시종들이 뒤로 물러서고 있었다.

"먼저 배려받았으니 오늘은 제가 물러나겠습니다. 하나, 장군께서도 잘 생각해 보셔야 할 것입니다. 살펴 가십시오."

송윤이 짧게 읍하고선 안채 쪽으로 들어가 버렸다.

'방금 그게 도대체 무슨 소리야? 배려라니?'

📱

"배려라고요? 그가 그리 이야기했단 말입니까?"

송윤의 집에서 있었던 일들을 이야기하자 어이가 없다는 듯 제갈근이 반문했다.

"선생께서도 아시는 바가 없는 겁니까?"

"아는 바야 있지요. 다만, 소생은 그가 그 이야기를 그리 받아들일 것이라고는 생각지 못했을 뿐입니다. 소생의 앞에선 제대로 깨닫지 못해도 돌아가고 나서 곰곰이 생각하고 나면 분명 깨달을 것으로 생각했었는데……."

"뭘 깨닫는단 말입니까?"

"소생은 그들에게 경거망동하지 말라는 경고를 전했습니다. 헌데 그가 알아듣지 못한 것은…… 모르는 것이 아니라 모르고 싶었기 때문일지도 모르겠군요."

"아."

피치 못할 사정이 있었다고는 해도 오랫동안 유명무실했던 게 세금이다. 그걸 다시 제대로 걷겠다고 하면 분명히 반발이 터져 나올 것이라 제갈근이 얘기했던 게 기억난다.

"분명 두어 달 전이었더라면 장군께선 호족의 앞에서 무력했을 것입니다. 그러나 지금은 다르지요. 그들은 연주 전체에서 벌어지는 변화를 제대로 보고 있질 못합니다."

"변화라뇨?"

"연주의 민심이 장군과 사군께 있습니다. 굶주리던 백성들을 긍휼히 여긴 두 분께서 고난을 무릅쓰고 양곡을 구해 구제하고 계시질 않습니까."

"그거야……."

그렇게라도 하지 않으면 세력 전체가 몰락할 거라고 무릉도원에서 그랬으니까.

죽을 때 죽더라도 천수는 다 누리고서 가고 싶은 마음에 했던 건데, 제갈근은 그걸 좀 다르게 해석한 모양이다.

"일이 이렇게 되었으니 계획을 좀 수정해야 할 것 같습니다. 어쩌면 장군께서 처음에 의도하셨던 바를 이룰 수 있게 될지도 모르겠군요. 물론 장군께서 동의하지 않으신다면 원안대로 진행할 것입니다. 소생은 어디까지나 장군과 사군을 잠시 돕다 떠날 자이니 말입니다."

저 떠난다는 말만 좀 안 했으면 참 좋을 것 같은데.

모르겠다. 제갈근의 마음을 어떻게 해야 잡을 수 있을지. 그래도 어쨌든 간에…….

"선생을 신뢰하지 않았더라면 애초부터 그런 자리에 모시지도 않았을 것입니다. 선생께서 의도하시는 대로 진행하십시오. 저도 그렇고, 형님도 그렇고 결코 선생을 원망치 않을 것입니다."

제갈근이 말없이 나를 향해 허리를 굽히며 읍했다. 나 역시 그런 제갈근을 향해 읍할 뿐이었다.

우리가 그러고 있을 때.

"자, 장군. 큰일 났습니다."

후성이 달려와 말했다.

"지금 호족들이 몰려와 주공과 면담 중인데 분위기가 심상치가 않습니다. 장군께서도 가보셔야 할 것 같습니다."

"이는 결코 그냥 넘어가선 안 될 문제입니다. 주공께서도 꼭 짚어주셔야 합니다."

"맞습니다. 농사는 천하의 근본이며 농법은 옛 성현의 지혜가 모여 만들어지고 다듬어져 왔습니다. 헌데 그러한 것을 하루아침에 뒤집어 바꾸다니요? 이는 있을 수 없는 일입니다."

송윤과 함께 찾아온 대호족 양규가 뒤이어 말하자 딱딱하게 굳어져 있던 여포의 미간에 한 줄기 주름이 생겨났다. 그런 여포는 아무런 말 없이 차디찬 눈빛으로 호족들의 면면을 살펴보고 있었다.

"그대들의 의견은 충분히 들었다."

"그렇게만 말씀하실 일이 아닙니다, 사군. 본격적인 농번기가 시작되기 전에 이를 해결해야만……."

"충분히 들었다 하였다."

자신이 채 말을 끝내기도 전에 들려온 여포의 목소리에 양규가 화들짝 놀라며 입을 다물었다.

여포의 목소리에 노기가 가득하다. 다른 이도 아닌, 여포의 분노다. 그것을 한 몸에 받아버린 양규는 잠시 흠칫했지만, 반응은 그게 전부일 뿐이었다.

연주 절반의 주인은 명목상으론 여포이지만 실질적으론 그들 호족이다. 이 자리에 와 있는 양규나 송윤을 비롯해 연주의 호족들은 이미 한 차례 조조를 몰아내고 여포라는 새로운 주인을 맞이해 본 경험이 있어 그러한 사실을 너무도 잘 알고 있었다.

"부디 사군께서 현명한 결단을 내려……."

다른 호족들을 대표해서 송윤이 그렇게 말하고 있던 때, 외당 저편에서 발소리가 들려왔다.

"늦었습니다, 형님."

내가 제갈근과 함께 황급히 형님에게로 달려가 포권하며 말했다.

이미 한바탕 일이 있었던 건지 형님의 표정이 영 좋지가 못했다.

"문제없도록 말끔히 처리하라. 명령이다."

그 말과 함께 형님이 자리에서 일어나 내당으로 향했다.

막 죄송해진다. 다른 것도 아니고 호족을 상대하는 일인 만큼, 수천 명 적병의 사이를 혼자 헤집고 다니는 형님조차도 살얼음판을 걷듯 조심해야 할 상황이었다.

"전권을 위임받은 건 나와 여기 제갈 선생이시니 우리에게 이야기하시오."

"긴 말씀 하실 필요 없습니다. 일전에 장군께 말씀드렸듯 그 모내기인지 뭔지 하는 것을 포기하십시오."

"원하는 게 정녕 그것뿐입니까?"

"충심으로 드리는 말씀입니다. 바람이라면 그저 연주가 부국강병을 이뤄 사군께서 대업을 도모하실 때에 큰 힘이 되는 것뿐입니다."

말만 번드르르한 거다.

'미욱하나마 권력 투쟁이 시작된 겁니다.'

외당으로 오면서 제갈근이 내게 얘기했다.

어차피 호족의 입장에선 농사가 잘되면 좋지만 안 된다고 해도 엄청난 손해가 되거나 하는 건 아니다. 어차피 모내기를 연주 전역에서 시행할 것도 아니고, 산양 근처의 강가 주변에 있는 농지에서만 시범적으로 행하는 것이니까.

그들은 그저 내 손발에 족쇄를 채우기 위해 모내기를 선택했을 뿐이다. 그러니 여기에서 막혀서는 안 된다. 보란 듯이 돌파해야 할 거다.

"나 역시 충심으로 하는 것이니 포기는 못 하겠습니다."

"정녕 그리 나오시겠다는 것입니까?"

무슨 사극에서나 보던 어투로 말하며 송윤이 한 걸음 걸어 나온다.

"좋습니다. 허면 이리 하시지요. 이번 한 해 동안, 장군의 그 모내기라는 것과 다른 작물들의 수확량을 비교하십시다."

자신만만하게 말하는 송윤의 목소리에 난 귀를 의심했다.

'지금 쟤, 나한테 내기하자는 거야?'

그냥 이 시대의 평범한 호족이 21세기의 첨단 농법으로 무장한 농사꾼한테?

"그렇게 해서 장군의 방식대로 하는 것이 더 수확량이 많다면 이 사람은 군말 없이 장군의 방식에 따르겠습니다. 하나."

"하나?"

"장군의 방식이 지금껏 이뤄졌던 방법보다 능률이 떨어진다면 다시는 언급하지 마십시오."

"내기의 조건으로 걸 게 그게 전붑니까?"

어차피 자기들이 이기기만 하면 된다는 거겠지.

송윤에게 있어 중요한 건 내 발언권을 꺾고, 자기들 목소리를 강화하는 거다.

오랜 세월 산양에 수 대째 뿌리를 내리고 살아온 대호족이니 돈도 있을 것이고, 사람도 있을 거다. 송윤에겐 그저 그것들을 활용할 명분만 있으면 된다.

"내기에 조건을 하나 더하는 것은 어떻겠습니까?"

내가 잠시 생각하고 있는데 난데없이 제갈근의 목소리가 들려왔다.

"얘기해 보시오."

"장군께서 내기에 이기신다면 한 가지 조건에 동의해 주십시오. 만약 지신다면 소생은 모든 것을 내던지고 낙향할 것입니다."

내가 진다면 낙향이라? 그러면 내가 이기면 낙향을 안 하겠다는 소린가? 계속 날, 형님을 돕겠다는 소리? 저 제갈근이?

"나쁘지 않은 조건이군. 그래서 내가 받아야 할 조건이 뭐요?"

"소생의 주도 아래, 수많은 이들이 새롭게 관리가 되어 임관하고 있음을 대인께서도 알고 계실 것입니다. 소생은 호족 출신으로서 관리로 임용하는 자들의 임지를 출신지로부터 최대한 먼 곳으로 배정하여 토착 세력과의 결탁을 방지하며 관리 본연의 업무에만 집중토록 하는 제도를 생각하고 있지요."

"그래서 우리더러 지금 그 제도에 동의하란 소린가?"

"내기에서 지셨을 때 말입니다."

제갈근이 날, 송윤과 양규를 비롯한 호족들을 번갈아 쳐다보며 말했다.

송윤은 잠시 다른 호족들과 눈빛을 교환하더니 곧 씩 웃으며 고개를 끄덕였다.

"그리합시다."

🔲

"으허어어어, 죽겠네."

강가에 있을, 햇빛이 잘 비치는 양지바른 곳.

그곳에 앉아 나무로 된 넓은 판에 흙을 채우고, 그 위에 볍씨를 고루고루 흩뿌리며 다시 또 얇게 흙을 덮는다. 그러고서 모판을 내 옆에서 대기하고 있던 후성에게 넘기면 녀석은 그걸 또 한 쪽으로 가져다 쌓아놓는 중이고.

해가 뜨기도 전에 태수부를 나와 작업을 시작했다. 중간에 잠깐잠깐 가졌던 식사 시간과 휴식 시간을 제외하면 거의 여덟 시간 가까이 이러고 작업만 하고 있었던 것 같다.

"파종기만 있으면 한 방에 다 끝날 건데……. 아오."

"파종기? 그게 뭡니까?"

내게 모판을 받아 들던 후성이 고개를 갸웃거린다.

"그런 게 있어, 인마. 넌 얘기해 줘도 몰라."

뭐 설명하면 알 수는 있겠지만, 세상엔 모르는 채로 넘어가는 게 나은 일도 있는 법이다.

"나리. 작업이 거의 마무리되어가는 중이니 이만 쉬시지요. 이제부턴 쇤네들이 맡아서 하겠습니다요."

"응? 아니요, 아니요. 그래도 같이 시작했으니 같이 끝내고 유종의 미를 거둬야지. 같이 마무리해요."

"아이고, 밤에는 죽간 들여다보시느라 고생하시잖습니까요. 이런 쉬운 일은 저희 같은 천것에게 맡기고 나리께선 좀 더 큰일을 하셔야지요. 이러시다가 나리께서 병이라도 나시면 어떻게 합니까요."

"까짓것 병나면 탕약 좀 먹고 푹 쉬면 되지. 같이해요. 나는 그게 더 편하니까."

"그래도 쉰네들이 어찌……."

어쩔 줄을 모르겠다는 듯 허리를 굽실거리며 말하고는 있지만. 이 양반, 얼굴이 웃고 있다. 뒷마을 박 씨 할아버지네에서 자라 우리 지역구의 국회 의원이 됐던 민식이 형이 농사일을 돕겠다며 한 번씩 찾아왔을 때, 형을 보고 웃던 동네 아저씨들의 그것과 비슷한 느낌이다.

높은 사람이라는 것 때문에 대하기가 어렵긴 하지만 그래도 와서 돕겠다는 그 마음에 절로 기분이 좋아지는 것 같은, 뭐 그런 거라고나 할까?

"자자, 조금만 더 하면 마무리니까 다들 힘들 내자고!"

방금의 중년인이 크게 외치며 자리로 돌아가자 사람들의 손놀림이 더욱 바빠진다. 내게서 배우고, 온종일 함께 해보기까지 해서인지 이제는 완전히 작업이 손에 익은 모습이었다.

"후성아. 우리 이거 끝내고 나면 다들 같이 가서 맛있는 거나 먹을까?"

선물로 들어온 고기가 좀 있으니까. 이 시대엔 냉장고도 없으니 얼른얼른 먹어치워야지.

"후성아?"

대답이 없기에 이상해서 쳐다보니 후성이 익숙한 얼굴의 앞에서 허리를 굽힌 채 쩔쩔매고 있다.

성렴이 딱딱하게 굳어진 얼굴로 그런 후성을 향해 뭔가 이야기하고 있었는데, 딱 봐도 좋은 이야기는 아닌 것 같다.

"성렴 장군. 후성에게 그러지 마시고 제게 말씀하시지요."

내가 다가가자 후성이 난감하게 됐다는 듯 옆으로 물러난다. 그런 와중에서 성렴이 잔뜩 미간을 찌푸린 채 나와 함께 일하던 농민들, 그리고 잔뜩 쌓인 모판을 번갈아 쳐다보고 있었다.

"위 장군. 지금이 어떤 상황인데 한가하게 농사나 짓겠다고 나와 있는 것이오?"

갑자기 이건 또 무슨 소리야?

"지금 상황이 뭐가 어때서 그렇게 말씀하시는 겁니까?"

"장군이 데리고 온, 근본도 모를 그 백면서생이 호족들을 들쑤셔 놓은 통에 산양군 전체가 들썩이고 있음을 설마 모르고 계셨소이까?"

"알 만큼은 알고 있었습니다."

"그렇다니 다행이외다. 송윤은 이곳 산양에서 가장 큰 위세를 손아귀에 쥐고 있는 대호족이오. 양규 역시 그런 송윤에 비할 수 있는 유일한 자이고. 그 둘을 합친 게 나머지 모두를 합친 것만큼이나 강하단 말이외다."

"그것도 알고 있습니다."

제갈근이 오기 전, 위월과 후성을 데리고 격무에 시달리는 동안 몸으로 직접 체험했다. 산양 땅에서 송윤과 양규는 작은 왕이라고 해도 과언이 아닐 정도의 위세를 누리고 있으니까.

"그것들을 알고 있는 이가 그런 일을 행했단 말이오? 우리 막부의 관리들이 무탈하게 연주 전역을 다스릴 수 있도록 협조해 줘야 할 자들이 지난번의 일로 마음이 상해도 단단히 상해 있소이다. 이를 해결해야만 하오."

"왜요?"

"왜요? 지금 '왜요'라고 하셨소이까?"

성렴의 얼굴이 붉게 달아오른다. 답답해서 미치겠다는 얼굴. 근데 답답하긴 나도 마찬가지거든?

"성렴 장군. 연주의 주인은 송윤이나 양규 따위의 호족이 아니라 우리의 주공이십니다. 그런 주공이 한낱 호족의 눈치나 봐야 합니까? 호족의 심기를 거스를 수 있는 일은 아무것도 하지 말라고요?"

"아니, 내가 하는 말은 그런 게 아니잖소이까!"

"그럼 뭡니까?"

"좋은 게 좋은 거외다. 아직 우리는 연주에서 기반을 잡지도 못했는데 호족을 건드려서 좋을 게 무에 있겠소. 내 보니 제갈 총관, 그자가 특히나 안 좋은 것 같소. 지난번의 만남에서 호족들의 화를 돋우는 일등 공신이었잖소이까. 그런 자는 파면함이 마땅하오."

"안 됩니다."

"장군께서도 함께 똑똑히 보셨을 것 아니오. 호족들의 앞에서 대놓고 그들의 힘을 깎아내겠다며 선언한 것이 바로 그 서생이오. 물론 호족들이 가진 것을 주공께 옮겨 올 수만 있다면 그보다 좋을 일이 없겠으나 어디 그게 쉽소? 특히나 이미 한 차례 호족의 반란이 일어나 변고가 있었던 지 얼마 지나지 않은 시점에서는 더더욱 그렇지 않소이까."

"호족에 의해 반란이 일어났으니 납작 엎드리는 건 호족이 되어야지요. 우리가 왜 그들의 눈치를 봐야 한단 말입니까."

"현실이 그렇다는 게요, 현실. 내 장군의 의도가 주공을 위함이라는 것은 알고 있으나 현실이 녹록지 않으니 한 걸음 물러나는 것이 좋을 거요. 이건 나뿐만 아니라 다른 장군들 역시 동의하는 바이외다. 크흠, 그럼 나중에 봅시다."

그렇게 말하며 성렴이 자신의 말에 올라 우리에게서 멀어져 간다.

그 모습을 보고 있노라니 어이가 없다.

"아니, 잘만 하는 제갈근을 왜 잘라? 자르긴."

무려 제갈량의 형이 제갈근이다. 제갈량 반만큼만 해도 엄청 유능한 인물일 것이고, 당장 제갈근이 온 이후로 내가 처리해야 할 업무가 확연히 줄어들어 이제 좀 살 것 같은데.

성렴도 나름 진류에서의 일이 있었으니 형님을 걱정하는 마음에서 그렇게 말하는 건 알겠지만 그래도 아닌 건 아니다.

"내가 제갈근을 자르면 사람이 아니다, 사람이 아니야."

"저, 장군. 뒤에요, 뒤에."

짜증이 나서 중얼거리는데 후성이 살짝 놀란 얼굴로 내게 말했다.

"뒤에 뭐? 어, 제갈 선생?"

백의 장삼을 입은 제갈근이 대충 보기에도 천 개는 될 것 같은 어마어마한 분량의 죽간이 실린 마차 옆에서 날 쳐다보고 있다. 그런 제갈근의 뒤로 이번에 새로 임관한 하급 관리 몇 명이 서 있었다.

"소생이 장군의 입장을 곤란하게 만들어 드린 게 아닌지 모르겠습니다."

"별로 곤란할 건 없습니다. 어차피 한 번쯤은 이런 반발이 나올 수밖에 없을 테니까요."

"괜찮으시겠습니까? 장군께서 계속해서 절 지지하셨다간 장군의 위상이 하락할 수도 있음입니다. 만약 곤란하다 판단이 드신다면 언제든지 소생을 파면하십시오. 소생이 장군을 원망하는 일은 결코 없을 것입니다."

"옳은 일을 하기 위함입니다. 위상이 추락한들 저와는 관계없는 일이고요."

그깟 위상이 밥 먹어주냐? 조금만 참고 견디며 제갈근을 우리 형님의 사람으로 만들면, 언젠가 제갈량도 나타나게 될 거다. 그때가 되면 나는 아무것도 하지 않고 그냥 집에서 어야둥둥 놀기만 해도 될 테고.

편하게 놀고먹으며 조용히 지내면 된다. 목숨 걱정을 해야 할 필요도 없다. 그 얼마나 희망찬 미래인가. 생각하는 것만으로도 기분이 좋아진다.

제갈근은 그런 날 묘하다는 듯 쳐다보고 있었다.

"조금 전, 성렴 장군께서 언급하셨듯 호족 하나하나는 하찮으나 그들의 힘이 모인다면 여 사군에 필적할 수 있습니다. 소생은 그런 자들을 견제하기 위한, 어찌 보면 여 사군 휘하 막부 전체의 명운을 좌우할 정도로 중차대한 일입니다."

"그야 그렇죠."

"한데 그런 일을 진행하고 있는 소생은 고작 약관을 넘긴 지몇 해 지나지 않은 백면서생일 뿐입니다. 장군께서는 어찌 소생을 이리도 신뢰하시는 것입니까?"

무표정한 얼굴, 그러나 마치 세상 모든 것을 꿰뚫어 보기라도 하는 것처럼 현기가 흘러넘치는 눈으로 날 쳐다보며 제갈근이 말했다.

나는 미래를 알고 있다.

내가 제갈근을 보고서 흥분했던 건 어디까지나 그의 성이제갈이기 때문이었다. 제갈량의 형이라는 것을 알고 있었으니까.

하지만 이 사람을 높이 평가하게 된 것은…… 음.

"선생과 면담을 하게 된 이후로 선생의 말씀 하나하나, 행하시는바 하나하나를 모두 지켜보았고 신뢰할 만하다는 판단이 들었을 뿐입니다."

"그것뿐입니까?"

어째 목소리가 살짝 싸늘해진 것 같다.

나는 그저 고개를 끄덕일 뿐이었다. 제갈근 같은 사람 앞에서 미래를 알아 당신을 기용한 거라고 말할 순 없는 노릇이다. 미친놈 취급이나 안 당하면 다행이지.

그러고 있었는데 갑자기 제갈근이 자세를 바로 하고선 날 향해 포권하며 말했다.

"출신, 경력, 나이…… 그 어떤 것도 보지 않고 그저 능력만을 보고 사람을 부린다는 장군의 그 배포에 소생은 그저 감탄할 뿐입니다."

"예?"

"세상은 사람을 판단하기에 앞서 그의 출신을 보고, 가문을 보며, 경력과 나이를 두루 따진 이후에나 본연의 능력을 보게 마련입니다. 능력이 있으나 출신이 비천하고, 가문이 한미하여 빛을 못 보는 이들이 참으로 많지요. 하나 장군께서는 다르시니 앞으로 천하의 인재가 구름과도 같이 몰려들 것입니다."

사람을 능력만 보고 판단하는 게 당연한…… 시대가 아니기는 하지.

내가 그렇게 생각하며 씁쓸하게 웃고 있는데 제갈근이 말을 이었다.

"장군과 같은 분이 계속해서 지금과 같은 위상을 유지한다면 여 사군의 막부는 오래지 않아 부국강병을 이룰 것입니다. 소생에게 미력하나마 그에 한 손 보탤 계책이 있는데 혹 들어보시겠습니까?"

"계책이요?"

"호족의 손발을 묶고, 그들의 입에 재갈을 물릴 방안이지요."

"총관, 그대가 말했던 보상에 대한 자료를 가지고 왔네."

태수부 한쪽, 위속이 사용하던 집무실에 양규와 함께 들어선 송윤이 말했다. 그런 그들의 뒤로 각각 한 무더기나 되는 죽간을 등에 멘 시종 여럿이 서 있었다.

"이쪽으로 주십시오."

상석에 앉아 죽간을 살피며 업무를 보고 있던 제갈근의 목소리에 관리들이 움직이기 시작했다.

"허면 고생하게나."

"어딜 가시는 겁니까?"

"주공을 뵙고 돌아가려는 참이오만."

"잠시만 기다려 주시지요. 저희도 준비해 두었던 바가 있어 곧 처리해 드릴 수 있을 것 같습니다. 시간은…… 차 한 잔 마실 정도면 충분하겠군요."

"그럼 그러도록 하지."

송윤이 피식 웃으며 고개를 끄덕이며 양규와 함께 현대식으로 꾸며진 제갈근의 책상 앞으로 가 앉았다. 그런 와중에서 열 명도 넘는 하급 관리들이 송윤과 양규, 두 사람이 가지고 온 죽간들을 살펴보고 있었다.

"총관이 이리 협조적으로 나오실 줄은 몰랐네. 내 지난번의 만남 이후로 총관을 오해하고 있었던 것 같단 생각마저 들 정도야."

"소생은 처음 뵈었을 때부터 지금까지 항상 같았습니다."

"훗. 그런가?"

"지금처럼만 해주시게. 그럼 송 대인도 그렇고 나도 그렇고 총관을 섭섭도록 할 일은 없을 것이니. 안 그렇습니까?"

"암. 물론 그렇고말고."

송윤이, 양규가 그렇게 말하고 있을 때 제갈근의 시선이 두 사람의 뒤편에서 있던 관리들을 향했다. 그들이 고개를 끄덕이고 있었다.

"두 분께는 참으로 유감입니다."

"응? 유감이라니?"

"뭣들 하고 있느냐. 당장 죄인들을 포박하라!"

한 모금 마시던 찻잔을 내려놓으며 제갈근이 서슬 퍼런 목소리로 소리쳤다. 송윤과 양규, 두 사람이 상황을 제대로 파악하기도 전에 밖에서 대기하고 있던 병사들이 우르르 달려 들어오고 있었다.

"이, 이게 뭐 하는 짓이냐!"

"얕은수로 사군을 능멸하려 한 죄, 거짓으로 이득을 취하려 한 죄, 사군의 백성을 사사로이 상하게 한 죄를 묻는 것이니 순순히 오라를 받으시오."

"이놈들아! 놓지 못할까! 내가 누군 줄 알고!"

"놓아라! 놓으란 말이다! 네놈이 이러고도 무사할 줄 아느냐! 나 양규다, 양규라고!"

두 사람이 고래고래 소리를 질러가며 저항했다.

하지만 무예라곤 그저 교양의 수준 정도로만 익혔던 두 사람이다. 그런 이들을 제압하기 위해 열 명도 넘는 병사들이 몰려온 만큼, 저항은 사실상 애초부터 불가능했던 것이나 마찬가지였다.

"지금쯤 두 분의 가문을 제압하란 명령이 전달되고 있을 터이니 섣부른 생각은 아예 머릿속에서 지우시는 게 좋을 겝니다."

"뭐, 뭐라고?"

"천부장 위월과 후성 장군이 직접 움직이고 있음입니다. 저항은 무의미하니 애초부터 포기하라 일러 드리는 것입니다."

"이, 이, 이자가!"

송윤의 얼굴이 벌겋게 달아올랐다.

"말씀을 삼가시지요. 소생은 이미 두 분께서 백성을 위해 양곡을 풀지도 않았으며, 가솔을 이끌고 전장에 나아가지도 않았다는 증좌를 차고도 넘치게 가지고 있습니다. 허니 두 분께선 잘못을 인정하고 죄를 구하며 자비를 요청해야 할 때임을 깨우쳐 드리는 바입니다. 뫼시거라."

더는 말할 필요조차 없다는 듯 제갈근이 몸을 돌리자 병사들은 분노하다 못해 반쯤 넋이 나가 버린 송윤과 양규를 끌고 집무실을 빠져나갔다.

그리고 그때, 그런 병사들의 곁을 지나며 젊은 관리 하나가 집무실로 들어오고 있었다.

"무시무시하구먼. 벌써 제압한 겐가?"

"위 장군의 신뢰에 보답했을 뿐일세."

"좀 독특한 매력을 뿜어내는 분이시긴 하지. 자네의 모습을 보아하니 벌써 푹 빠져 버린 모양이야."

"뭐, 그럴지도. 어서 가세. 해야 할 일이 산더미이니."

제갈근이 청년과 함께 관리들을 이끌고 움직이기 시작했다.

"날씨가 따듯해서 그런가? 엄청 잘 자라네."

보통 모내기를 위해 모판에 볍씨를 뿌리면 한 달 정도의 기간을 두어야 한다. 그래야 어린 벼가 충분히 자라나 모내기를 할 수 있을 정도가 되니까.

그런데 모판의 벼가 당장에라도 모내기를 할 수 있을 만큼 잘 자라 있다. 이제 겨우 이십 일이 조금 넘게 지났을 뿐인데도 그랬다.

"참으로 푸릅니다."

내 옆에서 그 광경을 구경하던 후성이 감탄하며 말했다.

잔디처럼 선명한 녹빛의 어린 벼가 모판에 빼곡히 들어차 자라고 있다. 그런 모판이 강가를 따라 천 개도 넘게 만들어져 있고. 푸르게 보일 수밖에 없다.

"그런데 장군. 궁금하지 않으십니까?"

"뭐가?"

"호족들이 어떻게 되어가는지 말입니다."

"제갈 선생이 알아서 잘 처리하고 있다며? 그러면 된 거지,

내가 신경 써야 할 필요가 있나?"

"용인술이 뛰어나신 건지, 아니면 그냥 둔감하신 건지 알다가도 모르겠습니다. 전 제갈 선생이 일하는 걸 보면서 일이 계획대로 처리되지 않으면 어떻게 하나 걱정하는 마음이 태산 같았는데요."

"한동안 비가 안 왔어. 난 그게 걱정이다. 비가 적당히는 와 줘야 농사가 잘될 텐데 말이야."

그렇게 말하며 하늘을 올려보고 있으니 마음이 참 편하다. 내정에 관련한, 진짜 골치 아프고 복잡한 일은 제갈근이 전담해서 맡아준 덕분이다.

그냥 내가 잘 알고, 잘할 수 있는 농사에나 신경 쓰고 있으니 새삼 농부가 내 천직이었구나 하는 생각도 들고.

"총관이 양규와 송윤, 두 호족의 아들들을 모조리 진류로 보내 버렸습니다."

"응? 진류로?"

"진류의 기틀을 다시 세우느라 여념이 없는 공대 선생의 제자가 되어 큰 인재가 되라는 명분입니다만, 실질적으론 볼모지요. 그 이후로 산양의 호족들이 바짝 엎드려 지내고 있습니다. 양가와 송가가 가장 먼저 나서서 주공의 가장 충실한 수하임을 자처하고 있으니 다른 호족들은 숨소리조차 쉽게 내지 못할 테지요."

"깔끔하게 정리한 모양이네. 역시 믿길 잘했어."

설령 제갈근을 얻지 못한다고 해도 무릉도원에서 봤던 내정의 문제는 확실하게 해결한 셈이다. 당장의 급한 불은 끈 것이나 마찬가지.

'이제 제갈근만 얻으면 참 더 바랄 게 없을 텐데 말이야……'

"아, 저기 오시는군요."

"온다고? 누가?"

"제갈 선생 말입니다. 장군께 드릴 말씀이 있으니 어디에 계신지 좀 알려달라 하시더군요."

"그래?"

내가 반문하며 고개를 돌리니 저 뒤쪽에서 말을 타고 다가오는 제갈근의 모습이 시야에 들어왔다.

그런 제갈근의 곁으로 처음 보는 청년 둘이 함께 말을 달리고 있다. 한 명은 그냥 멀리에서 보기에도 키가 무지막지하게 크고, 또 한 명은 관복을 입었음에도 어깨가 떡 벌어진 게 장수 같은 외형이었다.

'제갈근의 수하들은 아닌 것 같은데. 누구지?'

"여기에 계셨군요."

그들이 내 앞에서 멈추며 말에서 뛰어내렸다.

"선생. 안 그래도 지금 후성에게 호족들의 일에 대해 전해 듣던 중입니다. 고생하셨습니다. 덕분에 앓던 이가 빠진 듯 속이 다 시원하네요."

"소생은 그저 장군과 주공의 신뢰에 보답했을 뿐입니다."

어? 지금 주공이라고 한 거 맞지? 제갈근이 말하는 주공이 우리 형님을 말하는 거 맞지?

"그리고 그와는 별개로 장군께 소생의 친우들을 소개해 드리고자 합니다. 이쪽은 최염 최계규입니다."

"정식으로 인사드리는 건 이번이 처음인 듯싶습니다. 소생 최계규라 합니다. 그간 장군께서 하신 수많은 일을 보며 감탄해 마지않고 있었는데 이리 뵙게 되니 참으로 영광입니다."

"반갑습니다."

나와 최염이 서로 읍하며 인사하자 이번엔 제갈근이 키가 큰, 무척이나 사람이 좋아 보이는 남자를 손으로 가리키며 말했다.

"이쪽은 사마팔달의 하나이자 경조윤 사마방 어르신의 장남인 사마랑 사마백달입니다."

사마랑? 이름이 꽤 익숙한데? 어라?

7장
삼만지적

제갈근과 사마랑, 최염이 형님의 막부에 임관한 지 벌써 석 달이 다 되어간다.

그동안 참 많은 일이 있었지만 그중 가장 중요한 건 모든 게 만족스럽다는 것이었다.

송윤과 양규의 자제를 진류로 보내며 기를 확 꺾어버린 덕 분에 호족들은 저항의 의지를 완전히 잃어버렸다. 농사도 잘되 는 중이고 내가 신경 써야 하는 일들도 점점 줄어들었다. 하는 일 없이 집에 처박혀 놀고 있어도 날 찾아와 귀찮게 할 사람은 없는 거나 마찬가지. 그런 행복한 일상이었다.

그 일상에서 보름달이 떠오르는 이 상황에 즐거워하며 잠 을 청했고 무릉도원에 들어왔다. 이번에야말로 제갈량, 사마의 에 버금갈 인재를 등용하기 위한 정보를 얻기 위해서.

그랬는데.

왜 이런 글이 있는 거지?

'만약 유벽이 세양성에서 안 죽고 여포네랑 합쳤으면 어땠을까요? 여포가 손책한테 안 망하고 버틸 수 있었을까요?', '여포_몰락의_시작점_예주공방전.info', '유벽-여포의 통합이 가능했다면?' 같은 글들이 잔뜩 올라와 있다.

혼란스럽다. 분명 지난번까지만 해도 형님은 내가 알고 있던 원래 삼국지의 유비나 손권 정도까지는 올라갈 수 있는 거로 나왔었는데?

〈유벽이 자기 부하들이랑 얘기할 때 많이 아쉬움을 토로했다고 하죠. 자긴 난세와 어울리지 않는 사람이어서 누군가의 도움이 필요하다고. 측근으로 그……진도였나? 그 사람이랑 여포한테 고개를 숙이고 들어가는 것도 진지하게 고민했었다는데. 만약 유벽이 세양에서 안 죽고 자기 생각대로 여포랑 합쳤으면 여포가 원소랑 대적하는 게 가능했을까요?〉

└강동의 쥐새끼: 불가능함. 애초에 유벽이 살아남는 것 자체가 안 됨. 손책이랑 여강 공격하면서 주유가 여남군에 깔아놓은 첩보망 자체가 어마어마함. ㅋ 어찌어찌 살아남는다고 해도 주유가 통합할 수 있게 가만뒀을까여? 안 됐을 것 같은뎅.

└꿀물황제: 이건 확실히. ㅇㅇ 역사에 100%는 없다고 하지만 거의 힘들다고 봐야죠. 원술에 곽공에 손책, 장제까지 다 여남만 노리고 있었는데 이때 갑자기 막 크고 있던 원소까지 상대하면서 남쪽으로 진출하는 건 불가능. ㅇㅇ

└여봉봉선: 진짜 빠심 다 빼고 객관적으로만 보면 가능성 없지 않음. 사실 따지고 보면 유벽이 여포를 긍정적으로 생각하게 된 것도 위속이 자기 동생이랑 천 명으로 도적 이만 명 때려잡은 것에 이앙법 제대로 시작하는 거로 백성들한테 찬사받는 걸 보고 난 이후라. 상황만 됐으면 통합도 가능했을 것임.

"내 동생?"

심각하게 읽어 내려가다가 내 이름이 나와서 나도 모르게 빵 끗했는데 갑자기 동생이란다. 병사가 천 명밖에 안 되는 거로 얘기하는 걸 보면 아무래도 장비가 온 건 모르는 것 같고, 위월을 얘기하는 모양인데. 얘가 왜 내 동생이 되어 있는 거야?

어쨌든 간에.

└조건달: 유벽이 위속 보고 감명받아서 본받아야겠다고 시찰 나갔다가 끔살당한거라. ㅋㅋㅋㅋㅋㅋㅋ 유벽이 안 죽으면 여포네랑 합칠 이유가 없고, 이유가 생기면 유벽이 죽음. ㅋㅋㅋ 결론적으로 불가능하단 얘깈ㅋㅋㅋㅋㅋㅋ

└남화노선: ㄴㄴ 위속이 진궁 구할 때처럼 자기한테 소식 전해지기도 전에 천문보고 뛰어가면 가능.

└조건달: 그건 연의에서 나관중이 빨아줬으니까 나온 거지. ―― 정사로 얘기하고 있는데 연의로 떠들면 어캄?

전에는 그냥 한 번, 두 번씩 가볍게 언급만 되고 넘어가는 정도였는데 이젠 날 메인으로 두고 떠들기도 하네? 괜히 기분이 좋아…… 져야 할 상황이 아니지, 참.

요 몇 달 너무 만족스럽게 지내서 나도 모르게 해이해졌던 모양이다. 난 다시 자세를 바로 하며 유벽에 대해 검색해 공부하기 시작했다.

유벽이 왜 죽었는지, 누구에게 어떻게 죽었는지 모든 것을 다 파악해야 한다.

📱

손책과 주유가 유벽이 시찰 중이던 세양성을 공격하기 시작한 건 여강이 점령된 직후다. 분명 무릉도원에선 그렇게 얘기했다.

나는 그 말을 곱씹으며 잠에서 깨어나 몸을 일으켰다.

"일어나셨습니까? 장군."

아직 덜 달아난 잠을 쫓으며 무릉도원에서 본 것들을 기억하고자 홀로 중얼거리는데 익숙한 얼굴이 날 맞이한다. 내 집에서 일하고 있던 녀석이었다.

"죽간과 붓 좀 가져다줘. 급해."

꿈에서 본 내용을 기록해야 한다.

나는 그것들을 급히 죽간에 기록하고서 옷만 간신히 갈아입은 채 거처를 나서며 태수부를 향했다.

형님을 만나야 한다. 그렇게 생각하며 급하게 형님이 있다는 곳으로 달려갔는데.

"……그런 이유로 우린 장연의 몰락 및 원소의 급격한 팽창에 대해 좀 더 상세히 알아보고 대비해야 할 필요가 있습니다."

라고 말하는 제갈근과 시선이 마주쳤다.

그런 제갈근 옆으로 사마랑과 최염 그리고 이번에 그들이 새로 발굴하며 임관시킨 적지 않은 숫자의 관리들이 한데 모여 있다. 심지어는 각각 임성과 제음의 태수직을 수행하고 있던 장료와 고순까지.

'시발? 이거 이러면 안 되는데?'

"앉거라, 문숙."

내가 당황해서 멍때리고 있는데 형님이 자신보다 한 단계 아래에 있는, 상석과 제갈근의 자리 바로 중간쯤에 있는 곳을 손으로 가리키며 말했다.

그런 형님의 얼굴에 피로감이 가득하다.

뭐랄까, 그래도 군주니까 앉아는 있는데 되게 싫은 걸 억지로 참고 있는 것 같은 느낌?

그런 속내를 근엄하기 그지없는 표정으로 꾹 덮고 있는 것 같다.

한번 이곳에 모인 이들의 면면을 살피는데 대부분 그런 형님의 속내는 전혀 알아차리지 못한 듯, 각자의 자리에 죽간을 쌓아두고서 보고할 순서를 기다리고 있었다.

아…… 진짜 내가 군주로 환생한 게 아니어서 다행이다.

'아, 이게 아닌데.'

나도 모르게 느긋하게 안심하는 나 자신의 모습에 반성하며 나는 다시 형님 쪽으로 시선을 옮기려 했다.

하지만 내게 들려온 건 형님의 것과는 다른, 제갈근의 차분하고도 명확하며 또박또박 이어지는 인간미 없이 기계적이기까지 한 목소리였다.

"급한 일로 주공을 뵙고자 찾아오셨다는 이야기를 전해 들었습니다. 먼저 말씀하시지요."

그러면서 제갈근이 자신의 자리에 앉자 맞은편의 사마랑, 그 옆의 최염을 비롯해 나보다 똑똑하고 공부도 열심히 했으며 아는 것도 많을 관리들과 백전의 노장까진 아니어도 경험 많은 베테랑인 고순과 장료의 시선이 집중되는 게 느껴졌다.

심지어는 외당 한쪽에서 형님의 명령을 기다리던 시종들조차 기대감인지 호기심인지 모를 것이 가득한 눈동자로 날 쳐다보고 있었다.

'시발. 이런 상황에서 어떻게 얘기하라고?'

"형님. 그…… 이런 곳 말고 좀 조용한 곳에서 대화할 수 없을까요?"

"중요한 거라며? 이곳에서 이야기하도록 하라. 무릇 군주 된 자는 널리 구해 들으며 결정해야 하는 법이다."

"따로 말씀드려야 할 것 같은데요. 이게 좀 민감하고 보안을 요구하는 거라."

"아, 그래? 들었지?"

형님이 말하자 제갈근이 이곳에 모인 다른 관리들 쪽으로 시선을 옮긴다. 그들이 일제히 자리에서 일어나 형님에게 읍하고선 뒷걸음질하며 외당에서 빠져나가고 있었다. 시종들 역시 마찬가지.

덕분에 이제 외당에 남은 건 나와 형님, 제갈근 트리오 셋과 장료, 고순이 전부일 뿐이었다.

"이제 얘기해 봐라."

형님 한 명만 있으면 지난번에 그랬던 것처럼 좀 편하게 얘기해도 될 텐데. 지금은…… 별수 없겠군.

"지금 즉시 출병해야 합니다."

"출병이라니?"

"제가 연주뿐만 아니라 여남, 양주, 기주, 병주 곳곳에 사람을 뿌려둔 것을 알고 계실 겁니다. 오늘 사람이 도착했는데 유벽이 여남 외곽의 세양성에 시찰을 나갔답니다."

"그게 왜?"

"이거 하나만이면 저도 이렇게 급하게 오지 않았을 겁니다. 유벽의 소식과 함께 지난 이년 간 끈질기게 저항하던 여강 태수 육강이 원술의 부장 손책과 주유에게 항복했으며, 그들이 여남을 향해 군을 몰아 급히 움직이기 시작했다는 정보 역시 함께 왔습니다."

"장군. 그 말씀은 평안 장군 유벽의 움직임을 손책이 포착해 그를 노리고 군을 움직이기 시작했다는 것으로 들립니다만. 맞습니까?"

가만히 듣고만 있던 제갈근이 여전히 차분하기 그지없는 어조로 말했다. 내가 고개를 끄덕였다.

"선생의 말씀대로입니다."

"그렇다는 건 세양의 방비가 그다지 튼튼하지 못하며 원술의 부장들이 이끄는 군세가 참으로 크다는 이야기가 되겠군요."

"여강을 점령하기가 무섭게 유벽이 향한 곳을 노리며 바로 들이쳐 들어갔다는 것은…… 원공로가 군을 일으켰다는 의미하게 될 것이고 말일세."

"단번에 여남을 평정하고 예주를 통째로 병합하겠다는 의미겠지. 그 과정에서 적지 않은 숫자의 백성들이 고통을 받을 것이니…… 참으로 안타까운 일입니다."

제갈근에 이어 최염, 사마랑까지 한마디씩 거드는데, 와…… 확실히 역사에 이름이 남은 사람들은 뭐가 달라도 다르다는 건가?

진궁도 그랬지만 이 사람들도 그냥 유벽과 손견의 움직임 하나만으로 이 상황의 앞뒤 전후를 다 이해하고 있다. 괴물 같은 인간들이다.

"장군께선 당장에라도 군을 이끌고 출병해 유벽을 구원하길 원하시는 것 같은데 맞습니까?"

제갈근이 잠시 날 쳐다보다가 말했다.

내가 고개를 끄덕였다.

"애초에 우리가 여남군에게 식량을 얻게 된 건 이러한 상황에 처했을 때, 그들을 돕겠노라고 약속했기 때문입니다."

"장군의 말씀은 이해하나 지금은 출병하지 않는 것이 나을 듯싶습니다."

"……예?"

내가 지금 잘못 들은 건 아니겠지? 동맹을 깨라고?

"원소와 조조가 병주에 웅크리고 있던 장연과 남흉노의 선우 어부라를 대파했습니다. 하여 조조의 움직임에 여유가 생겼으니 필시 그는 빼앗긴 연주 전역을 탈환하고자 할 것입니다. 우리는 그에 대비해야 하니 이런 시기에 군을 움직이는 건 좋지 못합니다."

여포가 설령 유벽의 상황을 알고 있었다고 해도 지원하지 못할 것이라고 설명하며 무릉도원의 댓글러들이 지적했던 내용이다. 확실히 그렇기는 하지.

"유벽을 잃으면 여남과의 동맹이 깨질 것이고, 우린 급할 때만 손을 내밀어 도움을 청하는 파렴치한이 될 겁니다. 여남과의 동맹으로 인해 얻던 여러 전략적인 이점들 역시 없어지게 될 거고요."

"난세란 속고 속이는 전란의 시대이지요. 대의를 위해 소를 희생하는 건 당연합니다. 게다가 유벽이 세양에서 전사한다면 책임을 추궁할 주체도 남지 않게 됩니다. 여남군은 붕괴하게 될 것이고요. 장군께선 유벽의 전사가 확실해질 때까지 상황을 지켜보다가 뒤늦게 소식을 접하고 그들을 돕고자 하는 것처럼 일군을 이끌어 남하하십시오. 그러면 영천과 허창, 진국까지 예주의 절반을 주공의 영향력 아래로 끌어들이는 게 가능할 것입니다."

"유벽이 죽도록 놔두고 이득을 취하라고요?"

물론 나도 유벽이 좋아서 구하려는 건 아니다. 무릉도원을 통해 유벽을 살리고 나면 여남군을 통째로 집어삼키는 것도 가능할 거란 사실을 알고 있기 때문에 구하려는 거지.

'하지만 제갈근의 저 말은…….'

"유벽을 구하는 것보단 유벽이 죽은 이후, 와해될 여남군의 세력을 흡수하는 쪽이 더 주공께 이득이 된다는 점을 아뢰는 것일 뿐입니다."

"일견 냉정하게 느껴질 수 있겠으나 제갈 선생의 말씀이 옳은 것 같소."

가만히 앉아 침묵을 지키던 고순이 말했다. 그 옆의 장료조차 고개를 끄덕이고 있고.

'아, 이러면 안 되는데.'

"의(義)를 지키고자 하는 장군의 심중을 소생이 짐작하지 못하는 것은 아니나 지금 아군의 전력은 굉장한 열세에 놓여 있습니다. 유벽을 구원하기에 충분할 만큼의 군을 편성할 수가 없어요."

"우리의 임지 역시 마찬가지외다. 간신히 성을 지킬 수만 있을 뿐, 나아가는 건 꿈도 꾸지 못하오. 병력을 빼는 건 더더욱 그렇지. 아마 산양도 마찬가지일 것 같소만?"

"고 장군의 말씀이 옳습니다. 천 명 정도까진 어찌어찌 빼낼 수 있으나 그게 한계이지요. 천 명으로 어찌 손책이 이끄는 원술의 대군을 격퇴시킬 수 있겠습니까."

"원술의 대군이 몇 명인데?"

가만히 듣고만 있던 형님이 흥미가 생긴다는 듯 반문한다.

"여강을 공격하던 병력이 약 오만입니다. 여강을 안정시켜야 하니 최소 사만은 되겠지요. 원술의 추가적인 지원이 있으면 오만, 어쩌면 그 이상이 될 수도 있습니다."

"흐음, 그래?"

잠깐만. 이거 방법이 생기는 것 같은데?

"제갈 선생. 그럼 그 천 명만 주시죠."

"예?"

"천 명만 빼서 지원군으로 파견하자고요. 제가 직접 움직이겠습니다. 그러면 여남군도 우리의 진심을 충분히 이해해 줄 겁니다."

"진심을 이해한들 유벽을 구하지 못하면 무소용이질 않습니까."

"구하도록 해야죠. 저 혼자 병력 일천을 이끌고 간다면 어렵겠지만, 형님이 함께 가시면 다를 겁니다. 그렇죠?"

"내가 가면 확실히 다르지."

형님이 씩 웃으며 고개를 끄덕인다.

제갈근이 나와 형님을 번갈아 쳐다보기 시작했다. 무표정하던 그 얼굴의 미간이 좁혀지고 있다. 장료와 고순 역시 또 시작이라는 듯 고개를 절레절레 젓고 있었다.

"문숙. 네가 파악한 숫자는 어느 정도지?"

"최소 오만, 최대 칠만입니다, 형님."

무릉도원에선 오만이라고 했지만, 형님을 꼬시려면 상대가 강하다는 걸 어필해야 한다.

"오만 명?"

"무려 오십 배, 어쩌면 칠십 배가 될 수도 있습니다, 형님."

"나쁘지 않지. 내가 원하던 싸움이야."

좀 전의, 싫은 걸 억지로 참으며 앉아 있던 것과는 비교도 되지 않을 정도로 만족스러운 미소가 형님의 입가에 피어오른다.

'흐흐. 먹힌다.'

근데 형님, 미안해요. 사실 세양의 성에 주둔하고 있는 병력도 꽤 돼서 오십 대 일은 절대 안 되거든요.

"주공. 절대 안 됩니다. 이번 일은 동민에서 매복해 있던 조조군을 끌어내던 것과는 완전히 다릅니다."

"고순. 내가 원술 그놈에게 질 것 같나?"

"물론 원술이 주공보다 나을 게 없지요. 하지만 주공과 원술이 일대일로 싸우는 게 아니잖습니까. 주공께선 원술의 장수와 그들이 이끄는 수만의 대군과 싸우셔야 합니다. 그것도 고작 천 명밖에 안 되는 병력으로 말입니다. 절대 불가합니다."

"소생 역시 같은 생각입니다."

고순에 이어 제갈근이 말했다.

형님이 고개를 절레절레 젓고 있었다.

"싸움은 숫자로 하는 게 아니다."

"아니, 그건……."

언젠가 진궁이 했던 얘기인데 형님이 이걸 이렇게 써먹네?

"고순 너는 삼천지적이다. 장료 너는…… 그래. 너도 삼천지적이고."

"예? 그게 무슨 말씀이십니까?"

"너희들은 혼자서 삼천 명까지는 상대할 수 있다고. 그러면 난 몇 명까지 상대할 수 있을까?"

"아무리 주공이시라고 해도 이건 말도 안 됩니다. 만 명도 불가합니다."

"너도 그렇게 생각해?"

장료가 고순을, 형님을 번갈아 쳐다본다. 강직하기 그지없는 고순은 이번에도 대쪽 같은 얼굴로 굴하지 않겠다는 듯 형님을 응시하고 있지만…….

"소장이 보기에 만 명은 좀 심하고 이만 명까진 얼추 가능할 것 같습니다."

"그래? 그러면 이쯤에서 내가 삼만지적이 되어봐야겠군."

"예?"

"나 여포가 삼만 명을 상대하고, 우리 위속이 만 명을 상대하는 거야. 그러면 만 명에서 삼만 정도가 남는 거니까, 나머지 애들이 최대 서른 명까지만 상대하면 되는 거잖아?"

형님이 씩 웃는다.

"항우도 고작 삼만 명밖에 안 되는 병력으로 육십만이나 되는 고조를 공격해 완벽한 대승을 거뒀다. 근데 나한테는 우리 똑똑한 문숙도 있으니까 항우보다 낫지. 안 그러냐?"

"하, 하하…… 그렇지요."

이곳에 있는 이라면 누구 할 것 없이 전부 다 나보다 잘났는데 이렇게 대답하려니 낯이 다 뜨거워진다.

하지만 어쩌겠어. 이렇게라도 해야 형님이 같이 나서줄 텐데.

📱

절망적이기 그지없는 순간이다. 세양이라는 이름의, 사기충천한 병사들과 적들의 침공에 분노한 백성을 보유하고 있지만 작고 연약한 그 성의 성벽에서 유벽은 이를 악물었다.

그런 유벽의 시야에 들어와 있는 건 대지를 가득 메우다시 피 한 원술과 손책이 이끄는 대군의 영채이며 병사들이다. 그 들이 화살을 쏴 날리고, 기다란 사다리를 끌고 와서 성벽 위에 걸며 기어 올라가고 있다.

세양의 병사들이 백성들과 함께 죽을힘을 다해 그들을 막 아내고는 있지만 저런 규모의 적들을 상대로 오래 버티지는 못 할 것이다. 유벽은 그 사실을 너무도 잘 알고 있었다.

"주공. 소장이 길을 뚫겠습니다."

여남에서부터 유벽을 호위하고 온 장수, 진도가 비장하기 그지없는 목소리로 말했다. 물끄러미 그 모습을 응시하던 진 도가 피식 웃으며 고개를 저었다.

"숙지, 네 마음은 알겠다만 지금은 방어에 주력해야 할 때다."

"하지만 주공."

"뚫겠다고 뚫을 수가 있을 것 같으냐? 지금은 방어에 전념하 며 기회를 노리는 것이 옳다. 여포가, 위속이 신의를 아는 자 들이라면 우릴 도우러 올 것이니."

"그럼 소장이 직접 나가 주변의 다른 성들에 구원을 요청하 고, 병력을 모아 일전을 벌이겠습니다. 이것만이라도 허락해 주십시오."

"일전? 숙지. 자네는 우리가 저들을 상대로 야전을 벌여 이 길 수 있을 것이라 믿나?"

"다른 이도 아니고 주공께서 위험에 처해 계십니다. 필시 여 러 장군이 군을 모아 주공을 구하기 위해 올 것입니다."

"할 수만 있다면 그러지 말라 명하고 싶네. 자네도 잘 알지 않는가. 전쟁이란 잘 훈련된 군대와 장수가 있어야 할 수 있다는 걸 말이야. 우리 군에 저 손책과 비할 장수가 있다고 보나? 우리 장수들로는 병력을 몰고 와봐야 대패할 걸세. 각 성은 최소한의 방어조차도 못 하고 그대로 점령당하겠지."

"공도 장군이 계시질 않습니까."

"계책을 세워 그대로 따르는 건 할 수 있겠지. 그러나 자신의 능력으로 대국을 보고 군을 움직이는 건 못 할 위인이다. 그건 나 역시 마찬가지이고."

"하지만 주공. 이대로 여포가 구하러 오기만을 기다린다는 것은……."

"막아! 막아야 한다! 밀어붙여라!"

진도가 채 말을 끝내기도 전에 다급한 외침들이 들려오기 시작했다. 저 멀리, 성벽 한가운데에 걸려 있던 원술군의 사다리를 통해 원술군 병사들이 꾸역꾸역 밀고 올라오고 있다.

그냥 보기에도 평범한 다른 병사들보다 머리 하나는 더 큰, 거인이라 해도 과언이 아닐 자들이 자기 덩치만큼이나 커다란 방패로 주변의 여남군 병사들을 성벽에서 밀어버리며 공성을 위한 거점을 형성하고 있었다.

"크윽…… 나를 따르라! 적들을 몰아낼 것이다!"

진도가 병사들을 이끌고 움직이기 시작했다. 그 모습을 응시하며 유벽은 땅이 꺼져라 한숨을 내쉬었다.

유일한 희망이 바로 여포의 지원인데 그것도 적지 않은 시간을 버텨내야만 마주할 수 있다. 소식이 전해지기까지 아무리 짧아도 나흘, 그들이 소식을 접하고 군을 소집하며 준비하기까진 못해도 또 나흘 그리고 이곳 세양으로 오기까지 최소 보름이 걸린다.

아무리 적게 잡아도 스무날은 더 버텨야 하는데 이것도 여포군이 바로 움직여 주었을 때의 얘기다. 만약 그들이 약속을 저버린다면 방법이 없다.

이곳에서 죽거나, 항복해 목숨만은 건지는 것뿐.

"끄아아악!"

"내 죽더라도 너 하나만큼은 꼭…… 크윽!"

"으아아아아아아아!"

진도와 함께 나아갔던 병사들이 하나둘 죽어간다. 몇몇은 아예 허공을 붕 날아 성벽 너머, 안쪽으로 떨어지기까지 하고 있다.

조금 전까지만 해도 자신과 함께 서서 숨 쉬고, 대화하던 이들이다. 그런 이들이 죽어가고 있다. 그 모습을 지켜보는 유벽의 질끈 깨문 입술이 터져 선명한 핏줄기가 흘러내리고 있었다.

그리고 그때.

"지, 지원군이다! 지원군이 왔습니다, 지원군이 왔어요!"

둥둥둥둥둥-!

깨갱, 깨개갱, 깽갱-!

저 멀리에서부터 기마병단 특유의 흙먼지가 가까워지는 것을 발견한 병사의 목소리와 함께 사방에서 기쁨이 가득한 북소리와 징 소리가 울려 퍼지기 시작했다.

곧이어 희미하게나마 말발굽 소리가 들려오기 시작했을

때, 유벽은 볼 수 있었다.

여(呂).

기마병단 사이에서 휘날리는 깃발을.

📱

뿌우우우우우우-

우리의 접근을 발견한 원술군 쪽에서 뿔 나팔 소리가 울려 퍼진다. 세양을 공격 중이던 병력이 황급히 뒤로 물러나고 있고, 휴식을 위해 후방으로 물러나 있던 병력이 부랴부랴 무기를 챙기며 몰려나오고 있었다.

"와, 저게 무슨……."

'저게 오만 명이라고?'

원술이 이끄는 병력의 규모가 총 오만 명이라는 건 처음부터 알고 있었지만 이건 좀…… 많아도 너무 많잖아? 오만이 아니라 십만, 어쩌면 그 이상이라고 해도 믿을 수 있을 것 같다.

세양성 앞의 벌판을 바글바글하게 병사들이 가득 메우고 있다. 이 근처에서 도적 이만 명을 때려잡던 때보다 딱 2.5배 더 많은 건데 위압감은 그때보다 훨씬 더 심했다.

"문숙. 너도 나랑 같은 생각을 하는 모양이지?"

무릉도원에서 보았던, 저것들을 격퇴하기 위한 방법들을 떠올리며 긴장되는 걸 진정시키고자 노력하는데 형님의 목소리가 들려왔다.

적토마에 올라 방천화극을 손에 든 형님이 날 쳐다보고 있었다.

"설마, 형님도?"

"당연하지. 하지만 군주는 나다. 그놈은 내 거야."

"예?"

"손책은 내 거니까 문숙 네겐 다른 놈을 주마. 그래, 기령이면 괜찮겠지? 그래도 너니까 양보해 주는 거야."

우리 형님, 진짜 무슨 소리를 하시는 건지 모르겠다. 난 그냥 대군이 눈앞에 있어서 긴장하고 있던 건데 무슨…….

"아닙니다. 형님께 다 양보해 드릴게요. 무릇 신하란 자신이 모시는 주군의 위엄을 떨치기 위해 노력해야 할 존재이잖습니까."

"오, 괜찮은 거냐?"

"당연하죠."

형님이 씩 웃는다.

"좋아. 그래도 우리 문숙과 모처럼 전장에 나왔는데 허탕 치게 할 순 없지. 걱정 말거라. 이 형이 뭐라도 하나 챙겨주마. 가자!"

아무것도 안 챙겨주는 게 도와주는 거라고요, 형님.

"놈들을 막아라!"

"방진을 펼쳐라! 놈들의 숫자는 얼마 되지 않는다! 버티면 자연히 힘을 잃고 전멸할 것이다!"

"화살을 퍼부어라!"

사방에서 적장들의 목소리가 울려 퍼진다. 그런 목소리에 맞춰 화살이 쏟아지고, 수도 없이 많은 적병이 몰려와 창을 들이밀며 기병 방진을 펼치지만 그 결과는 다 같았다.

"으하하하하! 인중룡 여포가 여기에 있느니라! 나와 어울릴 자 아무도 없느냐!"

선두에 선 형님이 방천화극을 휘두르고, 적토마가 히히힝-거리며 적병의 사이를 휘저으면 그걸로 끝이다. 방진에 틈이 생겨나고, 그 틈을 놓치지 않는 위월의 지휘에 전마에 탄 보병들이 파고들어 창칼을 휘두른다.

압도적인 돌파력을 지닌 형님의 위용에 전의를 잃은 원술군 병사들을 위월과 그 천인대가 강타하며 전과를 올리는 식이다.

우리는 그렇게 불의의 일격을 당한 원술군의 중심부, 원(袁)의 깃발이 휘날리는 대본영을 향해 차곡차곡 돌진해 들어가고 있었다.

그러길 잠시.

"이놈, 여포야! 게 서지 못할까!"

우리의 앞에 웬 장군 하나가 병사들을 이끌고 나타났다.

"오, 네가 기령이냐?"

"그렇다! 내가 바로 양주 자사 원공로의 상장 기령이⋯⋯ 크헉!"

놈이 채 말을 끝내기도 전에 형님이 달려들었다. 놈이 화들짝 놀라며 제 창을 들어 올리지만, 형님은 이미 놈의 바로 앞에 도착해 있었다.

카앙-!

묵직하기 그지없는 방천화극의 창끝이 기령을 향해 쇄도한다.

그 창끝이 간신히 들어 올린 기령의 창대에 막히고도 한참을 더 파고들어 놈의 어깨를 찌르고 있었다.

"크으윽!"

기령의 얼굴이 벌겋게 달아오른다.

"자, 장군! 기령 장군을 보호하라!"

"돌격하라! 적장을 쫓아내야 한다!"

그와 동시에 저 뒤에서 기겁한 원술군 장수들이 소리치며 앞으로 나오기 시작했지만 글쎄, 구할 수가 있을까?

"더 강해져서 돌아와라, 기령. 그때 내 동생이 널 쓰러뜨릴 거다."

뭐라는 거야! 형님, 내가 왜 걜 잡아요?

"그냥 형님이 잡아요!"

"오너라, 원술의 졸개들아! 이 몸이 얼마든지 상대해 주마!"

내 목소리가 안 들린 모양이다.

형님이 패기 넘치는 목소리로 소리치며 기령의 어깨에서 방천화극을 뽑아내더니 그대로 놈을 버려두고서 적들을 향해 질주하기 시작했다.

그런 와중에서 싸움에 휘말리지 않은 소수의 원술군 병사들이 기령을 데리고 후방으로 빠져나가고 있다.

그리고 기령이 허망하게 당해 버린 일로 사기가 뚝 떨어진 원술군 병사들에게 사형 선고가 내려지고 있었다.

"돌격하라! 모조리 쓸어버려라!"

위월이 있는 힘껏 소리치며 병사들을 이끌고 형님의 뒤를 따라 문이 활짝 열려 있는 원술군의 대본영을 향해 질주하기 시작했다. 나와 후성 그리고 이곳에서의 전투를 위해 사마랑과 진류 태수의 바통을 교체하고 따라온 진궁 역시 마찬가지.

근데 이거, 어째 전투가 전투 같지가 않다. 천 명으로 오만 명이나 되는 적들을 상대해야 할 판이어서 엄청 긴장하고 있었는데 완전…….

"확실히 천하제일인은 천하제일인이시오."

함께 달리던 진궁이 말했다. 나와 후성은 그 말에 고개를 끄덕일 수밖에 없었다.

실제로 여기까지 오는데 우린 아무것도 안 하고, 그냥 앞에서 길을 뚫어놓은 것만 따라 움직이는 중이었으니까.

게다가.

"야, 원술! 군주라는 놈이 어딜 도망치는 것이냐! 일군의 군주끼리 당당하게 자웅을 겨루어보지 않겠느냐!"

선두에선 원술을 발견한 모양이다. 그 원술이 도망치고 있기까지 한 모양.

"위속 장군. 주공을 말려주시오. 여기에서 계속해서 원공로를 추격했다간 지금의 기세를 잃고 큰 피해를 입게 될 거요."

내가 감탄하고 있는데 진궁이 심각하기 그지없는 얼굴로 말했다.

"이대로 승세를 몰아 공격하면 되지 않겠습니까? 선생도 보시다시피 원술군의 사기가 땅에 떨어져서 도망치고 난리도 아니잖습니까."

처음 우리가 도착했을 때까지만 해도 지치긴 했지만, 전의를 드러내 보이던 놈들이 대부분 도망치기 바쁘다. 제대로 진형을 갖추고 무기를 든 놈들은 적어도 이 주변에선 보이질 않는 중이었다.

"지금 우리가 격파한 것은 어디까지나 원공로 본인이 이끄는 군일 뿐이외다. 손백부와 주공근이 이끄는 나머지 절반의 병력은 지금쯤 전열을 가다듬으며 원공로를 구하고 우릴 공격하기 위해 움직이고 있을 것이오. 요행히 지치고 전열도 흐트러진 원공로의 본대를 공격해 무너뜨리는 전과를 세우긴 했지만, 고작 천 명으로 이만한 규모의 군을 패주시키는 건 무리요. 이쯤에서 만족하며 물러나야 하외다."

"알겠습니다."

난 솔직히 잘 모르겠다. 하지만 진궁이 이렇게 말한다는 건 확실히 그렇다는 의미이겠지.

근데 만약 형님이 못 물러나겠다고 하면 어떻게 하지? 그 양반 성격상 한번 기세가 오르고 나면 꺾고 물러나기가 쉽지가 않을 텐데.

난 그렇게 생각하며 정신없이 말을 달려 선두에서 질주하고 있을 형님을 향해 움직였다.

"주공을 지켜야 한다! 여포를 막아라!"

"무슨 수를 써서라도 막아야 한다! 목숨을 바쳐서라도!"

"여포의 목을 베는 자에게 천금과 비단 백 필을 하사할 것이다! 여포를 베어라!"

형님은 원술을 지키고자 불나방처럼 달려드는 병사들을 하나하나 베어 넘기고 있다. 원술이 죽을 위기에 처해서인지 정말 원술군 병사들은 자기들이 죽을 걸 알면서도 죽음으로 형님의 앞길을 막고 있었다.

"형님! 형님!"

"어, 문숙!"

"이쯤에서 물러나야 합니다!"

"그래?"

형님이 반문하며 쉴 새 없이 몰려드는 원술군 병사들을 향해 방천화극을 크게 휘두르더니 내 쪽으로 말을 돌려 달려왔다. 그런 형님의 얼굴에 그럴 줄 알았다는 표정이 떠올라 있었다.

"애들 움직이는 게 좀 달라지기는 하는 것 같더라. 진궁이 확실히 군사는 군사야? 후방에서 따라다니는 것만으로도 상황을 정확하게 판단하는 걸 보면."

"어라. 이렇게 물러나도 괜찮아요?"

"아깐 말랑했는데 애들이 점점 단단해지는 중이었거든. 이럴 때 계속 무리하게 공격했다간 역으로 우리가 당해. 그러니 물러나야지."

"말랑? 단단? 방어가 말랑했다가 단단해진다는 겁니까?"

"뭐 그런 거지. 자, 가자!"

형님이 말 머리를 돌려 굳게 닫혀 있던 세양성의 성문을 향해 질주하기 시작했다.

"와아아아아아!"

천지를 가득 메울 것 같은 환호성이 온 사방에서 터져 나온다. 성벽 위의 병사들은 물론이고 원술의 침략에 성안으로 피신해 있던 백성들 역시 마찬가지.

그런 와중에서 형님은 뿌듯하기 그지없는 얼굴로 보무도 당당하게 선두에서 방천화극을 들어 보이며 그 환호성에 답하고 있었다.

그리고 그렇게 한 5분이나 지났을까?

"참으로 감사드리오, 여 사군!"

커다란 목소리가 들려왔다. 성벽 위쪽에서 초췌한 몰골의, 내게는 몹시 익숙한 인상의 중년인이 계단을 달려 내려오고 있었다.

"유벽 장군이십니다, 형님."

"오, 그래?"

형님이 우리와 함께 말에서 내려 유벽을 향해 성큼성큼 걸어갔다. 유벽은 정말 감격해서 당장에라도 눈물을 터뜨릴 것 같은 얼굴로 그런 형님을 마주하더니 덥석 그 손을 붙잡고 있었다.

"이리 오실 줄 알았습니다! 내 여 사군을 마음속 깊숙한 곳에서부터 흠모하고 존경해 온 지 오래인데 이리 만나 뵙게 되니 참으로 반갑습니다. 참으로 영광이며 참으로 감사할 따름입니다!"

"감사의 인사는 여기, 내 동생에게 하시오. 이 녀석이 귀하에게 변고가 닥칠 것을 알아차렸고 날 설득해 군을 이끌고 오게 하였으니까."

형님이 날 손으로 가리키며 말하자 유벽이 한 걸음 뒤로 물러나더니 자세를 바로 하며 날 향해 포권했다.

"위 장군. 남예주의 우리 여남군 전체와 백성들을 대표해 감사드리오."

"아닙니다. 애초에 이렇게 보호해 드리기로 약조하며 식량을 받질 않았습니까. 당연히 해드려야 하는 것을 하기 위해 왔을 뿐입니다."

"아니요, 아니요. 위 장군과 여 사군이 이렇듯 적들이 공격해 오기가 무섭게 우릴 돕기 위해 나타나지 않았더라면 며칠 지나지 않아 성이 떨어졌을 것이니 어찌 감사드리지 않을 수가 있겠소이까. 자, 먼 길을 온 데다 격전까지 치러 몹시 피곤하실 테니 일단 들어가십시다."

유벽은 그렇게 말하며 우리를 세양성의 장군부 내당으로 안내했다. 우리로 치면 태수가 자신의 집처럼 사용할 관저로 안내한 것이었다.

"헌데 어찌 이렇게 빠르게 오실 수 있었던 것이오?"

함께 모여 앉기가 무섭게 유벽이 궁금하다는 듯 날 쳐다보며 말했다.

"손견이 세양을 공격하기 시작한 지 이제 사흘, 원술의 본대가 도착한 지 하루밖에 지나질 않아 아직 연주는 고사하고 여남이

나 진국에도 소식이 전해지지 않았을 시점인데 말이오. 아, 오해는 하지 마시오. 무슨 추궁이라도 하려는 것처럼 이야기하는 건 아니니까. 그저 놀랍기가 그지없어 묻는 것일 뿐이외다."

"아, 그러니까 그게……."

"이쯤이면 장군께도 밝혀야 할 것 같군요. 사실 손씨 가문의 모인에게 소식을 전해 듣고서 부랴부랴 달려온 것입니다."

"소, 손씨라니?"

'뭐야, 이 양반 갑자기 왜 이래?'

내가 이곳으로 오며 생각해 두었던 핑곗거리를 말하려는데 갑자기 진궁이 툭 치고 나온다.

그것도 손씨 가문이면…… 손책네잖아?

그 말을 들은 유벽의 눈이 동그랗게 커져 있다. 놀라움은 황당함이 되고, 그것은 나아가 의심과 경계로 변해가고 있었다.

"그들이 미리…… 소식을 전했단 말이오?"

유벽의 반문에 진궁이 고개를 끄덕인다.

형님이 무표정한 얼굴로, 그러나 내게는 티가 다 나는 그 표정으로 날 쳐다본다.

형님도 황당해하고 있다. 만약 위월과 후성이 이곳에 함께 와 있었더라면 진궁이 거짓말을 하고 있다는 게 단박에 드러났을 터.

'갑자기 왜 저러는 거야?'

그렇게 말하는 형님의 눈빛을 무시하며 난 진궁 쪽으로 시선을 옮겼다.

'뭔가 생각이 있는 거겠지.'

"장군께서도 오늘 우리가 어떤 자들을 공격했는지 아실 겝니다. 손책은 일절 건드리지 않았습니다. 오직 원술만을 노리고 그의 대본영을 향해 치고 들어갔지요. 우리가 왜 그랬겠습니까?"

"설마."

유벽의 눈이 다시 또 동그랗게 커진다. 그런 유벽이 경악하며 날, 진궁을, 형님을 번갈아 쳐다보고 있었다.

"생각하시는 그것이 맞습니다. 손책은 독립을 원합니다. 그 아비, 손견이 원술에게 옥새를 가져다 바쳤음에도 제대로 보상조차 받지 못한 채 형주를 공격하다 죽었지요. 그 원한을 과연 손책이 잊었겠습니까?"

"그렇다면…… 손책은 원술을 무너뜨리길 원한다는 게 맞는 것이오?"

유벽의 목소리가 파르르 떨린다.

진궁은 아무런 말도 하지 않은 채, 그저 부드럽게 입가에 미소만 지어 보일 뿐이었다.

'와, 저 양반 도대체 무슨 짓을 꾸미는 거지?'

"아까 그건 뭐였습니까?"

자리가 파하고, 휴식을 취하기 위해 내당에 있는 거처를 하나씩 차지하러 가며 난 진궁에게 달려가 반문했다.

진궁이 아까 유벽의 앞에서 보였던 것과 같은 미소를 짓고 있었다.

"겉으론 손책과 원술의 사이가 참으로 끈끈하다 하나 손책은 원한을 가슴에 품고 있고, 원술은 의심을 품고 있소. 나는 그들의 사이가 벌어지게 할 작정이외다."

"가능하겠습니까?"

"여남군에 손가의 간자가 섞여 있다 하질 않았소이까. 유벽이 그 이야기를 들었다면 그 수하들 역시 알게 될 터. 시간을 두면 자연스레 손책과 원술의 귀에도 들어가게 될 것이오. 뭐, 아니어도 크게 지장은 없지. 어차피 원술은 우리가 이리도 빠르게 세양에 도착한 것을 두고 의아하게 생각할 테니 말이외다."

"그러다 보면 왜 하필 우리가 손책은 가만 놔두고 자기한테만 따라붙어 탈탈 털었는지 역시 의아하게 생각하겠군요?"

진궁이 씩 웃는다.

"탈탈 턴다라……. 재미있는 표현이외다."

"거기에 제가 MSG를…… 아니지, 양념을 하나만 더 끼얹어도 되겠습니까?"

"양념이라니?"

"둘의 사이가 결정적으로 벌어지도록 할, 모처럼 좋은 수가 하나 떠올랐습니다."

"호오……. 참으로 기대되는구려."

무릉도원에서 보았던 것들과는 전혀 관계없는, 진짜 내 능력만으로 만들어낸 계책이다.

'이건 먹힐 거다. 확실히. 흐흐.'

처소에 들어가 곱고 보드라운 비단에 정성 들여 편지를 써서 가지고 나오는데 진궁과 시선이 마주쳤다. 진궁이 죽간에 쓴 붓글씨를 말리기 위해 후- 후- 입으로 바람을 불어가며 나오고 있었다.

"한번 봐도 되겠소이까?"

편지를 내려놓으며 진궁이 말했다. 내가 고개를 끄덕이며 편지를 내밀었다.

그리고 진궁이 그것을 받아들었을 때, 그의 미간이 좁혀졌다. 진궁이 비단에 쓰인 내 편지를, 내 얼굴을 번갈아 쳐다보고 있었다.

"위 장군. 대진국의 말을 할 줄 아는 것이오?"

"예? 대진국이라뇨?"

"여기, 이 문자가 그 대진국에서 사용하는 것들이질 않소이까."

진궁이 비단에 쓰인 내 편지를 손으로 가리킨다.

내가 쓴 건 알파벳으로 된 내용인데. 진궁이 이걸 어떻게 알지?

"설마 내용도 이해하시는 겁니까?"

"그럴 리가. 그냥 이게 어떤 나라에서 사용하는 문자인지만 알고 있을 뿐이외다. 전 전대…… 가 아니로군. 그보다 한 대 더 전의 천자께서 계실 때에 대진국 왕 안돈이 사신을 보내 공물을 바친 적이 있었잖소이까."

"그런 일이 있었습니까?"

전혀 모를 일이다.

지금의 황제가 나중에 헌제라 불리는 것만 간신히 아는데 전전 전대의 황제 때 무슨 일이 있었는지, 대진국이라는 듣도 보도 못한 나라하고 뭘 했는지 내가 어떻게 아나.

"정말 보면 볼수록 모를 위인이외다. 대진국의 사신이 온 것은 모르면서 대진국의 언어는 구사할 줄 알고 있다니."

"하, 하하. 그렇습니까?"

"원술은 물론이고 그 휘하의 책사들 역시 이것이 대진국의 글자라는 것 정돈 알아볼 것이오. 그러고 보니…… 이것이었군?"

진궁이 씩 웃으며 날 쳐다본다. 내가 함께 웃으며 고개를 끄덕였다.

"신뢰가 굳건할 땐 무용하겠으나 지금처럼 균열이 생겨나고 나면 모든 것들이 의심스럽게 보이게 마련이겠지. 참으로 좋은 계책이오. 천하에 이민족의 언어를 구사하는 자는 부지기수이겠으나 장군 이외에 이런 계책을 생각해 낼 자는 존재치 않을 것이외다."

"과찬이십니다. 그저 상황을 조금이라도 우리 쪽으로 유리하게 만들기 위해 머리를 쥐어짜다 우연히 만들어낸 계책일 뿐입니다."

겸손 아닌 겸손을 떨어가며 말하는데 척 보기에도 문사라는 것을 알게 할, 빼빼 말라 유약해 보이기까지 하는 인상의 청년이 다가오며 우릴 향해 읍했다.

"안녕하십니까. 소생 평안 장군의 명을 받들어 두 분 선생의 서신을 전달할 조루라 합니다."

내가 지금 잘못 들었나?

"이름이 조루라고?"

"예. 예주 여남군 사람, 조루 백형이라 합니다. 두 분 선생의 높으신 위명을 듣고 오래전부터 존경해 왔습니다."

"아, 그렇구나……."

'착한 생각이다. 착한 생각을 해야 한다.'

다른 건 아무것도 없이 이름만 듣고, 얼굴만 봤는데도 묘하게 웃음이 나오려고 한다.

나는 그걸 억지로 꾹 참아가며 진궁에게 건넸던 비단을 곱게 접어 조루에게 넘겨줬다.

"그 원술을 만나서 어떻게 해야 할지는 설명을 들었겠지?"

"물론입니다."

"이것이 우리 주공께서 원공로에게 보내는 전언일세. 원공로를 만나거든 그를 자극하지 말게. 원래부터 세간의 이목에 신경 쓰는 자라 사신을 죽이는 등의 행위를 하지는 않을 것이네만 굳이 불필요하게 도발해야 할 필요는 없어. 살아서 무사히 돌아오는 게 중요하다는 것을 명심하게나."

"선생의 말씀, 명심하고 또 명심하겠습니다. 잠시 뒤에 뵙겠습니다."

진궁의 죽간을 받아 든 채, 우리를 향해 또다시 읍하며 조루는 내당을 빠져나갔다.

왜소한 체격 때문인지 등이 참 초라해 보인다. 괜히 떡이라도 하나 더 챙겨주고 싶어지는 느낌이랄까?

"무사히 돌아오겠죠?"

"그래야 할 텐데……. 걱정스러운 게 사실이오. 어차피 오늘

은 우리가 더 할 일이 없으니 이만 들어갑시다. 절박한 상황일
수록 조급해하지 말고 모든 것을 차분히 살펴가며 움직여야
하니 말이외다."

"예."

"아, 그리고 말이오."

"예?"

"그 서신 말이오. 대진국의 문자로 뭐라 써두었던 것이외까?"

"아, 그거요?"

show me the money랑 power overwhelming인데……
이걸 설명할 방법이 없다. 적당히 둘러대는 수밖에.

"그냥 요구 사항을 좀 적어보았습니다. 형님은 천하제일의
명장이니 순순히 모든 병장기와 군량 따위를 버리고 도망가는
게 좋을 것이라고요."

"그랬군. 우리의 생각대로 일이 진행되길 바라봅시다."

진궁이 그렇게 말하며 자신의 숙소로 향했다.

나 역시 마찬가지. 이제부터는 무릉도원에서 봤던 글들을
떠올리며 손책과 원술을 격파할 방법을 연구해야 한다.

📱

"소장의 무능함이 이런 망극한 상황을 불러왔습니다. 엄히
벌하여주십시오!"

"저희들을 엄히 벌하여주십시오, 주공!"

아버지 손견의 대에서부터 자신의 가문을 따른 정보와 황개, 한당 세 장수를 이끌고 밧줄로 자신의 몸을 묶은 채 원술의 대본영을 찾아간 손책이 무릎을 꿇으며 외쳤다.

그런 손책과 장수들의 앞에서 원술은 상석에 앉아 향을 피워놓고 차를 마시며 무표정한 얼굴로 그 모습을 지켜보고 있었다.

"소장이 조금만 더 기민하게 반응하여 여포의 앞을 막았더라면 지금쯤 주공께선 세양을 점거하고, 유벽을 꿇어앉히셨을 것입니다. 하나 소장이 불민하여 대사를 그르쳤으니 이 어찌 대죄가 아닐 수 있겠습니까!"

쩌렁쩌렁한, 그러나 듣는 것만으로도 애가 닳을 구슬픈 목소리로 외치며 손책이 이마를 바닥에 찧었다.

쾅- 하고 울려 퍼지는 소리에 원술이 한숨을 내쉬며 고개를 젓고 있었다.

"백부야, 백부야. 이 어찌 네 죄란 말이냐. 고개를 들어라."

"소장 주공께서 벌을 내려주시기 전엔 절대 움직이지 않겠습니다."

"허어……. 예로부터 군주란 모든 것을 책임지는 자리였다. 네게 허물이 있는 것 같지도 않지만, 설령 있다 한들 그 역시 내가 책임져야 할 부분이다. 정히 죄를 청하고 싶다면 고개를 들고 군을 추슬러 세양을 점령하고 여포의 목을 베어 가지고 오거라. 그것이 네가 속죄할 유일한 길이다."

"주공의 하해와도 같은 은혜는 이 손책의 백골이 진토가 되어도 갚을 길이 없나이다!"

손책이 다시 또 쾅- 소리가 날 정도로 땅에 머리를 찧자 원술이 자리에서 일어나더니 직접 손책에게 다가갔다. 그런 원술이 손책의 어깨를 부여잡고서 몸을 일으키고 있었다.

"네 아비가 날 따르다 비명에 갔다. 그런 충신의 자제가 자진해 몸을 상하게 하는 걸 보고 싶지 않으니 그만하거라. 내가 괜찮다 하지 않았느냐."

"주공……."

손책이 감격스럽다는 듯 자세를 바로 하며 원술을 향해 다시 또 무릎을 꿇고 포권하며 고개를 숙였다. 원술이 됐다는 듯 손책의 어깨를 두드려 주고 있었다.

그러던 때.

"주공. 여포의 사신이 찾아왔습니다."

장수 하나가 달려 들어오더니 원술의 앞에서 포권하며 말했다.

"사신? 여포가 보냈다고?"

"어찌하시겠습니까? 주공."

"들라 하라. 무슨 소리를 하는지 정도는 들어봐야겠지. 손책은 품행을 단정히 하라."

좌중을 정돈하며 원술이 상석으로 가 앉자 가녀린 체형의 문관 하나가 성큼성큼 걸어 들어왔다. 그의 손에 죽간 하나가 들려 있었다.

"소생 평안 장군 유벽의 수하, 장사 조루라 합니다. 여 사군의 서신을 전하고자 찾아왔으니 장군께선 살펴주십시오."

그러면서 허리를 굽히고 서신을 내미니 바로 옆에 시립하고 있던 염상이 그것을 받아 원술에게 건넸다.

"유벽은 백성을 덕으로 다스리고 난 힘으로 다스리니 삼가며 물러나 배우고 익힘을 더하는 게 낫다……. 우습군."

가만히 죽간을 읽던 원술이 그것을 휙 집어 던졌다. 염상이 그것을 주워 읽고선 인상을 찌푸리고 있었다.

"여포가 참으로 오만방자하기 이를 데가 없구나. 주공, 저자의 머리를 밀고 수염을 베어 여포의 죄를 벌하십시오."

"저자는 여포의 수하도 아니고, 유벽의 서신도 아닌데 어찌 사신을 벌한단 말이냐. 되었다. 네가 전하려는 것은 이것이 전부더냐?"

"감사합니다, 장군. 하나 전할 말씀이 하나가 더 있습니다."

"얘기해 보아라."

"여 사군께서 부디 최상의 전력으로 온 힘을 다해 부딪쳐 오라 당부하셨습니다."

조루의 그 목소리에 원술이 어이가 없다는 듯 피식 웃었다.

"오만하군. 내 그자의 목을 베어 천하를 구경시켜 줄 것이니 느긋하게 주유할 그 날을 기다리라 전하라."

"그리 전하겠습니다. 허면 소생 이만 물러나지요."

원술을 향해 읍하며 조루가 뒤로 돌아서며 물러나기 시작했다. 그러던 찰나.

"어이쿠!"

기다랗게 늘어뜨렸던 자신의 옷자락을 밟은 조루가 정확히 손책이 있는 쪽으로 넘어졌다. 그런 조루의 손이 무표정한 얼굴로 서 있는 손책의 가슴팍과 왼쪽 팔을 붙잡았다.

"죄, 죄송합니다."

"……되었으니 물러가라."

싸늘하기 그지없는 그 목소리에 조루가 자세를 바로 하며 다시 한번 손책에게 포권해 사죄하고는 종종걸음으로 원술의 막사를 나섰다.

손책은 어이가 없다는 듯 조루의 그 뒷모습을 쳐다보고 있었다. 그랬는데.

"장군. 갑옷 사이의 그 비단은 무엇이오?"

"예? 비단이라니요?"

"그것 말이외다, 그것."

바로 맞은편에 서 있던 원술의 또 다른 장수, 뇌박이 손가락으로 손책의 가슴팍을 가리키며 다가왔다.

그게 무슨 말인지 손책이 채 이해하기도 전에 뇌박은 손을 뻗어 손책의 흉갑과 옷 사이에 잘 보이지도 않게 끼워져 있는 비단 천을 끄집어내며 펼치고 있었다.

"허, 주공. 이것 좀 보십시오."

인상을 잔뜩 찌푸리며 손책을, 비단을 번갈아 쳐다보던 뇌박이 다급히 원술에게 달려가 그것을 내밀었다. 그것을 받아 들고 안에 적혀 있던 내용을 살펴본 원술의 눈매가 가늘어지고 있었다.

"이것은 대진국의 문자가 아닌가."

"그렇습니다, 주공. 백부, 그대는 이것이 무엇인지 아시오?"

"나, 나는 모르는 일이외다. 장군도 보질 않으셨소이까. 조금 전의 그자가 넘어지며 날 붙잡았던 것 이외엔 아무런 일도 없었소이다."

"그들과 아무런 관계도 없는데 어찌 사신이 그대의 품속에 이런 것을 남겨놓고 갔단 말이오?"

뇌박이 인상을 찌푸리며 반문하자 손책의 낯빛이 조금씩 창백하게 질려갔다. 그런 손책을 쳐다보는 원술의 표정이 점점 더 싸늘하게 변해가고 있었다.

"지금 당장 가서 사신을 붙잡아라."

"예, 주공!"

"주공! 이는 모함입니다! 소장 결단코 여포와는 아무런 관계도 없습니다. 소장은 오직 주공께만 충성한다는 것을 아시질 않습니까!"

원술의 명령을 받은 병사가 군막을 나서기가 무섭게 손책이 무릎을 꿇고 포권하며 다급한 목소리로 외쳤다. 하지만 그런 손책의 모습을 응시하는 원술의 얼굴은 무표정하기 그지없었다.

"손씨 가문의 충정을 내 잊은 바 아니니 백부는 걱정하지 말라. 그저 나타난 사실을 명확히 드러내 시시비비를 가리고자 함일 뿐이다."

"그러시다면…… 소장 다시금 결박되어 진실이 밝혀지기를 기다리겠나이다!"

"그대가 그럴 필요는 없다. 염상."

"예, 주공."

"이것을 불태워라. 어차피 대진국의 문자를 읽을 줄 아는 자가 있을 리 만무하니 이것을 해석하고자 노력한들 얻을 수 있는 게 없다. 깔끔하게 불태워 내가 백부를 신뢰한다는 것을 만천하에 드러내고 사신을 심문토록 하라."

"예, 주공."

"주공! 사신이 이미 말을 타고 달려 영채를 빠져나갔다 합니다!"

염상이 읍하기가 무섭게 달려 나갔던 장수가 돌아와 말했다.

"애초부터 의도했다는 것이로군. 참으로 불쾌한 자가 아닌가……."

원술이 인상을 찌푸리며 조루가 서 있던 곳을 잠시 노려보더니 말을 이었다.

"오늘의 자리는 이만 파할 것이니 다들 물러가 휴식을 취하며 군을 수급하고 내일의 공격을 준비하라."

"예, 주공!"

📱

원술의 대본영과는 정반대에 있는, 세양성 동쪽에 자리한 손책의 영채. 그곳에서 손책은 인상을 찌푸린 채 군막에 처박혀 장막 너머에 있을 세양성을 노려보고 있었다.

그러던 때.

"백부. 그것이 사실인가?"

장막이 걷히며 얼굴이 하얗고 선이 몹시 고운 장수 하나가 달려와 말했다. 손책이 고개를 끄덕이고 있었다.

"공근 자네가 들은 그대로일세."

"허어……. 자네는 어찌 사신이 가슴팍에 비단을 찔러 넣는데도 알아차리지 못했단 말인가."

"미안하네. 그자가 넘어지며 내 몸을 붙잡는 통에 전혀 느끼질 못했어. 그래도 주공께서 대범하게 불문에 부쳐 넘어가고자 하니 너무 심려치 말게."

"불문? 그 원공로가 이런 사안을 불문에 부치고 넘어갈 것이라 보는가?"

"그게 무슨 소린가? 주공께선 염 주부에게 비단을 불태우라 하였네. 그게 불문에 부친다는 소리가 아니면 무엇이겠나."

손책의 그 목소리에 공근이라 불린 장수, 주유가 한숨을 푹 내쉬더니 고개를 절레절레 저으며 말했다.

"원공로는 본래가 음흉하고 의심이 많은 자일세. 염상은 그런 원공로를 오랫동안 곁에서 수행해 온 측근 중의 측근이고. 그 자리에서 바로 불태웠다면 또 모를까, 굳이 비단을 염상에게 건네며 불태우라 한 것은 그 대진국의 문자를 읽을 줄 아는 자를 찾아내 내용을 확인하라는 의미나 마찬가지란 말일세."

"주공께서 설마하니 그렇게까지 하시겠는가? 누가 보아도 상황은 명확하잖나. 열세에 놓인 적들이 상황을 타개하고자 나와 주공을 이간질하려는 것 말일세."

"자네는 정말로 그리 생각하는가?"

손책이 고개를 끄덕이자 주유가 또다시 한숨을 내쉬며 말을 이었다.

"이번 일 하나만 있었더라면 나도 걱정하지 않았을 걸세. 하지만 여포군이 나타나며 하필이면 우리는 털끝만치도 건드리지 않고 원공로의 대본영 하나만을 노리며 돌진했네. 불시에 기습을 당한 원공로는 자신의 거처조차 버리며 정신없이 도망치는 수모를 겪어야 했고, 기령은 여포에게 죽다 살아났어. 어디 이뿐인 줄 아는가? 지금 세양성 내에서 소문이 돌고 있어."

"소문이라니?"

"자네가 여포와 내통하고 있다는 것. 상식적으로 여포군의 지원이 빨라도 너무 빨리 왔잖은가. 그 이유가 우리에게서 사전에 계획을 미리 전달받았기 때문이라는군. 자네가 여포의 손을 빌려 원공로를 제거하고자 했으나 실패했다는 소문도 함께일세."

"그 무슨……."

황당하다. 황당해서 말이 나오질 않는다.

손책은 어이가 없다는 얼굴로 헛웃음을 토해내며 주유를 쳐다봤다.

"이 모든 우연이 더해져 원공로의 의심증을 자극하고 있네. 사신이 자네에게 비단을 전하려던 일이 없었다면 그나마 좀 나았겠으나 그게 결정타가 되었어. 이제 우리의 목숨은 백척간두 위에 놓인 것이나 마찬가지란 말일세."

답답하다는 듯 인상을 찌푸리며 열변을 토해내던 주유가 앉아 있던 자리에서 벌떡 일어나 심호흡을 하기 시작했다. 그런 주유의 얼굴이 벌겋게 달아올라 있었다.

"그럼 이제 어떻게 해야 한단 말인가?"

"어쩌긴? 무리해서라도 원공로에게 자네의 충성심을 증명해야지. 성과와 함께 말일세."

"와아아아아아아-!"

사방에서 적들이 내지르는 함성이 들려온다.

그런 와중에서 적들이 쉴 새 없이 활을 쏴대고, 성벽 위로 사다리를 걸어 밀고 올라오는 중이었다.

"위속 장군. 장군이 보기엔 적들의 공격이 어떻소이까?"

"매우…… 거세 보입니다. 단박에 성을 함락시키겠다는 의지가 느껴질 정돕니다."

"그렇게 보이오이까?"

진궁이 씩 웃는다. 언제부터 한 건지 허리춤에 검 한 자루를 차고서 얇은 갑옷까지 입은 상태로 진궁이 손가락을 뻗어 성 밖에서 휘날리는 손(孫)이 새겨진 커다란 깃발을 가리키고 있었다.

"내게는 절박함이 보이오이다. 장군의 계책이 확실히 먹혔다는 의미요. 손책이 원술에게 자신의 충성을 증명코자 정석보다 훨씬 더 격렬하게 공격을 해오고 있다는 게지. 내 장담컨대 이런 상태로는 공격해 봐야 성을 무너뜨리지도 못할뿐더러, 공격 측의 피해만 산더미처럼 누적될 뿐이오."

"손책도 그것을 알면서 이렇게 나온다는 겁니까?"

"잘 보시오. 아마 머잖아 손책의 장수 중 한둘이 직접 사다리를 타고 성벽 위로 올라오고자 할 테니. 그렇게 수족 중 하나를 잃은 다음에야 군을 뒤로 물리고서 원술에게 나아갈 것이오. 원술 역시 그제야 손책에게 향했던 의심을 거두어들이겠지."

진궁이 그렇게 말하며 팔꿈치로 날 툭 건드렸다.

"장군은 계책 하나로 가만히 앉아 적의 기력을 크게 상하게 할뿐더러 손책의 수족 중 하나를 자른 게 되는 게요. 참으로 장하오이다."

"그리 칭찬을 해주시니 그저 감사할 뿐입니다."

그렇게 진궁과 함께 칭찬을 주고받으며 기분 좋게 적들이 스스로에게 피해를 강요하는 걸 지켜보니 시간이 훅 지나갔다.

어느덧 태양이 저물고, 달이 떠오르며 밤이 되었다. 적들도 이런 밤중에까지 무리한 공격을 이어가는 건 아니라고 판단한 듯, 해가 저물기가 무섭게 병력을 뒤로 빼 밥을 지으며 병사들에게 휴식을 명하고 있었다.

"한 열흘 정도면 또다시 보름달이 뜨겠구만."

보름달이 떠오르고, 다시 무릉도원에 접속하게 될 때까지 버티는 건 어렵지 않을 거다. 난 그렇게 생각하며 성벽 위 누각의 기둥에 기대어 동쪽 성문 너머에 진을 치고 있는 손책군의 영채를 살폈다.

무릉도원의 정보를 이용하는 건 물론 좋지만, 언제까지고 그것만으로 모든 문제를 해결할 수는 없는 노릇이다. 나도 내가 가진, 나만의 능력을 키워야만 할 터다.

"뭐지?"

그렇게 한참을 쳐다보고 있는데 성안에서 소란스러운 소리가 들려오기 시작했다.

느낌이 싸하다. 무슨 일이 벌어져도 벌어진 거다.

"후성. 병사 백 명을 데리고 안쪽으로 가서 무슨 일이 벌어진 건지 살펴…… 볼 필요가 없겠군."

북쪽 성벽 근처, 유벽군 중에서도 정예 중의 정예가 지키고 있던 식량 창고 쪽에서 불길이 치솟는 게 내 시야에 들어오고 있었다. 식량 창고에 불이 난 거다.

'시발. 도대체 어떻게?'

상황이 어느 정도 정리되었을 무렵, 화재가 발생한 북쪽 식량 창고에 도착하니 유벽을 비롯한 여남군의 장수들과 진궁, 후성과 위월, 거기에 형님까지 현재 세양성에 있을 수뇌부는 모두 다 모여 있었다.

"아니, 이게 어떻게 된 겁니까?"

"주유의 계책일세. 저들이 보이는가?"

진궁의 손가락이 여전히 불타고 있는 창고의 앞, 그곳에 쓰러져 있는 자들을 가리킨다. 미동도 없이 피투성이가 되어 쓰러져 있는 게 아무래도 죽은 자들인 모양.

"원술군일세. 창고 근처의 민가로 통하는 땅굴을 뚫어 침투해 들어와 군량고에 불을 지른 거지."

"군량을……. 그러면 다 타버린 겁니까?"

"아주 약간만 남았네. 보름 정도 버틸 수준으로만."

한숨 섞인 목소리로 말하며 진궁이 유벽 쪽으로 시선을 옮겼다. 유벽은 무슨 대역죄라도 진 것 같은 얼굴로 고개를 떨어뜨리고 있었다.

와. 갑자기 눈앞이 캄캄해진다.

"내통하고 있던 자들은 잡았고요?"

"일단은. 그러나 아직 깨끗하게 처리된 것 같지는 않으이. 성내에서 자신들의 눈과 귀가 되어줄 자들을 군량을 불태우는 것 하나에 모두 소모할 리가 없겠지."

평안 장군의 측근 중에도 하나 정돈 남아 있을 것이고.

내 쪽으로 다가오며 진궁이 주변에 들리지 않을 자그마한 목소리로 말을 덧붙였다.

하, 갑자기 막막해진다. 이제는 방법이 없다. 무릉도원에 접속하게 될 그 날까지 방어를 굳건히 하며 버티는 수밖에. 일단 무릉도원에 접속하기만 하면 뭔가 방법이 나올 테니까 그때까지만 버티면…….

둥- 둥- 둥-

"적습이다! 적들이 공격해 오고 있다!"

갑자기 서쪽에서 북소리와 함께 다급한 외침이 들려오기 시작했다.

"지금 이럴 때가 아닌 것 같소이다. 일단은 움직여야 하오."

유벽이 그렇게 말하며 수하의 장수들과 함께 말에 올랐다. 군량이 불탄 건 불탄 것이고, 일단은 적들의 공격을 막아내는 게 우선이니까.

그들이 막 달려가려던 찰나.

두둥- 둥- 두둥- 둥-!

이번엔 동쪽에서 같은 소리가 들려오기 시작했다. 결국엔 동쪽과 서쪽, 손책과 원술 모두가 공격해 오는 거다.

사실 당연한 수순이긴 하다. 손책은 원술의 부하이니 이러한 작전을 벌일 것을 사전에 알리지 않았을 리가 없으니까.

"우린 이제 끝났어……."

"식량도 이젠 없는 거나 마찬가지이고…… 전력은 압도적으로 열세에……."

주변에서 절망감에 빠진 병사들이 중얼거린다. 상황이 심각하다.

이래가지곤 제대로 버티지도 못할 것 같은데 어떻게 하지?

"흠. 아무래도 내가 나서야 할 때인 것 같군. 내가 직접 나가 놈들을 휘젓고 오마."

우리와 함께 서 있던 형님이 방천화극을 고쳐 잡으며 말했다.

"아니, 지금 그게 무슨 말씀이십니까? 이런 상황에서 성을 나서겠다니요!"

"진궁. 네가 보기에도 내가 성 밖으로 나가는 게 말이 안 되지?"

"당연히 안 되지요! 밖에선 오만 명이나 되는 적이 진을 치고서 우릴 공격하고 있단 말입니다!"

"절대 공격하지 않으리라고 생각할 놈들의 허를 찌를 거다."

허를 찔러? 지난번엔 숫자로 하는 게 아니라 하시더니. 확실히 우리 형님 응용력은 캡이다.

그러거나 말거나 진궁은 심각하기 그지없는 얼굴로 형님을 쳐다보고 있었다.

"말도 안 됩니다! 주공의 말씀대로 성문을 열고 공격을 나서면 그 순간에 당황이야 하겠지요. 하지만 그런다고 해서 달라질 게 없습니다. 지금 우리가 기댈 수 있는 건 견고한 성벽이 가져다주는 방어적인 이점일 뿐인데 어찌 그것을 포기하고자 하시는 겝니까!"

"항우는 고작 기마 스물여덟만을 데리고 한군 오천과 싸우고, 장수 셋의 목을 베었지. 그러나 지금 내게는 병사 천 명과 너희가 있으니 항우보다 사정이 훨씬 낫다."

형님이 그렇게 말하며 씩 웃더니 내 쪽으로 시선을 옮겼다.

"지난번에는 제대로 손맛도 못 보고 돌아왔다. 이번엔 손맛 좀 제대로 봐야지. 오십 배나 되는 적과 싸울 기회가 어디 흔한 줄 알아?"

〈죽을 때 죽더라도 항우는 뛰어넘고 죽어야겠다고 병사 천 명만 데리고 십만 명한테 달려들어서 안량, 문추에 허유까지 죽인 게 여포임. ㅋㅋㅋㅋ ㅋㅋㅋㅋ 진궁이 중간에 지원군 데리고 가다가 막히지만 않았어도 어쩌면 전투에서 여포가 이겼을지도 모름. ㅇㅇ 여포가 진짜 초극강 개먼치킨임.〉

진궁이 미간을 찌푸리며 무슨 말을 해야 할지 모르겠다는 얼굴을 하는 와중, 문득 무릉도원에서 봤던 댓글 내용 하나가 떠올랐다.

확실히, 진궁의 말대로 위험하긴 하지만…… 글쎄, 이 양반이라면 가능하지 않겠어?

"형님 뜻대로 하십시오."

"위 장군!"

"어차피 당장은 마땅히 방법이 없잖습니까. 식량도 다 불탔다면서요? 병사들 사기는 이미 땅에 떨어졌는데 무슨 수로 버팁니까. 뭔가 변수를 만들어야죠. 그리고 형님이 적장 목이라도 하나 베면, 그럼 또 모르는 거잖아요?"

내가 그렇게까지 말하니 진궁은 형님을, 날 한 번씩 번갈아 쳐다보더니 땅이 꺼져라 한숨을 푹 내쉬며 고개를 끄덕였다.

"주공의 뜻대로 하십시오. 단, 손책이 아닌 원술을 공격하십시오. 그편이 훨씬 나을 것입니다."

"그럼 서쪽으로 가라고?"

"예."

"그러도록 하지. 걱정은 하지 말고 기다려. 곧 승전보를 가지고 돌아오마. 아, 너무 걱정하진 말고. 좀 있으면 초선에게서 둘째가 태어날 거라 몸 성히 살아서 돌아올 거니까."

'어? 잠깐? 둘째가 태어난다고?'

전장에 나가는 남자, 그리고 아이가 태어날 거라 꼭 살아서 돌아올 거라 말하는 이 장면 이거 완전…….

"잠깐, 잠깐만요 형님."

"손맛도 보고 둘째에게 선물할 것도 함께 가지고 오마. 가자!"

"아이 씨. 형님! 선물까지 얘기해 버리면 어떻게 해요! 형님, 형님!"

내가 소리치며 붙잡는데도 형님은 위월과 함께 말에 오르더니 그대로 병사들이 기다리고 있는 병영을 향해 달리기 시작했다.

'아, 이거 불안한데.'

아무 말도 안 하고 그냥 갔으면 여포가 여포하고 돌아오겠거니 했을 건데 자기 입으로 저렇게 플래그를 세워 버리면 어쩌자는 거야.

"왜 그러시오? 무슨 문제라도 있는 겝니까?"

"아닙니다. 문제없습니다. 없길 바라야죠."

"그러면 가십시다. 그리고……."

"예?"

"아니외다."

진궁이 말 위에 올라 움직이기 시작했다. 지금 뭔가 말하려고 했던 것 같았는데?

"후성. 네가 보기에도 지금 공대 선생이 뭘 말하려다가 만 것 같지?"

"소장에게도 그렇게 보였습니다."

"뭐…… 별거 아니겠지. 우리도 가자."

내가 막 후성과 함께 서쪽 성벽의 누각 위에 도착했을 땐 이미 치열한 공성전이 벌어지는 와중이었다.

"죽을힘을 다해야 할 것이다! 막아라! 원술의 개들이 성벽에 오르지 못하도록 막아야 한다!"

여남군 장수가 소리를 지르고 있고.

"쏴라! 있는 대로 쏟아부어라!"

병사들의 사이에서 백부장 정도로 보이는 이가 정신없이 화살을 쏴대며 외치고 있다.

그런 와중에서 쉭- 쉬쉭- 하는, 화살 날아오는 소리가 사방에서 쉴 새 없이 들려온다. 우리 쪽에서 날린 것, 그리고 저 성벽 아래 원술군이 날리는 것까지 뒤섞인 거다.

대낮이라면 빠르긴 해도 그나마 보이기는 할 테니 신경이 덜 쓰일 텐데 지금은 오밤중이다. 흐릿하게 살짝살짝 뭔가 움직이는 것만 보일 뿐, 화살의 존재를 알리는 건 윽, 억, 컥 하며 쓰러지는 병사들의 신음과 퉁, 토퉁 하며 성벽에 부딪히는 소리가 전부다.

더럽게 신경 쓰인다. 거기에 아까 형님이 했던, 그 둘째에 선물 얘기까지.

'진짜 그 양반은 왜 그런 소리를 해서.'

이따가 전투가 끝나고 나면 신신당부 좀 해야겠다.

"몰아붙여라! 놈들의 군량이 불탄 지 오래다!"

내가 그렇게 인상을 찌푸리고 있을 때, 저 아래에서 적장의 외침이 들려왔다.

'아오, 갑자기 열이 확 오른다.'

검은 칠을 한 갑옷을 입고 칼 한 자루를 허공에다가 휘두르며 소리를 지르는 놈이다.

"조금 있으면 배가 고파서 기운이 빠질 것이다! 해가 뜨기 전에 성을 점령하고 전리품을 얻어라!"

전리품이라니? 말이 좋아서 전리품이지 약탈하겠다는 거 아냐?

유벽이 온다는 말에 그를 만나보려다 공격을 당하고 피신해 있는 백성만 만 명이 넘는다. 삼국지를 대충 인터넷에 돌아다니는 짤방 정도로만 보던 때에는 아예 신경조차 쓰질 않았는데, 저 백성도 나와 같은 사람이다.

21세기로 치면 흔히 마을에서, 읍내에서 오며 가며 마주치고 지냈을 사람들. 약탈이라는 건 그런 사람들을 죽이고, 그들이 가지고 있는 것을 빼앗는다는 것이고.

생각이 거기까지 미치니 열이 확 뻗친다.

"잠깐 좀 쓰자."

옆에서 대기하고 있던 병사의 활을 빌려선 성벽 바로 앞에 서서 시위에 화살을 걸었다. 생전 활 한 번 쏴본 적 없지만, 지난번의 전투에서 그랬듯, 이걸 어떻게 쏴야 할지 감이 확 온다. 어떻게 조준을 해야 하는지도 알겠다.

군대에서 배웠던 사격술을 떠올리며 내가 잠시 숨을 멈추고 시위를 최대한으로 잡아당겼을 때, 저 밑에서 끼이이익- 하며 성문 열리는 소리가 들려왔다. 형님이 나오는 모양.

상관없다. 어쨌든 저 새끼는 내가 잡을 거다.

파앙-!

팽팽하게 당겨졌던 시위를 놓음과 동시에 화살이 허공을 가르며 날아간다. 워낙 어두워서 어디로 어떻게 날아가는지는 보이지도 않는 중이었지만 그래도……

"끄아악!"

"어?"

거리가 너무 멀어서 당연히 안 맞을 줄 알았는데 검은 갑옷의 장수가 비명을 내지르며 말에서 떨어졌다.

'뭐지? 내가 쏜 활에 맞았을 리가……'

"나, 인중룡 여포가 창을 던져 적장을 참살했다! 나와 대적할 자 누구인가!"

'역시나 그렇구나.'

형님의 목소리가 울려 퍼진다.

'그럼 그렇지.'

"나를 따르라!"

원술군 병사들 사이에서 갑작스러운 침묵이 감돌고 있을 때, 형님이 방천화극을 꼬나잡은 채 적토마를 타고 적들 쪽으로 질주해 가고 있다.

그런 형님의 앞에 놓인 병사들은 공성전을 위해 사다리를 짊어지고, 성벽 위에서 자유롭게 싸울 수 있도록 창이 아니라 활로 무장한 자들과 궁병들이 전부일 뿐이다.

기병 방진을 펼칠 수 있을 장창병 수천이 있어도 막을 수 없을 여포를 저들이 막는다? 말도 안 되는 소리다.

"으하하하하! 날 막아봐라!"

형님이 미친 듯이 방천화극을 휘두르며 적진을 휘젓고 다닌다. 무슨 분쇄기라도 되는 것처럼 형님이 도착하고 나면 원술군 병사들이 죄다 갈라져서는 죽어 나자빠지고 있다.

가끔 한 번씩 용기를 내 형님을 막아서겠다고 덤비는 자들도 없지 않았지만 하필이면 저기에 내려가 있는 게 바로 그 여포다, 여포.

객관적으로 보면 수적으로 완벽한 열세의 상황에서 고작천 명밖에 안 되는 병력으로 수십 배나 되는 적진 사이에 뛰어드는 미친 짓이다. 하지만 형님은 그걸 적의 허를 찔러 완벽한 성공을 거둔 성공 사례 중 하나로 만들어가고 있었다.

"커허억!"

"자, 장군! 장군!"

벌써 저 소리만 다섯 번도 넘게 들은 것 같다. 성 주변에서 공성을 지휘하던 원술군 장수란 장수는 다 죽어나가는 느낌이다. 그 덕분인지 사다리를 타고 올라오던 놈들도 이제는 보이질 않는다.

오히려 슬금슬금 형님이 오는 것을 피해 눈에 띄지 않는 쪽으로 도망치는 놈들이 더 많이 보일 정도.

둥- 둥- 둥- 둥-

그렇게 형님이 휘젓고 있는 적진 너머, 저 멀리에서 퇴각을 알리는 북소리가 들려오고 있었다.

"이제 끝난 건가?"

한참 동안이나 그렇게 퇴각하는 놈들의 후방을 들쑤시고, 그걸 막기 위해 몰려오던 원술의 정예병까지 반쯤 박살 내다시피 한 형님이 서쪽 성문으로 돌아오고 있고, 그 모습에 여남군 병사들이 환호성을 내지르며 기뻐하고 있었다.

"휴…… 이쯤 되면 다치거나 할 건 없겠지."

플래그가 꺾인 거다. 다행히도.

진짜 형님한테 신신당부해야겠다. 다음부터는 이러지 않도록.

"확실히 주공에 대해서는 나보다 위 장군이 더 잘 알고 있는 것 같소이다."

내가 그렇게 생각하며 안도의 한숨을 내쉬고 있는데 진궁의 목소리가 들려왔다. 어디에서 뭘 하다가 온 건지 모르겠다는 얼굴로 진궁이 누각에 올라오고 있었다.

"앞으로도 주공에 관련한 사안은 내 위 장군의 의견에 군말 않고 따르겠소. 주공의 승전으로 병사들의 사기가 하늘을 찌를 듯 올라갔으니 말이외다."

"그렇습니까?"

"동쪽에서 오는 길이오. 원술의 명이 전해진 것인지 손책도 군을 물리는 중이라 하외다. 일단은 버텨낸 거요."

내가 고개를 끄덕였다.

일단은 이라는 말이 붙긴 했지만 어쨌든 절체절명의 위기 상황을 버텨낸 것만은 맞다. 이제 남은 건 보름 정도밖에 안 남은 식량을 가지고 여전히 다섯 배 가까이 많은 적을 어떻게 격파할 것인지, 그 방법을 연구하는 일뿐이다.

'여전히 막막하긴 하지만…….'

"방법을 찾아봅시다. 장군과 내가 머리를 맞댄다면 분명 뭔가 방법이 나올 것이오."

고민도 해보고, 무릉도원에 들어가 보면 뭔가 답이 나오겠지.

📱

"으……."

벌써 열흘째 아무것도 안 하고 내당에 앉아 고민만 하는 중이다.

두통이 밀려온다. 머리 깊숙한 곳에서부터 콕콕 바늘로 찌르는 것 같은 통증이 느껴지고 있었다.

"괜찮으시오?"

그런 내 모습에 진궁이 걱정스러운 목소리로 반문했다.

하지만 그런 진궁 역시 몰골이 말이 아니었다. 열흘간 앉아서 고민만 한 것은 진궁도 마찬가지였으니까. 퀭하니 파인 눈 아래로 다크서클이 진해져 있다. 얼굴엔 피로한 기색이 가득하고, 입가에 뭔가가 잔뜩 나 있기까지 했다.

"아무래도 오늘은 이쯤 해야 할 것 같소이다. 장군이나 나나…… 한계인 것 같소."

"그러게요."

"허면…… 오늘은 이만 푹 자고, 아침에 다시 고민을 시작해 보도록 합시다."

진궁이 비틀비틀 휘청이며 자신의 거처를 향해 걸어가기 시작했다. 그냥 저 모습만 보면 일상적으로 밀려드는 격무에 지친 관료의 그것일 뿐이다.

하지만 진궁은 누구보다도 더 치열하게, 절박하게 고민에 고민을 반복하고 있었다.

지난 열흘간 원술군의 공격다운 공격은 없었다. 비교적 편하게 대치 상태만 이어져 왔지만, 시간은 적들의 편이고 우리의 식량은 앞으로 며칠이면 완전히 바닥나 버릴 터.

그전에 뭔가 방법을 만들어내야 한다는 절박함에 진궁은 정말 잠도 거르며 하루에도 16시간 이상 책상 앞에 앉아 있었다.

"후……."

나는 무릉도원에 접속하고 나면 뭔가 방법이 나오겠거니 해서 좀 낫긴 했지만, 솔직히 이젠 좀 쫄린다. 과연 무릉도원에서 쓸 만한 뭔가를 찾아낼 수가 있을지.

"방법이 있어야 할 텐데."

손으로 마른세수를 하며 창밖 너머, 하늘에 떠올라 있는 보름달을 응시했다. 이제 잠들기만 하면 된다.

"가자, 후성."

"예, 장군."

후성과 열 명의 병사를 이끌고 최대한 경건하게 마음을 정갈히 하며 숙소로 향했다.

그곳에서 대충 물수건으로 몸을 닦고, 침상에 누우며 이불을 덮었다.

"내가 얘기했던 거 기억하지?"

"보름달이 뜨는 날, 장군께서 주무실 땐 그 어떤 자도 큰 소리를 내지 말아야 하며 장군의 몸을 건드리지도 말아야 한다고 하셨지요. 확실히 기억하고 있습니다."

"너만 믿는다."

부디 이번엔 외부의 방해 없이 방법을 찾는 것에만 집중할 수 있기를. 그래서 최대한 오랜 시간 동안 무릉도원에서 머무를 수 있기를.

사아아아아-

바람이 불어오는 소리가 들려온다. 동시에 짙은 안개가 침실을 가득 메운 게 시야에 들어왔다.

꿈속에 들어온 거다.

"핸드폰이…… 여기에 있군."

그동안 늘 그랬던 것처럼 침상 머리맡에 놓여 있는 핸드폰이 정말 반갑기 그지없다.

이전까지는 내가 어떤 상황에 처했는지조차 모르고 그저 당장 코앞의 위기를 극복하기 위해 이 꿈을 사용해 왔지만 이젠 알 만큼은 아는 상태니까.

'방법이 있어야 하는데.'

꿀꺽 굵은 침을 삼키며 무릉도원에 접속해 여포를 키워드로 넣고 검색을 시작했다.

'여포 최후의 날, 세양성 전투', '세양성_전투에_대해_araboja', '주유가 천하에 이름을 떨치게 만든 바로 그 전투, 세양성 공방전' 같은 글들이 잔뜩 올라와 있었다.

그리고 그중에서도 가장 눈에 띄는 건, 'IF_위속이_주유의_계책을_알아차렸다면?'이라는 글이었다.

글쓴이가…… 예언자 위속이야?

〈위속 하면 삼국지에 나오는 장수들 중 진짜 유일하게 제대로 천문이라는 걸 볼 줄 아나? 싶은 무속인 장수죠. 진궁 살린 것도 그렇고, 유벽 살리겠다고 갔던 것도 그렇고 점쳐서 알아내는 거 아니면 말이 안 되는 움직임이었으니까. 만약 그런 위속이 주유의 계책이 뭔지를 점으로 알아냈다면 어땠을까요? 여포가 원술 연합군을 이길 수 있었을까요?〉

'주유의 계책이라…….'

단순히 성을 포위해 놓고서 우리가 굶어 죽기만을 기다리려는 게 아니었어? 여기에 또 계책이 있다고?

"와, 이런 미친……."

글 아래에 달린 댓글들을 쭉 읽고, 다른 글들로 넘어가 세양성 전투에 대해 정보란 정보는 전부 다 확인하는데 읽으면 읽을수록 욕이 나온다.

'이딴 계책을 썼다고? 이런 상황에서 이런걸?'

내가 주유의 입장이라면 이런 걸 상상해 낼 수 있었을까? 이런 상황에서 이런 계책을 만드는 게 가능했을까?

글을 읽고, 댓글을 읽으면 읽을수록 그런 생각이 머릿속에 계속해서 떠올랐다. 감탄 이외엔 아무런 말도 나오지 않을 정도다.

이건 진짜…… 무릉도원이 아니었으면 꼼짝없이 당했을 거다.

스으으으으-

그렇게 생각하며 한참이나 글들을 뒤적이며 자료를 모으고 있는데 갑자기 침실의 목재 골조가 녹아내리기 시작했다.

마치 눈이 녹아 물이 되는 것처럼, 그것들이 스르르 사라져 가고 있었다.

"……방해가 없으면 이렇게 깨지는 건가?"

눈앞의 풍경이 달라져 있다. 다시 현실이다.

무릉도원에 들어갈 것을 기대하며 누웠던 침실의 침상 그리고 그곳에서 보이는 천장과 저 옆에서 피곤한 얼굴로 날 지키고 서 있는 후성의 얼굴까지.

"깨어나셨습니까?"

"어. 모처럼 방해 안 받고 푹 잤다. 상쾌하네."

"사실…… 장군께 급히 보고드려야 할 건이 있었는데 워낙 신신당부하셔서 깨어나시길 기다리고 있었습니다."

"보고라니?"

후성이 이게 좋은 건지, 나쁜 건지 모르겠다는 묘한 얼굴로 내게 다가왔다.

"원술 군이 퇴각을 준비하고 있습니다. 아침부터 영채를 걷고, 물자를 옮기고 있지요. 이미 원술과 그 휘하의 병력 삼만 가량은 세양을 빠져나갔고 손책이 나머지 이만을 이끌고 서서히 움직이는 중이랍니다."

8장
예상했던 그대로야

"와…… 진짜네, 저거."

성벽으로 올라가서 보니 정말로 그러하다.

후성이 얘기했던 것처럼 성 밖에서 정말 바글바글하게 몰려 있던 병사 중 반절 이상이 저 멀리 지평선 근처에서 이동하고 있다.

그들의 모습은 이미 보이지도 않는다. 그 움직임을 알 수 있는 건 그들의 발치에서 만들어지는 거대한 흙먼지 구름일 뿐이었다. 아마도 저게 원술의 본대일 터.

지금 세양성 동쪽으로 남아 있는 건 손(孫)의 깃발을 휘날리며 슬금슬금 뒤로 물러나고 있는, 손책의 부대 약 이만가량이 전부일 뿐이었다.

"장군. 주공께서 찾으십니다."

가만히 그 모습을 지켜보고 있는데 익숙한 얼굴의 병사가 다가와 말했다.

그를 따라가서 보니 병영 쪽에서 위월이 이끄는 천인대와 형님이 무장을 갖추고 말에 올라 출격을 준비하고 있다. 그런 형님의 옆에 진궁과 유벽을 비롯한 여남군 장수들이 함께 모여 있었다.

"마침 잘 왔다, 문숙."

"형님?"

"원술의 본대가 물러난 지 오래이니 후위로 남은 손책을 치러 갈 참이다. 함께하겠느냐?"

"손책을 치시겠다고요? 지금 시점에서?"

"적들이 퇴각하고 있질 않으냐. 이럴 때 적들을 추격해 궤멸시켜야 후환이 없지."

"뭐라 말씀 좀 해보시오, 위 장군. 내 벌써 몇 번이나 간곡히 말씀드렸는데 주공께서 들질 않으시외다."

답답하다는 듯 말하는 진궁의 목소리가 들려왔다.

내가 잠들기 전까지만 해도 계책을 찾아야 한다는 절박함 그리고 식량이 점점 줄어들고 있다는 것에서 오는 압박감과 조급함으로 거무죽죽하게 변해가던 얼굴의 생기가 돌아오고 있다. 마치 무겁기 그지없는 짐을 내려놓고 한숨 돌리기라도 하는 것처럼.

유벽과 장수들은 한 발 뒤로 물러난 입장에서 그런 진궁과 형님의 모습을 관망하고만 있을 뿐이었다.

"형님."

"잠깐만. 문숙 너도 반대하는 거냐?"

"예. 반댑니다."

"왜?"

'왜긴요, 무릉도원에서 그랬으니까 반대하는 거죠.'

〈주유가 존나 쩌는 게 여포네 심리를 완벽하게 읽었음. 그래서 여포가 소수 기병대만 끌고 추격하러 갔다가 주유네 강궁병한테 당해서 거의 전멸. ㅇㅇ 얘네만 살았어도 뭔가 했을 텐데 이게 똥망의 시작이었음. ㅋㅋㅋㅋ〉

내가 본 댓글 중 하나의 내용이다.

손책의 깃발이 함께 있긴 하지만 실질적으로 저 부대를 지휘하고 있는 건 형님이 뛰쳐나올 것에 대비해 만반의 준비를 끝낸 주유다. 절대로 나가서는 안 된다. 이걸 잘 설명해서 전력을 보존해야 뭘 해도 할 수 있을 거다.

"지금은 나가시면 안 됩니다. 적들이 왜 퇴각하는 모습을 훤히 보이겠어요? 저들은 우리가 도착했을 때, 그리고 군량이 불탔을 때 두 번씩이나 당했습니다. 진이 무너지고, 병사 수천이 죽거나 다쳤죠. 장수도 다섯 명이나 죽었잖아요?"

"그랬지."

"그렇게 당했는데도 배운 게 없을까요? 제가 보기에 쟤들은 확실히 준비를 끝마쳤으니 저렇게 천천히 움직이는 겁니다. 모든 걸 예상하고서 함정을 파놓고 우리가 나가기만을 기다리는 것과 마찬가지라고요."

"위속 장군의 말씀이 옳습니다, 주공."

"와, 너무들 한 거 아니야? 적들이 퇴각하는데 당연히 추격해서 섬멸해야지. 이걸 그냥 물러나라고? 너무 몸 사리는 것 같은데?"

"어쩔 수 없습니다. 어지간해선 형님이 출격하시는 걸 반대하지 않겠습니다만, 이번엔 어지간한 상황입니다."

"주공. 적들이 우리의 우방인 여남군의 강역을 침범한 것은 실로 분기탱천할 일이나 우리 측 병력은 고작 천 명이 전부일 뿐입니다. 천 명으로 대군과 싸워 동맹을 지켜냈으니 이쯤에서 만족함을 알고 물러남이 옳습니다."

나에 이어 진궁까지 말하자 형님이 한숨을 푹 내쉬며 답답하다는 듯 적토마에서 훌쩍 뛰어내렸다. 그런 형님이 뒤통수를 벅벅 긁고 있었다.

"여 사군의 마음을 이해하지 못하는 건 아니지만 나 역시 위 장군이나 공대 선생의 이야기에 동감하오. 과함은 모자람만 못하니 적들이 퇴각함에 만족하며 축배를 듭시다. 비록 사서에 기록되어 후세에 전해질 대승을 거둔 것은 아니지만, 충분히 기념할 만한 승리인 것만은 확실하질 않소이까?"

유벽의 그 목소리에 주변에 있던 여남군 장수들이 고개를 끄덕이고 있다. 심지어는 위월을 비롯한 우리 쪽 부대의 백인장들 역시 마찬가지다.

"저들이 물러가는 게 확실해지고 나면, 그땐 제대로 된 축하연을 열어야겠지요. 우리 연주와 예주 동맹의 첫 번째 승전이 아닙니까."

진궁이 영업용임에 분명한 미소를 지어 보이며 말한다.

나하고 형님만 빼고 자기들끼리 분위기가 참 좋다. 저 모습들만 보면 전투에서 승리한 게 확실한 것 같다.

'이건 좀 아닌데.'

〈손책, 주유가 잔뜩 경계하면서 퇴각하는 걸 보여주고 나니까 다들 긴장 풀려서 방심하다가 야습 한 방에 뚫 해버렸잖음. ㅋㅋㅋㅋㅋ 점쟁이 위속도 이건 몰랐던 모양임. 여포군이 한 방에 확 가버린 것도 여기에서 위속이랑 진궁이랑 다 죽고 여포 하나만 살아남아서임. 브레인이 싹 다 털려서. ㅇㅇ〉

댓글에서 봤던 것과 완전 똑같이 흘러가고 있다. 애초에 그 댓글 자체가 우리가 주유의 계책에 넘어가 패배한 걸 전제로 해서 진행된 이천 년 뒤의 역사니까 당연한 거긴 하겠지만……

'시발. 어쨌든 그대로 가면 난 죽는 거다. 살아남아야 한다.'

"아직 안심하기엔 많이 이릅니다."

"응? 이르다니? 그게 갑자기 무슨 소리요?"

유벽이 의아하다는 듯 반문한다.

전투가 다 끝나 버린 줄 알고 시무룩해져 있던 형님이 갑자기 고개를 들어 날 쳐다보고 있다. 그런 형님의 눈동자에 기대감이 서리고 있었다.

"저들은 퇴각하는 게 아닙니다. 퇴각하는 척하는 거지."

"그게 무슨 소리요? 나 역시 위 장군과 같은 생각을 해보지 않은 것이 아니외다. 후퇴하는 척, 우리의 방심을 유도해서 기습하려는 것이면 오밤중에 전부 다 물러났겠지. 저렇게 보란 듯이 대놓고 방비까지 철저히 하며 물러나지는 않을 것이외다."

"공대 선생. 정말로 그렇게 생각하십니까?"

"그렇게 생각할 수밖에 없질 않소이까. 전후좌우 어떤 곳을 어떻게 보더라도 저들이 계책을 펼치는 것이라 생각하기는 어렵소."

"그렇게 생각하시도록 유도하는 것일 수도 있잖습니까."

"……유도라니?"

진궁의 눈매가 가늘어진다. 내가 자길 무시하는 것으로 받아들인 것 같은 느낌이다.

아, 그런 건 아닌데.

"동민에서 조조가 보리를 수확하는 것처럼 위장했던 것과 같습니다. 주유는 선생과 제가 어지간한 방법으론 속아 넘어가지 않을 것이라는 점을 알고 치밀하게 모든 것을 계산해 가며 신중히 움직이고 있을 겁니다."

"그것만으로는 모자라오."

"물론 이것 이외에도 여러 정황이 많이 있습니다. 선생께서도 우리들의 사이에 손책과 내통하고 있는 첩자가 있다는 것을 알고 계시겠지요?"

"그야 당연히……."

"한사코 군량에 여유가 있다고 주장하시는 것 역시 그 첩자를 의식해서 그러셨던 것이고요."

"주, 주장이라니?"

이번엔 진궁이 당황하며 반문한다. 그 얼굴에 당혹스러운 기색이 가득했다.

"창고가 불탔던 그 날, 선생은 제게 보름 정도의 군량이 남아 있다고 말씀하셨습니다. 다른 장수들, 병사들에게 역시 마찬가지였고요. 하지만 그게 아니잖습니까."

"무슨 말씀을 하시는 건지 모르겠소. 군량은 아직도 닷새치가 남아 있소이다."

"닷새가 아니라 하루 치겠지요. 그럼에도 닷새라 주장하시는 건 첩자가 잘못된 정보를 전달해 저들의 의사 결정이 우리에게 유리한 쪽으로 내려지도록 하고자 함이 아닙니까."

"난 도대체 장군이 무슨 말씀을 하시는 건지 모르겠소이다."

"나 역시 마찬가지요. 군량은 확실히 닷새 치가 더 남아 있소. 내 여기, 서기관을 통해 몇 번이나 확인한 일이외다."

진궁이 답변함과 함께 유벽이 자기 옆에 서 있던 남자를 손으로 가리키며 말했다.

이곳 세양에 오고부터 매일 보아온 남자다. 유벽이 가는 곳이라면 어디든 따라가고, 그가 내리는 명령이라면 무엇이든 다 죽간에 적어 기록하는 놈이다. 21세기의 현대로 치면 비서나 비서실장쯤 될 것이었다.

"소인이 어젯밤에 확인했던 바로 군량은 정확히 4일하고도 반나절을 더 버틸 수 있을 분량이었습니다."

"보시오. 내 서기관이 이리 말하고 있잖소이까."

확신에 가득 찬 목소리다.

유벽 정도면 상황을 확실하게 파악하고 있을 텐데 저렇게까지 말한다는 건…… 저 사람도 연기를 꽤 잘한다는 의미이겠지? 어쨌든 간에.

"제가 성벽을 오르기 전에 서기관 소윤의 거처에서 찾아낸 물건입니다. 보십시오."

품속에서 비단 조각을 꺼냈다. 그와 동시에 서기관의 낯빛이 창백하게 변했다. 유벽의 미간이 좁혀지고 있었다.

"이것은……."

"주유에게서 온 서신의 일부입니다. 불태운다고 불태웠으나 타고 남은 조각이 있더군요. 그곳에 뭐가 쓰여 있는지 보십시오."

"……그리하는 것에 성공한다면 큰 포상을……."

딱 거기까지만 쓰여 있지만, 의미는 확실하다. 뭔가 지령을 전달했고, 그에 성공한다면 원하는 바를 들어주겠다는 것이겠지.

유벽이 서기관을 죽일 듯이 노려보고 있었다.

"그자가 주유와 내통하던 첩자임을 인정하시겠습니까?"

유벽이 고개를 끄덕이자 그 주변에 있던 병사들이 일제히 서기관의 양팔을 움켜잡은 채 그를 결박하기 시작했다.

"주공! 억울합니다! 소생은 아무런 잘못도 하지 않았습니다! 저자가 소인을 모함하는 것이란 말입니다!"

"시끄럽다!"

나지막한 호통과 함께 유벽의 손바닥이 서기관의 뺨을 후려 갈기자 그 몸이 축 늘어졌다. 한 방에 정신을 잃어버린 거다.

썩어도 준치라더니 장수는 장수인 모양.

"저자…… 서기관 소윤이 손책과 내통한다는 건 어떻게 안 것이오?"

진궁이 신기하다는 듯 질질 끌려가는 서기관의 모습을 응시하며 말했다.

"운이 좋았습니다."

방법이 뭐 있겠나. 그거 하나뿐이지. 압도적인 그거.

"그보다 선생, 제게 하실 말씀은 없으십니까?"

"으, 으응? 하하…… 위속 장군이 이해해 주시구려. 상황이 상황이던 만큼, 최대한 아는 자가 적어야 한다는 판단이 있었소. 군의 사기도 사기이거니와 적들 역시 상황을 잘못 파악하도록 유도해야 할 필요가 있었으니까."

"그래도 귀띔 정도는 해주실 수 있었잖습니까."

"장군이 진심으로 걱정하며 그 속내를 드러내는 게 적들을 속이는 효과가 더 좋을 것이란 판단이 있었소. 정말 미안하외다."

진궁이 나를 향해 포권하며 고개를 숙였다.

'쩝, 이쯤이면 됐지 뭐.'

"그쯤이면 됐습니다. 이해가 안 되는 것도 아니니까요."

살아남는 것이 전부인 시대다. 내가 진궁이었어도 전투에서 이기기 위해서라면 아군을 속이는 것쯤 얼마든지 거리낌 없이 했을 터였다.

"그리 이야기해 주니 고맙기 그지없소. 그러나 아직 저들이 퇴각한 게 아니라는 정황은 충분치가 않소이다."

흠. 평소의 진궁이라면 그냥 첩자 얘기가 나오는 것만으로도 혼자 척척 다 알아차렸을 것 같은데 확실히 고생이 심하긴 심했던 모양이다.

"간단하게 말씀드리겠습니다. 선생께선 식량에 대한 것을 숨기는 한편 그 중압감을 견뎌내느라 지쳐 계십니다. 반면 주유는 조금 전의 그 서기관을 통해 성내의 일들을, 심지어는 선생께서 지쳐 있는 것까지 속속들이 다 알고 있었지요. 그렇다면 주유는 어떻게 행동했겠습니까?"

"그거야 당연히……."

뭐 그런 걸 묻느냐는 듯 말을 이어나가려던 진궁의 눈이 또다시 화등잔만 하게 커졌다. 그리고 눈가가 파르르 떨리기 시작했다.

"식량이 하루 치밖에 없으니 적이 퇴각하고 나면 우린 다른 수많은 성에 식량을 요구하게 될 것이고…… 주변의 민가 중 온전한 곳으로 찾아가 손을 벌리게 되겠지……. 곧 식량을 보급받게 될 것이니 그때 돌려주겠다며……."

"그렇게 되겠죠."

유벽의 성정상 자신의 보호 아래에 있는 백성들을 약탈할 리는 없으니까.

"그러다 보면 자연히 성을 오가는 자들이 급격하게 늘어나게 될 것이고 방어전에 승리한 우리의 긴장이 풀리게 될 때쯤에선."

내가 고개를 끄덕였다.

질끈 깨문 진궁의 입술이 터져 시뻘건 선혈 한 줄기가 새어 나오고 있었다.

"그래서…… 방법은 있소?"

"생각은 해두었습니다만, 선생의 도움이 필요합니다. 제가 디테일 그러니까 세부적인 건 좀 약한지라. 물론 유벽 장군과 형님의 도움 역시 꼭 있어야 합니다."

"걱정하지 말게. 뭘 어떻게 도와야 하겠나?"

유벽이 내 쪽으로 걸어 나오며 말했다.

"자세한 건 공대 선생께서 말씀해 주실 겁니다."

이제부턴 내가 아니라 진궁이 활약해야 할 차례다.

to be continued

崑崙覇仙 곤륜패선

윤신현 신무협 장편소설
WISHBOOKS ORIENTAL FANTASY STORY

선대의 안배로 인해 시공간의 진에 갇힌
곤륜의 도사 벽우진.

"……뭐야? 왜 이렇게 되어 있어?"

겨우겨우 탈출해서 나온 그의 눈에 보이는 것은!

"정말, 정말 멸문했다고? 나의 사문이? 천하의 곤륜파가?"

강자존의 세상, 강호.
무너진 곤륜을 재건하기 위해 패선이 돌아왔다!

곤륜패선(崑崙覇仙)

'이왕 할 거면 과거보다 더 나은 곤륜파를 만들어야지.'